OETINGER TASCHENBUCH

Tine Körner wurde 1984 als zweites von vier Kindern geboren und wuchs in der Nähe von Karlsruhe auf. Nach dem Abitur zog sie 2003 nach Köln und machte dort eine Ausbildung zur Kauffrau für audiovisuelle Medien bei einer großen TV-Produktionsfirma. Sie arbeitete in der Produktion und Redaktion verschiedener TV-Shows und konnte so endlich Thomas Gottschalk für die langen Samstagabende ihrer Kindheit danken.
Nach einigen Monaten in Italien studierte sie Romanistik sowie Deutsche Sprache und Literatur in Hamburg und Venedig. Mit ihrem Mann und ihren drei Kindern lebt sie heute zwischen Kuhweiden und Apfelplantagen in einem kleinen Ort vor den Toren Hamburgs. Dass sie einmal Bücher schreiben möchte, wusste sie seit dem Tag, an dem sie das erste Mal ein Buch aus der Dorfbücherei ausleihen durfte. Das erhabene Gefühl, mit diesem Buch eine ganze Welt in den Händen zu halten, hat sie nie vergessen.

TINE KÖRNER

Love Song

WO AUCH IMMER DU BIST

Oetinger Taschenbuch

MIX
Papier aus verantwortungsvollen Quellen
FSC® C083411

1. Auflage 2018

Poppenbütteler Chaussee 53, 22397 Hamburg
März 2018

Lektorat: Susanne Weber
Umschlaggestaltung: Casandra Krammer
Druck: CPI books GmbH, Birkstraße 10,
25917 Leck, Deutschland
ISBN 978-3-8415-0500-2

www.oetinger-taschenbuch.de

*FÜR SOPHIA, DIE MIT MIR GEMEINSAM
DIE NICOS DIESER WELT UND EINE
MENGE GROSSER UND KLEINER
DRAMEN ÜBERLEBT HAT.
DANKE FÜR ALLES, SCHNICKERCHEN!
DU BLEIBST DIE UNANGEFOCHTENE
NUMMER EINS ALLER SPASSMINISTER!*

LEA

6. NOVEMBER

Atemlos löste ich meine Lippen von seinen. Ich spürte, wie sein Herz fest und schnell gegen seine Brust hämmerte. In seinen dunkelbraunen Augen spiegelte sich sein innerer Kampf: Hingabe und Vernunft, die abwechselnd und im Sekundentakt die Oberhand gewannen und wieder verloren. Sanft schob er mich ein paar Zentimeter weg von seinem Körper, dessen Stärke und Größe in diesem Moment genauso unpassend wirkten wie der Raum, in dem wir uns befanden. Weiße Wände, weiße Möbel, grauer Teppichboden und eine einsame billige Stehlampe, die nicht mal an war. Die Neonröhren an der Decke ließen selbst ihn blass aussehen, und ich wollte wirklich nicht wissen, was sie aus meiner viel helleren Haut machten. Ich versuchte, mir einzureden, dass die Stille zwischen uns nicht die Art von Stille war, auf die ein Abschied folgte. Er hielt meine Hand fest in seiner und stand einfach vor mir, ebenso ratlos wie ich.

»Ich muss los.«

Auch wenn ich das selbst wusste, schossen mir Tränen in die Augen, als er es aussprach. Ich nickte, löste mich aus seinem festen Griff und steckte die Hände in die Hosentaschen meiner Jeans. Mein Gesicht auf den Boden geheftet, versuchte ich, die Tränen wegzublinzeln. Aufhalten konnte ich sie nicht mehr.

An der Tür klopfte es leise, dann öffnete sie sich.

»Nico! Raus mit dir, du musst noch in die Maske.« Als Alex uns sah, seufzte er leise. Ich wusste nicht, ob es ein Seufzen der Erleichterung oder des Mitgefühls war. Vielleicht auch irgendetwas dazwischen.

»Ich brauche noch eine Minute, Alex.«

Kurz sah Alex so aus, als wolle er widersprechen, aber dann nickte er nur und schloss die Tür hinter sich.

Nico nahm seine Hand und hob mein Kinn an.

»Hör mir zu! Das hier ist nicht deine Schuld. Es ist meine.« Seine Hände umschlossen warm meine Wangen, und seine Lippen küssten jeden Zentimeter meines Gesichts. Stirn an Stirn standen wir mit geschlossenen Augen voreinander und wollten nicht wahrhaben, dass der Moment gekommen war. Bevor er mich mit den Neonröhren alleine ließ, drückte er mir ein Päckchen in die Hand. Ich sah ihn fragend an.

»Für dich, Lea. Mach es auf, wenn du so weit bist.« Er stockte und drehte sich ein wenig von mir ab. »Falls du es überhaupt willst«, fügte er dann leise hinzu. Wieder brachte ich nur ein stummes Nicken zustande, obwohl ich keinen blassen Schimmer hatte, was er damit meinte. Inwiefern sollte ich so weit sein? So weit, mich endgültig von ihm zu verabschieden? Mich an ihn zu erinnern? Ich wusste, dass er mir sowieso jeden Tag begegnen würde. Ob ich wollte oder nicht, schien somit wenig Bedeutung zu haben. Auf dem Weg hierher hatte ich mindestens zehn Plakate gesehen, von denen er mich angestrahlt hatte. Mich und jeden anderen. Und wie oft schon hatte mich seine Stimme geweckt? Nicht er selbst, sondern nur seine Stimme aus dem Radio. Ich wusste also nur zu gut, dass ich ihn würde sehen, hören und fühlen müssen, ob ich es wollte oder nicht. Und der Welt würde es egal sein, ob ich so weit war.

»Hau sie um!«, sagte ich leise und küsste ihn noch ein letztes Mal.

Er lächelte und öffnete die Tür. Ohne sich noch einmal umzuwenden, verschwand er mit Jill in Richtung Bühne und ließ mich mit all den Fragen, die in meinem Kopf übereinanderstolperten, alleine. Alles in mir zog sich zusammen, als die Tür sich hinter ihm schloss. Dabei war es klar gewesen, dass es so enden würde. Es war von Anfang an klar gewesen. Auch wenn es Momente gegeben hatte, in denen wir beide daran geglaubt hatten.

Ich dachte darüber nach, wie es überhaupt angefangen hatte. Wie es hatte passieren können, dass ich jetzt hier in der Umkleidekabine des Jungen stand, der gestern David Guetta von Platz eins der Deutschen Charts gestoßen hatte. Ausgerechnet ich, die sich nie etwas aus Musik gemacht hatte. Vielleicht wäre alles anders gekommen, wenn ich meine Mathehausaufgaben selbst gemacht hätte. Dann wäre ich später zur Schule gegangen und hätte den Briefträger verpasst. Ich hätte den Brief nicht angenommen, und Nico wäre nie in mein Leben getreten. All das wäre nicht passiert, wenn ich nur meine verdammten Mathehausaufgaben gemacht hätte. Ich würde jetzt nicht hier stehen, alleine, mit tausend Erinnerungen, die mir den Verstand raubten. Und trotzdem. Bereuen konnte ich es nicht.

NICO

4. OKTOBER
(VIER WOCHEN ZUVOR)

Die letzten Töne hingen noch donnernd in der dunklen, warmen Luft, wurden von der so vertrauten Mischung aus klatschenden Händen und Kreischen abgelöst. Ich rannte raus aus dem grellen Licht, durch die schweren schwarzen Vorhänge, und wurde sofort in Empfang genommen. Keinen Plan, wer die alle waren. Erzählten was, alle auf einmal, aber ich ließ das wie ein Echo von mir abprallen. Wie jedes Mal danach war ich auch jetzt ganz benebelt – von den vibrierenden Bässen, den Gesichtern, den Blicken und den grellen Lichtern, die jeden meiner Schritte verfolgt hatten. Durch meinen Körper sprudelte pures Adrenalin, und ich wollte das in Ruhe genießen. Jemand hatte mir seine Hände auf den Rücken gelegt, sie führten mich durch die verwinkelten, kalten Gänge, weg von den Lichtern und dem Toben der Menge. Ich wusste, dass sie mehr wollten. Sie standen da draußen, schrien sich die Seele aus dem Leib und hatten keine Ahnung, dass ich keinen Einfluss darauf hatte, ob ich zurück auf die Bühne kam oder nicht. Sie wussten nicht, dass ihre Rufe nach mir Teil eines perfiden Alex-Nolan-Spiels waren, dessen Ziel es war, sie hungrig zu halten. So sagte Alex das. »Hungrig halten«, das war sein Lieblingsausdruck. Deshalb zog er mich gerne genau dann von der Bühne, wenn die Stimmung auf dem Höhepunkt war. Wenn sie gerade ihre Knicklichter oder Handys aus der

Tasche geholt hatten und sich ein krasses Meer aus Tausenden tanzenden kleinen Lichtpunkten vor mir ausbreitete. Genau dann ging ich und kam auch nicht zurück. Er nannte das Coitus interruptus, ich nannte es Bullshit. Aber heute war es anders, ich musste tatsächlich los.

Zwei Stunden später hob die A 380 mit dröhnenden Turbinen ab und stieg schwerfällig in den Nachthimmel. Ich saß in dem bequemen Sessel der 1. Klasse und tat so, als würde ich die Times lesen, beobachtete aber Alex, wie er die Funktionen an seinem Sessel checkte. Er sah noch immer gestresst aus. Bei unserem Flug von Australien zurück in die USA letzte Woche hatte er in seinem Sitz gesessen, als sei die Maschine ein Linienbus. Aber jetzt flogen wir nach Deutschland. Das war etwas anderes, auch für Alex. Seine Stirn lag in Falten, und sein schwarzgraues Haar war nicht ganz so perfekt nach hinten geschleimt wie sonst. Hektisch winkte er unsere Stewardess ran.

»Hey, Miss, einen Doppelten!« Die Frau lächelte und nickte. Kurz darauf kam sie mit einem halb vollen Glas zurück. Alex guckte bloß kritisch, griff danach und nahm sofort einen großen Schluck. Dann drehte er sich zu mir um.

Ich hatte gehofft, mir bliebe noch ein Moment, bis er loslegte. Wohl nicht. Genervt schob ich die Schlafbrille über meine Augen.

»Nico.« Alex macht eine lange Pause zwischen meinem Namen und dem Rest der Rede.

»Was?«, fragte ich scharf, obwohl ich ganz genau wusste, was er wollte. Und er wusste, dass ich es wusste.

»Du hast es verdammt noch mal versprochen, Nico. Schreib ihr. Jetzt.« Ich stellte mich tot und rührte mich nicht.

»Guten Abend, darf ich Ihnen etwas zu trinken anbieten, Herr Simon?« Deutsch. Die Stewardess redete deutsch mit mir und sprach meinen Namen so aus, wie er eigentlich klang. Eigentlich. Früher mal. Ich zog die Schlafbrille von meinem Kopf und sah sie dankbar an.

»Bringen Sie mir doch bitte einen Gin Tonic«, antwortete ich ihr in meiner Muttersprache und freute mich über Alex' Gesicht, als er Gin Tonic hörte. Auch Alex konnte Deutsch, weil er für eine Weile in Berlin gelebt hatte. Ich hatte ihn schon oft auf Deutsch telefonieren gehört, aber mit mir sprach er konsequent Englisch und liebte es, wenn ich irgendeine Redewendung verkackte.

»Alkohol?«, fragte er schließlich entsetzt, als ihm bewusst wurde, dass ich nicht scherzte.

»Das ist die Lufthansa. Hier gilt deutsches Recht, Alex. Mit achtzehn bin ich hier volljährig und kann so viel Gin in mich reinschütten, wie ich will.«

Amüsiert lächelte die Stewardess, als sie mir mein Glas in die Hand drückte. Ich sah Alex an, dass er es mir am liebsten aus der Hand geschlagen hätte. Stattdessen blaffte er die arme Stewardess an, was ihr einfiel, Jugendliche zu Alkohol zu verführen. Ihr Lächeln gefror, und sie zog sich wortlos zurück.

Nachdem ich einen großen Schluck genommen und mir genüsslich über die Lippen geleckt hatte, stand ich auf und ging in den Waschraum. Dabei mochte ich Gin nicht mal.

Die Kabinentür klickte ins Schloss, und ich genoss für einen Augenblick das Alleinsein. Gott, war ich müde. Mit beiden Händen spritzte ich mir eiskaltes Wasser ins Gesicht und betrachtete mich in dem riesigen Spiegel. Meine Haare waren völlig verklebt von den Tonnen an Haarspray, die meine Visagistin Jill mir vor der Show reingeklatscht hatte, und am Kinn hing noch Make-up. In wenigen Stunden würden wir in Deutschland landen. Deutschland – das fühlte sich so verdammt weit weg an. Vier verdammt lange Jahre weit weg.

Ich atmete tief durch und dachte an das Kamerateam, das gemeinsam mit mir in diesem Airbus nach Hamburg flog. Und das bloß, um Bilder von mir und ihr zu bekommen. Glückliche Bilder, die selbst in meinem Kopf vor langer Zeit verblasst waren. Nur wusste ich im Gegensatz zu denen und Alex eben, dass daraus nichts werden würde. Es würde keine Bilder geben. Nicht morgen und auch nicht nächste Woche. Daran könnte ich nichts ändern, indem ich ihr schrieb. Weil ich das längst getan hatte.

LEA

5. OKTOBER

Ich schmiss meine Tasche wieder auf den Rücken und trat noch ein bisschen fester in die Pedale. Noch fünf Minuten. Der Wind zog mir scharf um den Kopf und schmerzte in meinen Ohren. Wenn ich heute schon wieder zu spät kam, dann war's das mit dem Job, daran gab es keinen Zweifel. Mit zusammengebissenen Zähnen ignorierte ich das Stechen in meinen Oberschenkeln und legte noch einen Zahn zu. Um Punkt fünfzehn Uhr bog ich schlitternd auf den Hinterhof vom »Chill a sandwich« ein, ließ mein Fahrrad einfach auf den Boden fallen und rannte außer Atem zum Hintereingang, vor dem Steffen mit einem hämischen Grinsen und einer Zigarette im Mundwinkel neben den Mülltonnen stand. Es hätte mich nicht weiter gewundert, wenn er nicht der Kippe wegen, sondern einzig wegen seiner Hoffnung auf eine weitere Verspätung von mir hier auf mich wartete. Vollidiot! Theatralisch ließ er in Zeitlupe seinen Ärmel nach oben gleiten und sah mit hochgezogenen Augenbrauen auf die Uhr.

»Oha, Cheesy, das ist aber ein bisschen spät, findest du nicht?«

Ich antwortete mit einem möglichst selbstgefälligen Lachen und schlüpfte durch den Hintereingang. Es klang wie pure Ironie, wenn er mich »Cheesy« nannte. Wenn er wüsste, dass Meral mich nur seinetwegen auf diesen bescheuerten Spitznamen getauft hatte ...

Eilig schnappte ich meinen Kittel aus dem Spind und band ihn mir so schnell ich konnte um die Hüfte. Während ich meine Locken zu einem straffen Dutt drehte, den ich dann unter der Baseballcap mit dem Smiley-Sandwich drauf verstaute, trat ich hinter den Tresen. Ich griff nach einem Backblech mit Baguettes und schob es in den Ofen. Noch immer keuchte ich wie eine Dampflok, aber ich schaffte es, mich zusammenzureißen, als Martha neben mich trat.

»Dein Glück!«, brummte sie und knallte mir zwei riesige Packungen Putenbrust vor die Hände. Man sah dem Aufdruck an, dass es wieder mal das billigste Fleisch war, das sie auftreiben konnte. Ich riss das Plastik auf und schnitt kleine Dreiecke aus der mit Sehnen durchzogenen rosa Masse. Bei der Ware zählte für Martha lediglich der Preis. Beim Personal war das anders. Sie zahlte uns mehr, als sie müsste. Dafür verlangte sie, dass wir funktionierten und ihr keinen Stress machten. Das war ihr wichtig, und deshalb hatte sie auch Steffen und mich eingestellt. Steffen, weil er so versessen pünktlich und regeltreu war, dass mein Vater mit Leichtigkeit eine Zwangsneurose hätte diagnostizieren können, und mich, weil ich schnell war und im Gegensatz zu Steffen die Kunden freundlich behandelte. Ich wusste aber, dass Martha meine Unpünktlichkeit nicht mehr lange dulden würde. Dieser Job hing von Marthas gutem Willen ab. Und wer Martha kannte, der wusste, dass man ihren guten Willen besser nicht strapazierte.

Als sie endlich wieder hinten verschwand, ging ich zu Steffen rüber und wedelte ihm mit dem restlichen Stück Fleisch vor der Nase rum.

»Du bist dran, Herzchen!« Stef nahm mir das glibberige Stück ab und ließ es vor meinem Gesicht rumbaumeln.

»Was soll das sein?«

»Nach was sieht es denn aus?«

»Es könnte mein blutendes Herz sein, das du mir aus der Brust gerissen hast, als du vor meinen Augen mit meinem besten Freund geknutscht hast!«

Ich verdrehte die Augen. Er konnte es nicht lassen. Steffen war der Meinung, dass er mein Exfreund war, und zwar einer der besonders bemitleidenswerten Sorte. Da ich eine Beziehung, die nicht länger als achtundvierzig Stunden gedauert und von der ich außerdem nichts gewusst hatte, nicht wirklich ernst nehmen konnte, war ich da anderer Ansicht. Ich schnappte mir einen kleinen zerschredderten Schnipsel Thunfisch aus den Behältern, in denen wir die Beläge für die Sandwiches aufbewahrten, und hielt es ihm unter die Nase.

»Dein Herz? Das bewahr ich hier auf, Schatz!«

Steffen hielt sich schmerzerfüllt die Brust. »Du bist ein kleines Miststück, Lea Winter!«

»Ich weiß. Was ist jetzt, schneidest du die ekelhafte Pute oder nicht?«

»Meinetwegen. Solange du die Toiletten heute putzt.«

Zufrieden drehte ich mich wieder um. Als hätte er jemals vorgehabt, sich heute um die Kundentoilette zu kümmern. Das wäre das erste Mal gewesen. Und wennschon. Nichts hätte mich mehr ekeln können als dieses widerliche Stück Federvieh.

Während ich meine Hände unter dem Wasserhahn

schrubbte, dachte ich an die Mathehausaufgaben, die ich bis morgen noch machen musste. Dabei wurde mir ganz heiß. Drei Tage hatten wir Zeit gehabt, aber wann hätte ich die machen sollen? Am Tag zuvor hatte ich bis abends im Eiscafé gearbeitet, und vor zwei Tagen war ich viel länger im »Chill a sandwich« gewesen als geplant, weil irgend so ein Honk beschlossen hatte, Sandwiches für fünfzig Mitarbeiter springen zu lassen. Mal so spontan.

Ich war schon froh, dass ich wenigstens die ersten Seiten von »Effi Briest« gelesen hatte. Also die ersten zwei Seiten der Zusammenfassung, genau genommen. Ich schlief zu wenig, aß nur noch nachts, und ich fürchtete, dass die meisten Ernährungswissenschaftler meinen täglichen Kaffeekonsum in die Kategorie Suizidversuch eingeordnet hätten. Aber auf meinem Konto fehlten nur noch eintausendneunhundertsiebzig Euro. Wenn ich noch ein paar Monate durchhielt, hatte ich es geschafft. Dann hatte ich genug Geld zusammen, um endlich das Puzzleteil zu finden, das mir seit sechzehn Jahren fehlte. Ich musste das tun. Und es machte mir nichts aus, denn ich war mir sicher, dass die Mühe sich lohnen würde.

Es war schon lange dunkel, als ich mich endlich auf den Nachhauseweg machte. Ich ahnte schon, was mich erwartete, als ich mein Handy aus der Tasche kramte. Wow. Zwölf Anrufe in Abwesenheit, zehn davon von meinem Vater. Das war selbst für ihn beeindruckend. Die zwei anderen Anrufe waren von Meral. Ich rief meine Mailbox an und hörte die Nachricht ab, die sie mir hinterlassen hatte.

»Verdammt, Cheesy, wo steckst du schon wieder? Kannst du mir das nächste Mal vielleicht Bescheid sagen, wenn ich angeblich mit dir shoppen bin?« Sie klang sauer. »Du kannst froh sein, dass ich schnell schalte. Ich hab Max gesagt, dass es dir bestimmt peinlich ist, ihm zu sagen, dass du dich wieder mit Stef triffst. Ist mir scheißegal, wie du die Ausrede findest. Geschieht dir jedenfalls recht.« Ich kannte die Art Rede, die jetzt folgen würde, und legte auf. Ausgerechnet Steffen? Die hatte ja wohl einen Vollschaden! Das hatte Max ihr niemals abgenommen! Lachend schwang ich mich auf mein Rad und fuhr fast genauso schnell nach Hause, wie ich hergekommen war. Wegen Effi, der Matheaufgaben und weil ich gespannt darauf war, was Max zu der Steffen-Lüge sagen würde.

»Hallohooo, ich bin wieder da!«, rief ich betont fröhlich in die Altbauwohnung. Max antwortete nicht, aber ich hörte seine Schritte auf dem alten Dielenboden. Als er wortlos im Türrahmen stehen blieb, sah ich erleichtert das Schmunzeln um seine Mundwinkel. Gott sei Dank, die Ausrede mit Steffen sorgte zumindest für gute Laune. Er musterte mich mit verschränkten Armen.

»Soso, Steffen also ...«, sagte er süffisant.

Ich räusperte mich umständlich, weil ich es einfach nicht glauben konnte, dass er das offensichtlich geschluckt hatte. Stef, der mir zum Geburtstag ein Oben-ohne-Foto von seinem schmächtigen Körper geschickt hatte und der beim Küssen so viel Spucke verlor, dass man ihm fairerweise eine Spendenquittung dafür hätte ausstellen müssen? Gut, wie miserabel Steffen küsste, wusste Max ja nicht.

»Max!« Ich sah ihn mit gespielt finsterer Miene an. Natürlich wusste ich, wie sehr er es hasste, wenn ich ihn nicht Papa, sondern Max nannte. Er hätte nie etwas dagegen gesagt, aber Max' Miene konnte man kaum missverstehen. Manchmal machte ich es einfach nur, um ihn zu provozieren, so wie jetzt zum Beispiel. Womöglich hatte er Angst, dass ich ihn nicht als Vater respektierte, weil er verglichen mit anderen Vätern so jung war. Dabei kannte ich kaum einen Menschen, der mir mehr väterlichen Respekt einflößen konnte. Nicht, dass ich Angst vor Max hatte, das wäre lächerlich. Es war eher eine positive Art des Respekts. Davor, was er schon alles geschafft hatte, und vor der Entscheidung, die er vor sechzehn Jahren getroffen hatte. Die Entscheidung für mich, seine Tochter. Dabei war er gerade einmal achtzehn Jahre alt gewesen. Wie jung das war, wurde mir immer klarer, je näher mein eigener achtzehnter Geburtstag rückte.

Ich startete ein Ablenkungsmanöver und fragte Max, wie sein Tag war. Er reagierte gar nicht erst darauf.

»Hör mal, das kannst du mir doch sagen. Du musst mich doch nicht anlügen, wenn du dich mit Stef triffst.« Sein Gesichtsausdruck war weicher geworden.

»Papa, ich weiß. Es tut mir leid.« Ich senkte meinen Blick und sah ihn schuldbewusst an, konnte mir das Lachen aber kaum verkneifen. Der schuldbewusste Blick funktionierte meistens. Max stand einfach weiter im Türrahmen und beobachtete mich gedankenverloren, während ich meine Sneakers abstreifte und meine Schultasche wieder auf die Schultern hob. Er tat mir ein bisschen leid, wie er dastand und auf ein Gespräch hoffte. Aber was sollte ich ihm sagen? Ich würde ihm bestimmt keine weitere Lügengeschichte auftischen.

»Ich muss noch Hausaufgaben machen«, murmelte ich möglichst zerknirscht und wartete, dass er mir Platz machte. Max seufzte sorgenvoll.

»Lea, das geht so nicht. Ich weiß, dass Jungs interessant sind und dass das Leben viele tolle Ablenkungen bietet, aber du kannst nicht um zehn Uhr anfangen, Schularbeiten zu machen. Das Gehirn ist nicht darauf ausgelegt, um diese Zeit ...«

Ich unterbrach ihn mit einem genervten Stöhnen. »Oh bitte, Paps, nicht schon wieder neurologische Fachvorträge. Mein Gehirn ist eines der nächsten Generation. Gehirn 2.0, verstehst du? Viel leistungsstärker als deins, was in der Natur der Sache liegt. Das Ganze nennt man Evolution.« Ich zwinkerte ihm zu. Max sah nicht so aus, als würde er mich entkommen lassen. Ich hätte ihm zu gerne gesagt, dass er der einzige Kerl war, für den ich im Moment ehrliche Gefühle und Zeit hatte. Und dass dieser spärliche Umgang mit dem anderen Geschlecht mich nicht gerade mit Stolz erfüllte, aber ich mir lieber Donald Trumps Gesicht auf meinen Hintern tätowieren lassen würde, als jemals wieder was mit Steffen anzufangen. Weil ich das aber nicht sagen konnte, zog ich den Joker.

»Wir reden morgen darüber, Papa. Versprochen.« Manchmal waren die Ideale meines Vaters wirklich praktisch. Eines davon war, dass Gespräche nicht erzwungen werden dürfen. Wenn man einen Ausweichtermin anbot, kam man bei Max aus den meisten Situationen heraus. Vorerst. Denn wenn es um Versprechen ging, war mit Max genauso wenig zu scherzen wie mit seinen Idealen. Morgen würde ich reden müssen, aber bis dahin hatte ich noch drei Seiten Mathe, ein halb fertiges Bioreferat und einen Anruf bei Meral zu erledigen.

Als ich endlich die Tür zu meinem Zimmer geschlossen hatte und mich auf mein Bett warf, merkte ich erst, wie erschöpft ich war. Meine Beine waren schwer wie Blei, und meine Augen drohten, einfach zuzuklappen. Draußen hörte ich Max mit gedämpfter Stimme reden und konnte mir ein Schmunzeln nicht verkneifen. Natürlich wusste ich, dass er mit irgendeiner Frau telefonierte. Als wäre ich ein kleines Mädchen, versuchte er noch immer, mich aus seinen Frauengeschichten rauszuhalten. Darin war er auch erstaunlich gut. Manchmal hörte ich, wie abends die Wohnungstür leise ins Schloss klickte. Er wäre nie einfach gegangen und hätte mich hier alleine gelassen, aber ich war mir sicher, dass er manchmal Besuch bekam. Ich hatte auch schon gesehen, dass nachts eine Zahnbürste mehr über dem Waschbecken lag. Aber morgens war immer alles wieder beim Alten. Nur seine und meine Zahnbürste, er und ich am Frühstückstisch. Er, der den Toaster nach unten drückte, und ich, die die fertigen Scheiben sofort nach dem Hochschnellen wieder rausholte, weil ich es liebte, wenn die Butter auf dem heißen Brot zerfloss. Wir zwei waren ein eingespieltes Team, und obwohl ich alt genug war, um zu wissen, dass Max sich sicher nach einer

Frau in seinem Leben sehnte, war ich irgendwie froh, dass es morgens nur uns zwei gab. Was er nachts machte und mit wem, war mir egal.

Ächzend überwand ich die Schwere, erhob mich schwerfällig wieder von meinem Bett und kramte mein Handy raus. Nach einer gefühlten Ewigkeit nahm Meral endlich ab.

»Jup.«

Obwohl sie sich Mühe gab, normal zu klingen, hörte ich die Anspannung in ihrer Stimme.

»Hör zu, es tut mir leid«, sagte ich schnell und ließ mich wieder auf das Bett sinken. Mit den Fingern zog ich langsam die Nähte der Patchworkdecke nach, die meine Oma mir genäht hatte, als ich klein war. Meral ließ mich einen Moment zappeln.

»Weiß ich. Und ich weiß auch, dass es wieder wichtig war und dass du mir auch eigentlich Bescheid sagen wolltest, aber dass du dann keine Zeit mehr hattest. Wie immer, Lea.«

Kurz schwiegen wir beide. Dann fuhr sie fort.

»Wegen mir ist das echt egal, Lea, aber ich find's scheiße, was du mit deinem Vater abziehst.«

Ich wusste, dass sie recht hatte, verdrehte aber trotzdem die Augen. Meral war der offizielle Max-Fanclub in Person. Für sie war er so was wie eine moralische Instanz, ein unfehlbarer Über-Dalai-Lama, der ihrer Meinung nach auch noch aussah wie Channing Tatum, was ihren Max-Kult noch etwas anstrengender machte. Ich sah keine Ähnlichkeit zu Channing Tatum und fand es total krank, dass meine beste Freundin meinen Vater mit einem zugegebenermaßen ziemlich heißen Schauspieler verglich. Auch wenn Max zwei Jahre jünger war als Channing Tatum und nur achtzehn Jahre älter als wir, das machte es nicht besser. Und mit dem Dalai Lama hatte er genauso wenig Ähnlichkeit wie mit diesem strippenden Hollywoodsternchen. Max konnte ganz schön aufbrausend sein, und hätte Meral ihn jemals im Schwimmbad lästern gehört, wäre das mit der moralischen Instanz auch Geschichte. Max konnte in seinem Urteil so vernichtend sein, dass selbst ich beeindruckt war. Dabei sollte man mit sechzehn eher abgehärtet sein, vor allem, wenn man mit Meral befreundet war.

»Es tut mir wirklich leid, Meral. Und ich werde mit Max sprechen. Morgen.« Es hatte keinen Sinn, mit ihr zu diskutieren. Ich wollte ihr auch nicht zum zweitausendsten Mal erklären, warum ich das alles tat und dass Max durchaus nicht ganz unschuldig daran war. Ich wollte einfach nur, dass Meral nicht mehr sauer war. Und reden musste ich ja morgen wirklich. Dass ich das Gespräch nicht freiwillig führen würde, musste Meral ja nicht wissen.

»Mach das«, sagte Meral schließlich und grummelte noch ein paar Sekunden ins Telefon, bevor sie plötzlich zu lachen anfing.

»Komm schon, Cheesy, die Ausrede mit Stef war ziemlich gut, hä?«

»Die Ausrede war megapeinlich!« Ich fiel in ihr Lachen ein. Meral machte am anderen Ende furchtbare Schmatz- und Kussgeräusche.

»Baaaaahhhh, hör auf, du bist widerlich!«

Wir quatschten noch eine Weile und lachten darüber, dass Max versucht hatte, am Telefon von Meral alles über Steffen zu erfahren. Meral bot mir an, die Mathehausaufgaben am nächsten Tag von ihr abzuschreiben, wenn ich zehn Minuten früher in die Schule käme, und sie schickte mir ein YouTube-Video, in dem »Effi Briest« in elf Minuten mit Legomännchen nachgespielt wurde.

»Gott, meine beste Freundin ist ein Streber«, jammerte ich in den Hörer.

»Ich wünschte, das wäre so, du Besessene. Aber ich befürchte, diesen Titel verdient man sich nicht mit Legovideos.«

»Ach komm schon! Ich wette, du hast das Video zweimal geguckt!«, antwortete ich, knutschte noch einmal das Display und legte lachend auf.

Als ich mir die Legogeschichte noch kurz reinzog, klopfte Max an meine Zimmertür. Ich ließ das Video weiterlaufen und machte mir ein paar Notizen. Max legte seine große Hand auf meine Schulter.

»So macht man das also heutzutage, wenn man keinen Bock auf Lesen hat, ja?«, sagte er schließlich und verfolgte fasziniert den dramatischen Tod von Effis Liebhaber Crampas auf meinem Bildschirm.

»Jep, genau so macht man das.«

»Also das ist ja wirklich hochinteressant! Da lernt man was fürs Leben: Männergeschichten können einen wirklich ins Verderben stürzen!«, provozierte Max schmunzelnd, als nun auch die Lego-Effi plötzlich umfiel und an ihrem gebrochenen Herzen starb.

»Gott, Papa, du bist ja immer noch da«, lachte ich und stoppte das Video kurz, um ihm Gute Nacht zu sagen. Die Zimmertür schloss sich hinter ihm, und er knipste demonstrativ den Lichtschalter aus, der sich außerhalb des Zimmers im Flur befand. Ich lauschte kopfschüttelnd seinem jungenhaften Kichern und den Schritten, die sich von meiner Tür entfernten, bevor ich in den Flur ging, um es wieder anzuknipsen. Aber die paar Sekunden Dunkelheit hatten schon ausgereicht, um die Schwere meiner Augenlider wieder zu spüren. Ich beschloss, beim Bioreferat morgen einfach zu improvisieren. Würde schon klappen, mit dem menschlichen Gehirn kannte ich mich dank Max ganz gut aus. Manchmal hatte ich ihn für die Therapeutenzulassungsprüfung abgehört, und ein bisschen was wusste ich noch. Meral würde wahnsinnig werden an meiner Stelle. Sie hasste es, unvorbereitet zu sein. Ein Glück für mich, so konnte ich wenigstens Mathe abschreiben. Ich schwor mir, die Schule ab morgen wieder ernster zu nehmen, verstaute all meine Schulsachen im Rucksack, schickte Meral zwanzig Kusssmileys und schlich mich ins Bad. Als ich endlich unter meine Decke schlüpfte, war es weit nach Mitternacht. Wieder nicht mal sechs Stunden, bis mein Wecker klingeln würde. Ich schloss die Augen und dachte an meine Mutter. Leise flüsterte ich ihren Namen in die Dunkelheit. *Charly*. Der Name klang so vertraut und schön. Ich versuchte, mir ihr Gesicht ins Gedächtnis zu rufen, und spürte den vertrauten Schmerz in meiner Brust, als es mir nicht gelang. Wie gerne hätte ich ihr erzählt, dass ich Max belog, Meral verärgerte, die

Schule vernachlässigte, und all das nur, um endlich bei ihr zu sein. Ja, ich machte all das, um sie endlich zu sehen, und ich wusste, dass sie mich verstehen würde. Bei ihr war es jetzt schon fast Mittag, und ich war mir sicher, dass auch sie an mich dachte, sich nach mir sehnte, so wie ich mich nach ihr. Wenn wir uns endlich gegenüberstünden, würde ich ihren Duft einatmen, ihre Stimme hören und in ihre Augen sehen. Sie war all den Stress wert, auch wenn Max und Meral das niemals verstehen würden.

6. OKTOBER

Am nächsten Morgen fühlte es sich so an, als hätte mich eine Zeitmaschine einfach unbarmherzig in den nächsten Tag geschleudert. Wirre Traumfetzen waberten durch mein halbdunkles Zimmer, das mir furchtbar kalt vorkam. Nur der Gedanke an ein warmes Nutellabrot ließ mich aufstehen. Ich zog mir meine Einhornhausschuhe an und schlurfte schlaftrunken durch den Flur in die Küche. Es roch nach frisch aufgebrühtem Kaffee und Toast. Toast? Ich riss die Augen auf und entdeckte tatsächlich eine Scheibe auf meinem Teller. Plötzlich hellwach eilte ich zu meinem Platz und legte meine Hand darauf. Kalt und hart.

»Papaaaa!«, rief ich entsetzt und verengte meine Augen zu zwei Schlitzen. Max kam geduscht und schon fertig angezogen in die Küche. Ich deutete empört auf den Toast auf meinem Teller.

»Ja bitte?«, fragte Max und schwenkte seinen Blick völlig unbeeindruckt zwischen mir und meinem Teller hin und her, während er sich mit hinter dem Kopf verschränkten Armen an den Küchentisch setzte.

»Du weißt, dass ich es hasse, wenn der Toast hart ist!«

Max nippte seelenruhig an seinem Kaffee.

»Ist es möglich, dass ich dich zu einer kleinen verwöhnten Zicke erzogen habe?«

Sein Lächeln machte mich rasend, aber ich musste zugeben, dass ich mich tatsächlich wie eine Wahnsinnige aufführte. Um Haltung zu bewahren, zog ich es trotzdem durch.

»Scheiße, Mann, das steinharte Ding kannst du selber essen!«

Ich drehte auf dem Absatz um und stapfte ins Bad. Gott, war ich schrecklich. Wenn ich zu wenig schlief, war ich wirklich unausstehlich.

In der Küche hörte ich Max laut lachen.

»Hilfe, ich habe ein Monster erschaffen!«, rief er in meine Richtung, und ich hörte, wie er summend unsere Teller abräumte. Diese unerschütterliche gute Laune, unglaublich. Kopfschüttelnd nahm ich meine Schminksachen aus dem Spiegelschrank, drehte das Radio auf und versuchte, mit massenweise Concealer zu retten, was zu retten war.

Das Radio war auch nicht besser als Max. Der Moderator lieferte sich eine Nicht-lachen-Challenge mit einem Typen, der in Amerika elf Millionen Follower auf YouTube hatte. Elf Millionen! Ich beschloss, bei der Challenge mitzumachen, weil ich gerade gegen jeden gewonnen hätte. Lustig fand ich heute definitiv gar nichts! Bis der Typ es übertrieb.

»Sitzen zwei Elefanten auf einem Strommast. Fällt einer runter. Sagt der andere: ›Das kann mir nicht passieren, mein Vater ist Bäcker!‹«

Ich konnte nicht anders, ich musste losprusten. Zu meiner Beruhigung war das auch das Aus für den Moderator. Wie bescheuert war das denn bitte?

»Und mit solchen Witzen hast du elf Millionen Abonnenten gecatcht?«

»Ich hab auch noch schlechtere. Das Interessanteste ist eigentlich, dass die amerikanischen Zeitungen schreiben, das sei deutscher Humor.«

»Du Judas! Du schädigst unseren Ruf!«

»Hallo? Ich rette ihn! Bevor ich kam, dachte man drüben, ihr Deutschen hättet gar keinen Humor!«

Grinsend verfolgte ich den Schlagabtausch des Moderators und des Elf-Millionen-YouTubers.

»Und jetzt singst du also auch noch?«

»Ich versuche mein Bestes. Im Grunde muss man einfach nur genug Geld für Songwriter und Produzenten ausgeben, dann braucht man nicht mal viel Talent, um ganz groß rauszukommen.«

»Na, dann war das ja bei dir eine sinnvolle Investition.«

»Definitiv.«

»Dürfen wir denn mal eine Live-Kostprobe hören?«

Oh Gott, bitte nicht noch so ein Möchtegernsänger. Schnell drückte ich auf den Ausknopf und versuchte, meine Locken irgendwie zu bändigen.

Eine Viertelstunde später lief ich mit einer Thermoskanne in der Hand die Treppen runter. Wenn Max sich rächen wollte, war ihm das meisterhaft gelungen. Den Kaffee komplett selbst zu trinken und mir eine Kanne Grüntee hinzustellen, hatte etwas beeindruckend Sadistisches. Ausgerechnet heute! Unten angekommen, rannte ich den Briefträger fast über den Haufen.

»Hoppla, junge Dame!« Er lächelte mich aus seinem sonnengebräunten Gesicht voller Lachfalten gütig an. Alter! Wollte mich denn heute die ganze Welt mit guter Laune in den Wahnsinn treiben?

Ich murmelte eine unverständliche Entschuldigung und wollte mich an ihm vorbeizwängen, aber er rief mich zurück.

»Moment mal, ich bräuchte mal ganz kurz deine Hilfe!« Eine Sekunde überlegte ich, so zu tun, als hätte ich ihn nicht gehört, weil ich doch noch die Mathehausaufgaben bei Meral abschreiben musste vor der ersten Stunde. Aber selbst fehlender Kaffee würde so eine egoistische Nummer nicht entschuldigen, und ich hatte keine Lust, mein Karmakonto heute noch weiter zu belasten. Also drehte ich mich um und ging wieder zurück in den dunklen Hausflur, an dessen muffigen Geruch ich mich auch nach zwei Jahren noch nicht gewöhnt hatte.

»Ja?«, fragte ich und warf einen kurzen Blick auf die Armbanduhr des Briefträgers. Scheiße, ich musste mich echt beeilen.

Der Postbote kramte umständlich in den Briefen rum.

»Ich hab da so einen Briiief«, sagte er völlig versunken und durchsuchte die Umschläge in seiner Hand, während ich ungeduldig mit meinen Beinen auf und ab wippte.

Das »i« zog er völlig unnötig in die Länge. Nur zwei Sekunden, aber zwei Sekunden, die ich eigentlich nicht hatte.

»Ah, da ist er ja. Nur eine Adresse, kein Name, siehst du?« Er hielt mir einen Briefumschlag vor die Nase. Darauf stand:

FÜR MEIN KLEINES MÄDCHEN

Darunter unsere Straße, die Hausnummer unseres Hauses und in großen Buchstaben *HAMBURG*, ohne Postleitzahl. Wer zum Teufel schickte solche Briefe raus?

»Weißt du, ich kenne hier niemanden. Ich weiß nicht, ob es hier ein kleines Mädchen gibt.« Bedauernd schob er seine Brille zurecht. »Hier im Haus, meine ich«, fügte er dann hinzu. Er sah mich über seine Brillengläser hinweg an und redete dann weiter. »Früher, als wir noch kleine Bezirke hatten, da kannte ich die Leute noch, denen ich die Briefe zustellte. Heute ist das anders …« Er trat wieder zu den Briefkästen und ließ seinen Blick von Namensschild zu Namensschild schweifen, als könne er dort einen Hinweis finden. »Das ist ein sehr hübscher Brief, siehst du?« Er zeigte mir eine Zeichnung auf dem Briefumschlag und lächelte wieder. »So etwas findet man heutzutage ja nur noch ausgesprochen selten«, seufzte er und holte Luft. Es klang so, als würde er noch weiter ausholen wollen.

Ohne auch nur eine Sekunde darüber nachzudenken, hörte ich plötzlich meine eigene Stimme. »Ich find dieses kleine Mädchen schon.«

Erschrocken über meine eigenen Worte setzte ich schnell

ein vertrauenswürdiges Lächeln auf und griff zögerlich nach dem Brief, den der Mann mir erleichtert entgegenstreckte.

»Das ist ja wunderbar. Ich hatte letztens schon eine Sendung dieser Art, und niemand konnte sie zuordnen. Das geht dann normalerweise zurück, aber in diesem Fall gibt es keinen eindeutigen Absender …«

»Schon gut, ich geb ihn weiter, kein Problem«, unterbrach ich den Mann und nahm ihm den Umschlag aus der Hand. Ich hatte wirklich keinen einzigen Augenblick länger Zeit. Rasch verstaute ich den Brief in meiner Tasche, nickte dem Postboten noch einmal zu, rannte zur Tür raus und dann die Straße hoch. Gott, war ich bescheuert? Ein kleines Mädchen hatte ich in unserem Haus wirklich noch nie gesehen. Und ehrlich gesagt kannte ich bisher auch niemanden aus diesem Haus, den ich hätte fragen können. Egal, ich musste mich wirklich beeilen, damit Meral nicht umsonst extra früher gekommen war.

»Zeig mal«, sagte Meral und zog den Umschlag zu sich, während ich ihre Matheergebnisse abschrieb.

»Und du hast gesagt, dass du ein kleines Mädchen im Haus kennst? Du weißt schon, dass Lügen am Ende immer auffliegen?«

Ich sah sie grinsend an. »Sagt wer? Die Frau, die Marc mit der Ausrede losgeworden ist, dass sie keinen Sex vor der Ehe will?«

Meral grinste zurück und zuckte mit den Schultern. »Vielleicht ist das ja auch so«, flötete sie unschuldig und klimperte mit ihren langen schwarzen Wimpern.

»Nee, is klar!« Ich beugte mich wieder über mein Heft und schrieb amüsiert weiter. »Und ich habe natürlich nicht gesagt, dass ich die kenne. Ich habe gesagt, dass ich sie finde. Das sind zwei völlig unterschiedliche Dinge!«

»Cheesy, der ist aus dem Ausland!« Meral hatte mir offensichtlich nicht zugehört und war plötzlich ganz aufgeregt. »Und hast du mal hintendrauf geguckt?«

Sie schob den Brief über mein Heft, sodass ich nicht weiterschreiben konnte.

»Kannst du bitte endlich mal mit diesem Cheesy-Quatsch aufhören?«

Meral schüttelte den Kopf. »Auf gar keinen Fall!«

Meral nannte mich Cheesy, seit ich Steffen einmal vor Wut einen Löffel Frischkäse ins Gesicht geschleudert hatte. Dabei hatte ich ihm eigentlich nur drohen wollen. Der Finger war aus Versehen weggeschnippt, und dummerweise hatte ich auch noch getroffen. Obwohl das nicht unbedingt nur dumm war, sondern auch ein bisschen gut. Meral feierte diesen Ausrutscher jedenfalls und ignorierte stoisch, dass es nur ein Versehen war. Sie fand, dass ich viel zu nett zu Stef war, nachdem der in der Schule rumerzählt hatte, dass ich mir meinen BH ausstopfen würde. Obwohl das nicht mal stimmte und ich einfach nur einen Push-up trug so wie fast alle Mädchen, die ich kannte, nahm Meral ihm das nach wie vor furchtbar übel und brauchte deshalb wohl immer wieder die Erinnerung an diesen einen Moment meiner Rache.

Seufzend sah ich mir die Zeichnung auf dem Umschlag an, die mir schon der Briefträger vor die Nase gehalten hatte. Sie war tatsächlich verdammt gut, er und Meral hatten recht. Sie bestand aus lauter kleinen Bleistiftstrichen, sah ein bisschen nach Graffiti aus und zeigte ein kleines Mädchen, das einem Drachen hinterherjagte. Ein Absender stand nicht darauf. Ich zog die Augenbrauen hoch.

»Wird nicht so schwer sein, irgendein Mädchen zu finden«, sagte ich zu Meral und schob den Brief wieder in ihre Richtung. »Vielleicht ist der Brief ja schon fünfzig Jahre alt und kommt erst jetzt an!«, raunte ich verschwörerisch und konzentrierte mich wieder auf die Zahlen vor mir.

Ich schaffte es gerade so, mein Heft zuzuklappen, als Frau Steiner reinkam. Sie sah mich grimmig an und schüttelte genervt den Kopf. Für Frau Steiner waren nicht gemachte Hausaufgaben so was Ähnliches wie Hochverrat, da ließ sie nicht mit sich spaßen. Also versuchte ich, heute besonders aufmerksam zu sein und mitzumachen, um sie wieder gnädig zu stimmen. Meral drehte und wendete unterdessen den Brief und zischte mir immer wieder wilde Geschichten ins Ohr, die sie sich zusammenreimte.

»Vielleicht ist es eine geheime Liebesbotschaft vom Briefträger an dich!«, flüsterte sie und riss ihre Augen auf. Ich gab mir Mühe, möglichst leise zu lachen.

»Der Briefträger ist alt. Nicht Max-alt, sondern so richtig alt. Sechzig oder so. Das wäre also ziemlich ekelhaft, wenn er mich ›mein kleines Mädchen‹ nennen würde!«, antwortete ich angewidert.

»Oder der Brief kommt aus dem Jenseits. Stell dir das mal vor, Cheesy, das wär krass!«

»Ja, das wär krass, und wenn du jetzt nicht die Klappe

hältst, kannst du den Verfasser gleich persönlich fragen, wie er das Ding ins Diesseits befördert hat.«

»War das jetzt ’ne Morddrohung? Nur so fürs Protokoll …?«

Mit einem dumpfen Geräusch ließ ich meinen Kopf auf den Tisch plumpsen. Spätestens jetzt schien es sicher: Die Welt und ich würden heute keine Freunde mehr werden.

Auch die Pausenglocke war nicht wirklich eine Erlösung. Wie auf Kommando sprang Meral von ihrem Stuhl auf und zog mich mit sich. Den Brief hielt sie in der Hand.

»Ich find das so megaspannend. Du kannst dich glücklich schätzen, mit mir als bekennende Tatortguckerin eine echte Ermittlungsexpertin an deiner Seite zu wissen.«

Ich rollte lachend mit den Augen, ließ mich aber insgeheim ein bisschen anstecken von ihrem Enthusiasmus. Langsam interessierte es mich wirklich auch, was es mit dem Brief auf sich hatte.

»Leider werden wir den Inhalt nie erfahren«, seufzte Meral. »Wenn es kein kleines Mädchen gibt bei euch, dann kannst du sie ja schlecht fragen, was drinsteht, oder?«

Daran hatte ich noch gar nicht gedacht. Doof irgendwie. Auf der anderen Seite war ich mir wirklich sicher, dass es kein kleines Mädchen gab. Ich würde Max heute Mittag fragen. Wenn ich recht hatte, würde ich den Brief morgen an den Postboten zurückgeben.

»Was ich immer noch nicht ganz verstanden habe: Warum hast du gesagt, dass du die findest? Das ist doch nicht dein Job, sondern seiner!«

»Keine Ahnung, ich musste halt los, und ich fand es irgendwie unhöflich, ihn da mit seinem Brief stehen zu lassen.«

Meral atmete laut ein. »Ah ja. Lea rettet mal wieder die Welt.«

Sie machte eine bedeutsame Pause, wendete sich dann aber wieder ihrem Projekt zu. »Lass uns mal Doktor Professor Google fragen, wo das Teil herkommt. Hier steht Wollongong. Wollongong. Wie geil ist das denn?« Meral lachte herzlich.

»Ich wette, das liegt in Japan.«

»Und ich wette, das ist alles ein schlechter Scherz!«

Meral zog mich in die Räume der Mädchentoilette und schüttelte ihr Smartphone aus ihrem Ärmel. Smartphones waren hier an der Schule verboten. Ich fragte mich allerdings wirklich, ob auch nur einer der Lehrer glaubte, dass wir uns daran hielten. Das wäre so unfassbar naiv, dass man ernsthaft mal über die Zugangsvoraussetzungen an Pädagogikhochschulen reden müsste.

Meral tippte ungeduldig auf ihr Handy ein, hielt es in Richtung Fenster und schüttelte immer wieder den Kopf.

»Im Ernst, wieso gibt es hier keinen fucking Empfang?«

Ich beobachtete sie dabei, weil ich es so gerne mochte, wenn Meral besessen war. Und sie war öfter mal von irgendwas besessen. Ich kannte das Gefühl, dass man etwas herausfinden musste, weil man sonst zu platzen drohte. Meral hatte das aber mehrmals täglich. Dabei war es völlig egal, ob es sich um eine kniffelige Matheaufgabe oder um die Frage handelte, von wem Steffen erfahren hat, dass ich mit Malte geknutscht hatte. Auf ihren Wangen sah man dann dieses zarte Rot durch ihre hellbraune Haut schimmern, und ihre Kieferknochen spannten sich an, während sie andauernd ihre schwarzen langen Haare nach hinten strich. So saß sie jetzt auf den Fliesen des Waschraums, ignorierte, dass dauernd irgendwelche Mädels über sie drübersteigen mussten, um zur letzten Kabine zu gelangen, und hörte nicht, wie eine Fünftklässlerin ihr sagte, dass Handys hier verboten seien. Ich warf dem frechen Zwerg einen giftigen Blick zu, und sie verschwand schnell hinter einer der sechs Türen.

»Was? Gar nichts?«, fragte ich schließlich, weil Merals Gesichtsausdruck immer genervter wurde. Sie schüttelte den Kopf.

»Gleich, warte, es lädt noch.«

Als die Glocke läutete, drehte sich der kleine Kreis immer noch um sich selbst. Sonst blieb das Display weiß. Das würde wohl nichts mehr werden. Mir fiel auf, dass ich heute noch immer nichts gegessen hatte.

»Hast du ein Schulbrot?«, fragte ich Meral, die von ihrer Mutter immer so gut versorgt wurde, als würde sie eine Woche verreisen, während ich mir mein Schulbrot selber schmieren musste, was ich fast nie machte.

»In der Klasse«, antwortete Meral zähneknirschend.

Wir sprinteten in den Klassenraum und kamen gerade so noch dazu, wenigstens zwei Bisse von Merals Broten abzubeißen, ehe es weiterging.

»Cheesy!«, zischte Meral mir plötzlich ins Ohr. »Das glaubst du nie!«

»Was denn?«, fragte ich ungeduldig, weil ich keinen Bock hatte, schon wieder einen Anschiss zu kassieren.

Meral hielt mir unter dem Tisch ihr Handy hin, das inzwischen die Google-Seite geladen hatte.

Neben einem kleinen Ausschnitt aus einer Landkarte und dem Foto einer Küstenstadt stand es: Wollongong. Und direkt darunter: Stadt in Australien.

Meral und ich starrten uns an. Wir beide wussten, was das bedeuten konnte.

Was, wenn der Brief für mich war?

Nach der Schule fuhr ich direkt zum Eiscafé. Ich versuchte, nicht mehr über den Brief nachzudenken, bis ich zu Hause sein würde. Ich musste mir einreden, dass es nur ein Zufall war. Ein dummer Zufall. Und ich durfte nicht enttäuscht sein, wenn der unwahrscheinlichste aller Fälle nicht zutraf. Warum sollte Charly sich ausgerechnet jetzt melden? Nach sechzehn langen Jahren, in denen ich mich so nach ihr gesehnt hatte? War dieser klitzekleine Funken Hoffnung, dass ich das kleine Mädchen war, das der Absender meinte, Legitimation genug, um den Brief öffnen zu dürfen? Meine Gedanken drehten sich im Kreis. Jetzt musste ich aber erst einmal meinen Kopf freikriegen und arbeiten.

Ich war unentschlossen, was ich hoffen sollte: dass die Gewitterfront, die sich hinter mir aufbaute, weiterzog und das leise Grollen sich entfernte oder dass es einfach lospladderte und ich nach Hause geschickt wurde, weil keine Kundschaft kam. Ich brauchte jeden Cent, den ich kriegen konnte, und in wenigen Tagen sollte es so kalt werden, dass das Eiscafé bis zum Frühling schließen würde. Auf der anderen Seite war ich gerade so müde und gleichzeitig aufgedreht, dass ich nicht wusste, wie ich die Schicht durchstehen sollte. Außerdem konnte es sein, dass Max heute wieder früher nach Hause kam, und dann würde ich ihm erklären müssen, wo ich gewesen war. Wieder eine Lüge mehr. Die ersten Tropfen landeten auf meiner Haut, und ich hob mein Gesicht in Richtung Himmel. Die Abkühlung tat meiner Haut gut. Genau in dem Moment, in dem ich mein Fahrrad vor dem Café abschloss, stürzten wie auf Kommando Wassermassen aus dem Himmel. Lillo kam rausgestürmt und klappte die kleine Tafel zusammen, auf der das Angebot des Tages gerade zu einer weißen Kreidemasse zerlief.

»Los, mache, dass du davonkommst, piccola!«, rief er in seinem charmanten Akzent und gab mir wild gestikulierend zu verstehen, dass ich wieder auf mein Rad steigen sollte.

»Aber ich dachte, vielleicht hört es auch gleich wieder auf, und ich könnte die Schränke solange auswischen.« Mein Widerstand war halbherzig. Ich konnte nicht aufhören, an den Brief zu denken.

»Dai, amore, genieße deine freie Tage! Iche denke, es iste so weit. Wir schließen.« Er sah mich gutmütig an. Ich biss mir auf die Lippe, weil ich am liebsten geheult hätte. Ich wollte zwar gerade nicht arbeiten. Aber ich wollte auch nicht, dass Lillo das Eiscafé schloss. Eigentlich hatte er vorgehabt, schon im September zurück nach Sizilien zu gehen. Es war nur Glück, dass die ersten Herbsttage so sonnig gewesen waren, dass es an Wahnsinn gegrenzt hätte, den Laden schon dichtzumachen. Ich hatte die Schichten im Eiscafé geliebt. Lillo war das Gegenteil von Martha. Ach verdammt!

»Kommste du in den nächsten Tagen noch mal, bella, ja?« Mit diesen Worten verschwand Lillo im Inneren des Cafés. Warum zum Teufel aßen die Menschen im Winter kein Eis?

Ich stieg wieder aufs Rad. Der Regen hatte längst meine Hose durchweicht, und mein helles Shirt klebte durchsichtig auf meiner Haut. Da halfen auch die kleinen roten Punkte wenig. Zum Glück war bei dem Wetter fast keiner auf der Straße. Ein Regenschirm hätte jetzt auch nichts mehr genutzt. Der Wind, der im Gegensatz zu den Temperaturen schon gemerkt hatte, dass es Anfang Oktober war, hätte ihn sofort auf links gedreht oder das Gestänge gebrochen.

Zu Hause angekommen, traf ich noch unten an der Haustür auf Max. Als er mich sah, brach er in lautes Gelächter aus.

»Na, willst du heute noch einen Wet-T-Shirt-Contest gewinnen, oder warum beraubst du deine Regenjacke ihrer Funktion?«

Ich streckte ihm die Zunge raus. »Ich weiß ja nicht, wie deine Jacke so arbeitet. Meine ist eher von der trägen Sorte, die lieber zu Hause abgammelt.«

»Oder meine Tochter ist eine von der vergesslichen Sorte und hat die arme arbeitswillige Regenjacke mal wieder zur Untätigkeit verdammt.«

»Auch das liegt im Bereich des Möglichen«, schmollte ich und zog angewidert an dem klitschnassen Stoff auf meiner Haut. »Wenn du jetzt mal endlich aufschließen würdest, könnte ich mich umziehen, Mister Perfect.«

»Ach, schön, dass es endlich mal einer bemerkt!«, sagte Max, steckte seine Nase hoch in die Luft und strich sich triumphierend über den knisternden Kunststoff seiner Jacke, von dem das Wasser abperlte und auf den roten Steinboden tropfte. Er schloss die Haustür auf, trat in den Hausflur und zog sich seine Kapuze von den trockenen Haaren. Dann ging er zum Briefkasten und öffnete unser Fach rechts oben. Gedankenversunken sah er die Post durch, während er die vier Stockwerke auf den knarzenden Treppen emporstieg. Die Post in seinen Händen ließ mein Herz schneller schlagen. In meinem Rucksack lag noch immer der ungeöffnete Brief. Der Brief an ein kleines Mädchen, das vielleicht ich war. Er könnte alles sein. Das größte Wunder oder die herbste Enttäuschung.

»Hast du Hunger, Lea?« Ich hörte Max in der Küche hantieren.

»Was hast du denn anzubieten?«

»Thunfisch, Salami oder Spinat.«

Grinsend schüttelte ich den Kopf. Seit wir vor zwei Jahren bei meinen Großeltern ausgezogen waren, ernährten wir uns fast ausschließlich von Tiefkühlpizza, bereits gewaschenen Salatmischungen mit Fertigsoße und Pasta. Das lag nicht etwa daran, dass wir nicht kochen konnten, das hatten wir dank meiner Großmutter ganz gut drauf. Aber unter der Woche hatten wir beide meist so wenig

Zeit, dass wir nicht den Nerv hatten, uns lange in die Küche zu stellen, geschweige denn einzukaufen.

»Teilen wir uns Spinat?«, rief ich zurück.

»Bist du irre? Ich teile gar nichts. Aber ich würde auch noch die Hälfte von deiner essen.«

Ich überlegte, ihm irgendwas Freches zu antworten, aber ich beließ es dabei. Dann sollte er sich halt anderthalb Pizzen reinknallen. Sein Bauch würde ihm danach schon sagen, wer hier irre war.

Nachdem ich mich aus meinen nassen Klamotten geschält und meine Haare abgetrocknet hatte, zog ich mir meine bequeme schwarze Jogginghose, dicke Socken und den viel zu großen grauen Hoodie an, den ich Max letztens aus dem Schrank geklaut hatte. Mit einem tiefen Seufzer ließ ich mich auf mein Bett sinken und starrte an die Decke. Ich genoss das Gefühl der frisch duftenden gemütlichen Kleider auf meiner Haut und vor allem die Gewissheit, einen Nachmittag für mich zu haben. Wann hatte ich zuletzt einfach mal Zeit gehabt? Schon klar, ich musste einiges für die Schule tun, aber es war hell draußen, ich war zu Hause, und zum ersten Mal seit Langem hatte ich einfach nur frei. Ich fragte mich, ob mir bewusst gewesen war, wie viel Freizeit wert war, als ich noch welche hatte. Wahrscheinlich nicht. Wie oft hatte ich Max mit meinem Gejammer genervt, dass mir langweilig war. Ich habe immer Meral um ihren großen Bruder beneidet. Ich fand es eine wunderschöne Vorstellung, dass jemand im selben Alter zur Familie gehörte. Payam war nur anderthalb Jahre älter als Meral, und er war ein Bruder von der guten Sorte. Er nahm sich Zeit für Meral. Nicht nur zum Chillen, sondern auch, wenn es ihr schlecht ging. Sie konnte immer zu ihm gehen und sich seinen Rat einholen. Ich konnte eigentlich auch immer zu Max kommen, aber es war doch etwas anderes. Er war mein Vater, und auch wenn achtzehn Jahre Altersunterschied nicht viel waren für eine Tochter und ihren Vater – achtzehn Jahre blieben doch achtzehn Jahre. Er war in den Achtzigern geboren, das war nicht nur gefühlt ein anderes Jahrhundert, aus dem er stammte. Spätestens wenn er wieder mal erzählte, dass er sein erstes Handy mit zwanzig gekauft hatte und dass er sich mehr echten Kontakt zwischen den Menschen wünschte, so wie früher, wurde mir bewusst, dass er gar nicht verstehen konnte, wie meine Welt funktionierte. Die Welt meiner ganzen Generation. Wie sollte ihm auch klar sein, dass die virtuelle Welt längst zu unserer Realität gehörte. Manchmal wusste ich gar nicht mehr, ob ich Meral etwas im Chat geschrieben oder im Unterricht ins Ohr geflüstert hatte. Es kam auch aufs selbe hinaus. Für mich. Nicht für Max.

»Esseeeeeen!«, brüllte er durch die Wohnung. Das hätte er nicht tun müssen, denn der Pizzageruch hatte mittlerweile auch mein Zimmer erreicht und löste sofort ein Grummeln in meinem Bauch aus. Mehr als die zwei Bissen von Merals Brot hatte mein Magen heute noch nicht bekommen. Ich hüpfte in die Küche und setzte mich zu Max an den Tisch. Er hatte die Anlage angemacht.

»Rainy days«, erklärte er, als ich ihn fragend ansah. »Meine neue Lieblingsplaylist«, fügte er zwinkernd hinzu, als »It's raining men« von den Weather Girls aus den Boxen klang. Dabei begann er, auf seinem Stuhl merkwürdige Tanzbewegungen zu machen, und bewegte seine Lippen, als würde er singen. Nachdem Max daran gescheitert war, mich über meinen Tag in der Schule auszufragen, rächte er sich mit Gesang – falls man das Gesang nennen konnte. Ich hielt mir die Ohren zu und schluckte den letzten Biss von meiner Spinatpizzahälfte runter.

»Ich geh dann mal lieber, bevor ich bleibende Schäden davontrage«, grinste ich und stellte meinen Teller in die Spülmaschine. Max stand auf, tanzte auf mich zu und nahm meine Hand. Widerwillig ließ ich mich um meine eigene Achse drehen. Er ließ mich los, um im Refrain zweimal in die Hände zu klatschen, und seufzte.

»Nein, wirklich, die jungen Dinger von heute haben keinen Musikgeschmack mehr.«

»Ja genau, im Gegensatz zu dir, alter Mann!«

Ich konnte es kaum erwarten, wieder in mein Zimmer zu verschwinden und mir den Briefumschlag noch mal genau anzusehen. Im Türrahmen blieb ich aber doch stehen und drehte mich zu Max um.

»Paps, kann ich dich was fragen?«

Max eierte durch die Küche und nickte im Takt. »Alles außer, ob du mich was fragen darfst!«

Ich musste schmunzeln. Er hasste diese Frage.

»Kennst du eine Stadt, die Wollongong heißt?«

In Max' Gesicht sah ich keine Regung außer Belustigung. »Wollong-what?«

Es schien ihm wirklich nichts zu sagen.

»Ach, nicht so wichtig, vergiss es!«

Ich ließ ihn mit seinen komischen Verrenkungen allein in der Küche zurück und war erleichtert, als er Sekunden später seine *echte* Lieblingsplaylist abspielte und wieder die vertrauten Klänge des MTV-Unplugged-Albums von Nirvana durchs Haus zogen. Gott sei Dank. Er war nicht verrückt geworden. Er hatte mich einfach nur nerven wollen.

Die Melodie mitsummend setzte ich mich an den Schreibtisch und rief meine Oma an. Wir telefonierten viel zu selten in letzter Zeit. Während am anderen Ende der Anrufbeantworter ranging, öffnete ich meinen Schulrucksack. Mit einer Hand suchte ich nach dem Briefumschlag zwischen den Ordnern und Büchern.

»Hey, Omi, ich bin's. Ich wollte nur sagen, dass ich euch vermisse. Ruf mal an. Ich …« Ich hielt erschrocken inne. Meine Hand fasste in eine nasse Lache auf dem Boden des Rucksacks.

»Ach du Scheiße! Ich ruf später noch mal an.« Die letzten Worte stammelte ich eher, dann legte ich hastig auf, um das Desaster genauer zu untersuchen. Verdammt! Der Regen hatte alles komplett durchweicht. Schnell kippte ich alle Schulsachen aus dem Rucksack. Zum Glück waren meine Ordner innen trocken, aber ein paar Bücher wellten sich schon. Den Brief hatte es besonders hart getroffen. Das Papier war komplett feucht, und die Zeichnung war kaum mehr zu erkennen. Offensichtlich hatte der Regen mir die Entscheidung abgenommen: Der Brief war offen. Damit war der Plan, ihn erst mal beiseitezulegen, gestorben. Ich war mir nicht mal sicher, ob man die

Schrift noch lesen konnte. Wenn ja, wäre es zumindest einen Versuch wert, den Umschlag wieder zu verschließen, falls er nicht für mich war. Vielleicht fand ich darin einen entscheidenden Hinweis, an wen die Zeilen gerichtet waren? Unschlüssig starrte ich auf das fein säuberlich gefaltete weiße Papier in meinen Händen.

Ich hatte Angst. Wovor, das wusste ich selbst nicht ganz genau. Davor, dass er nicht von Charly war? Davor, dass er von ihr war? Davor, dass womöglich nicht das darin stand, was ich mir wünschte? Ich konnte einfach nicht glauben, dass in diesem einen Moment, der all den anderen Momenten meines Lebens so ähnlich war, sich alles ändern sollte.

Was, wenn Charly etwas passiert war? Wie automatisch öffneten meine Hände nach diesem Gedanken das Blatt, und meine Augen huschten über die mit blauer Tinte geschriebenen Zeilen, die an manchen Stellen nur noch schlecht lesbar waren.

Meine liebe Kleine,

ich weiß, es ist egoistisch von mir, zu denken, dass ich Deine Aufmerksamkeit verdient habe. Du willst mich nicht sehen und schon gar nicht hören, was ich zu sagen habe. Ich habe Dich alleingelassen, und damit habe ich mir den Anspruch auf Dein Verständnis verspielt. Ich will mich nicht rechtfertigen und schon gar nicht verlangen, dass Du mir verzeihst. Ich will nur, dass Du weißt, dass ich es heute anders machen würde. Ja, ich habe in

meinem neuen Leben vermeintlich alles, was man sich nur wünschen kann. Ich habe Geld und Erfolg. Ich weiß, dass ich vielen Menschen viel bedeute. Doch je mehr Menschen das sind, desto tiefer sitzt das Gefühl, im Grunde allein zu sein. Allein, weil mich nur interessiert, ob ich Dir noch etwas bedeute. Du bist für mich die Erinnerung an das Gefühl, um meinetwegen geliebt zu sein.

Ich wollte nur, dass Du weißt, Du wirst geliebt. Auch, wenn Du diese Liebe nicht erwidern kannst, weil ich Dich im Stich gelassen habe. Ich hätte nicht gehen dürfen. Ich hätte auf Dich aufpassen müssen, anstatt mein Glück ohne Dich zu suchen. Pass gut auf Dich und Papa auf!

Es tut mir leid, dass ich Dich nicht gehalten habe, als Du meine Hände, mein Herz und meine Treue gebraucht hättest.

In Liebe!

Dein Nico

Nico???

Mit zitternden Händen ließ ich das Blatt sinken. Noch ehe ich begriff, wie mir geschah, tropfte eine Träne auf das Papier, und der Name Nico verschwamm. Ich versuchte, das Schluchzen zu unterdrücken, das sich einen Weg bahnte vorbei an dem riesigen Kloß, der sich während des Lesens in meinem Hals gebildet hatte. Ich schaffte es nicht und brach in Tränen aus. All die Anspannung der letzten Wochen brach aus mir heraus. Hinzu mischte sich der Schmerz, den ich kannte, seit ich denken konnte. Ich hatte mich längst an ihn gewöhnt, doch jetzt – mit diesen Zeilen in der Hand, mit diesem Namen darunter – gewann er an Klarheit. Nico. Dieser Brief war von einem Nico. Während ich ihn gelesen hatte, war ich davon überzeugt gewesen, dass ihn Charly geschrieben haben musste. Und dann stand da Nico. Die Enttäuschung hatte mich wie ein Schlag in den Magen getroffen. Dabei hätte es mich gleich stutzig machen sollen. Wer schrieb heutzutage noch mit Tinte? Die Zeilen mussten von irgendeinem alten Mann stammen. Auch wenn das wieder nicht zu der Zeichnung auf dem Umschlag passte.

Was hätte ich darum geben, wenn diese Worte Charlys gewesen wären. Ihre Worte an mich, ihre Tochter. Und wenn ich ihr hätte sagen können, dass ich das Gefühl kannte, allein zu sein ohne sie, obwohl ich es nicht war. Zu meinem Schmerz gesellte sich langsam eine unbändige Wut. Dieser Nico hatte recht. Charly hätte es gar nicht verdient, sich erklären zu dürfen. Wie hatte sie mich nur alleinelassen können? Wieso hatte sie sich für ihre Familie in Australien entschieden? Für ihre Eltern, die alt genug gewesen wären, um damit klarzukommen, dass Charly sie verließ, um bei ihrem Kind zu bleiben?

Der Klang von Kurt Cobains Stimme aus der Küche war so laut, dass ich mir sicher sein konnte, dass Max wenigstens nicht mitbekam, was in diesem Zimmer vor sich ging.

Ich wusste, wie sehr er dieses Thema verabscheute. Für ihn war es nichts weiter als ein Thema. Für mich war es meine Mutter. Und zwar die einzige, die ich hatte.

Ich konnte mich nicht mehr daran erinnern, wann ich Max zum ersten Mal nach meiner Mama gefragt habe. Ich muss noch sehr klein gewesen sein, gerade erst im Kindergarten. Als er mir sagte, dass sie in Australien sei, da war Australien für mich noch ein Wort ohne Bedeutung. Dass es »so gut wie unerreichbar« hieß, das begriff ich erst irgendwann in der Grundschule. Das größte Problem daran war im Grunde nicht das »unerreichbar«, sondern das »so gut wie«. Manchmal hatte ich mir gewünscht, dass sie wenigstens tot wäre. Ich schämte mich für den Gedanken, aber der Tod hätte mir Frieden gegeben. Ich hätte mich nicht fragen müssen, warum sie mich nicht anrief, mir keine Karte zum Geburtstag schickte und warum sie mich niemals sehen wollte. Nichts wünschte ich mir sehnlicher, als ihr einmal in die Augen zu blicken. Manchmal war ich wütend auf sie. Aber meist war es einfach nur eine unbändige Sehnsucht danach, Antworten auf meine Fragen zu bekommen und zu sehen, ob ich ihr ähnlich war. Das einzige Foto, das ich von ihr hatte, war von so schlechter Qualität und mittlerweile auch so zerknickt, dass ich kaum etwas darauf erkannte. Meine Nase hatte ich wohl von ihr. Doch mehr konnte man auf dem kleinen Polaroid beim besten Willen nicht erkennen. Ich hatte auch im Internet nach ihr gesucht. Aber es gab so viele Einträge zu Charlotte Kensey, dass ich irgendwann aufgegeben hatte. Selbst wenn ich sie irgendwann gefunden hätte im Netz, wie hätte ich wissen sollen, dass sie es war? Ich wusste doch fast nichts über sie. Nichts, außer den Dingen, die mein Vater mir erzählt hatte. Und auch der wusste nur das wenige, was sie von sich gezeigt hatte in der kurzen Zeit, die sie miteinander verbracht hatten.

Kurz nachdem Max und ich vor zwei Jahren in diese Wohnung gezogen waren, ging ich einmal spätabends ins Wohnzimmer, nahm all meinen Mut zusammen und bat ihn, mir von Charly zu erzählen. Max war gerade dabei, »Green Lantern« zu schauen. Er stoppte den Film und zog mich fest in seinen Arm, so wie er es oft gemacht hatte, als ich noch ganz klein war. Lange schwieg er und gab mir einen leichten Kuss auf die Haare, bevor er redete.

»Sie roch genauso wie du«, flüsterte er und strich mir immer wieder die Haare aus dem Gesicht. »Und du hast dein bezauberndes Lachen von ihr. Das war das Erste, was ich an deiner Mutter bemerkt habe. Sie lachte, und jeder Mensch in ihrem Umkreis musste mitlachen.« Auch Max lachte bei der Erinnerung kurz auf, doch es klang traurig.

»Ich kann dir nicht erklären, was es war, sie war einfach besonders. Sie machte irgendwie alles so, als hätte sie es noch nie getan und als würde sie es auch nie wieder tun dürfen. Sie hat getanzt, als gäbe es kein Morgen, wie eine Göttin. Eine ziemlich verruchte, um ehrlich zu sein.«

Ich weiß noch, dass ich Max in die Seite geboxt und gesagt habe, dass ich erst vierzehn war und er mir so was nicht erzählen sollte. Jetzt im Nachhinein war mir klar, er war sich in dem Moment gar nicht so richtig bewusst, dass er mit mir redete. Es war mehr ein Selbstgespräch, ein Sich-Erinnern, das er sich sonst vermutlich verbot. Je länger er von Charly sprach, desto deutlicher konnte ich spüren, wie viel Zuneigung er zu diesem Mädchen fühlte – auch fast fünfzehn Jahre nach der kurzen Zeit, die er mit ihr verbracht hatte. Er erzählte mir, dass Charly wieder zurückmusste nach Australien und dass ihre Eltern ihr nicht erlaubt haben, mich zu behalten. Um mich nicht in völlig fremde Hände geben zu müssen, hatte Charly dem Krankenhaus Max' Namen genannt, in der Hoffnung, dass er sich um mich kümmern würde, wenn er von mir wusste. Die hatten ihn dann angerufen. Mitten in der Nacht hatte er mit achtzehn Jahren erfahren, dass er Vater war. Ohne zu zögern, hatte er versprochen, am nächsten Tag mit dem Jugendamt zu besprechen, was zu tun war. Und das tat er, gemeinsam mit meinen Großeltern. »Wenn du hörst, dass du das Schicksal eines Kindes in den Händen hältst, dann hast du keine Wahl. Dann wirst du auf einen Schlag erwachsen. Egal, wie alt du bist.« Er erzählte mir, wie einige Tage und viele Formulare später der Mann vom Jugendamt ihm ein winziges Bündel Mensch und die Nummer einer Beraterin in die Hand drückte und dass Charly zu diesem Zeitpunkt bereits in einem Flugzeug zurück nach Australien saß. Alleine, ohne ihr Kind. Dann seufzte er tief und sagte etwas, was ich niemals würde vergessen können. Ich erinnere mich noch genau an den Klang seiner Stimme. Er sagte: »Ich bereue nicht, was wir getan haben, Lea, denn es gäbe dich nicht, wenn es anders gelaufen wäre. Aber ich hätte besser auf Charly aufpassen müssen.« Genau das waren seine Worte. Und in diesem Moment wusste ich es. Ein Teil von ihm bereute es doch, dass er mit ihr geschlafen hatte. Auch wenn er das so niemals sagen würde und ich nicht an seiner Liebe zu mir zweifelte. Trotzdem konnte ich seine Worte nicht vergessen. »Ich hätte besser auf sie aufpassen müssen.«

Ja, vielleicht hätte er das.

Doch dann würde es mich nicht geben.

Vielleicht waren es diese Worte von vor zwei Jahren, die mich dazu zwangen, Charly zu suchen. Nur wenn ich Max sagen konnte, dass es ihr gut ging, dass wir ihr Leben nicht zerstört hatten, damals, als sie sechzehn war, dann müsste Max das nicht mehr denken. Kein Teil von ihm müsste mich mehr bereuen. Und ich würde endlich verstehen, warum der Kontakt abgebrochen war. Schließlich kannte Charly ja offensichtlich Max' Namen. Und sie wusste, dass ich bei Max war. Also warum war Charly nicht zurückgekommen zu uns, als sie erwachsen war?

In meinem Kopf war aus all den Szenen, die Max mir mit den Jahren erzählt hatte, ein richtiger Film geworden. Natürlich nicht der Sex. Wer stellte sich schon seine eigenen Eltern beim Sex vor? Aber Charly an der Bar, Max und Charly beim Tanzen, der Spaziergang durch das dunkle Hamburg und die stundenlangen Gespräche auf dem Dach meiner Großeltern, all das sah ich vor mir, als wenn ich dabei gewesen wäre. Nur Charlys Gesicht war immer unscharf. Während alle anderen Dinge in meinem Kopf an Genauigkeit, Brillanz und Details gewonnen hatten im

Laufe der letzten beiden Jahre, blieb Charlys Gesicht immer verschwommen. So verschwommen wie der Name, der unter dem Brief in meinen Händen stand. Nico. Nicht Charly. Diese Zeilen waren nicht an mich gerichtet. Und sie stammten nicht von meiner Mutter.

Es wurde schon langsam dunkel. Ich wusste nicht, wie lange ich jetzt schon hier saß und einfach nur an die Decke starrte. Es wurde Zeit für die Hausaufgaben. Ich legte mir meine Unterlagen zurecht und versuchte, das Buch, das es bei dem Regen am schlimmsten erwischt hatte, zu glätten, indem ich einen ganzen Bücherstapel obendrauf legte. Es tat gut, mich abzulenken. Das Essay über »Effi Briest« nahm meine volle Aufmerksamkeit in Anspruch, schließlich beruhte es einzig und allein auf von Legomännchen dargestelltem Halbwissen. Trotzdem war ich zufrieden, als ich hinter den letzten Satz einen Punkt setzte. Die vorherige Nacht saß mir noch in den Knochen, ich hatte wenig Lust, über den Brief nachzudenken, und ich hätte auf der Stelle einschlafen können. Aber meine Gedanken kreisten immer wieder um diesen Nico. Was, wenn die Zeilen für das kleine Mädchen, an das er seine Worte richtete, genauso wichtig waren, wie mir solche Zeilen von meiner Mutter gewesen wären? Und was, wenn Nico dachte, dass ebendieses Mädchen den Brief erhalten hatte und einfach nicht antworten mochte? Dann wäre ich daran schuld, dass die beiden sich nicht versöhnen konnten. Auf der anderen Seite: Wie konnte man so doof sein und einen Brief ohne eindeutigen Adressaten ans andere Ende der Welt schicken?

Trotzdem.

Was auch immer ihre Geschichte sein mochte, ich hatte nicht das Recht, das Ende zu bestimmen.

Es klopfte leise an meiner Zimmertür.

»Lea?«

»Komm rein!«

Max sah mich erstaunt an, während er sich an den Rand meines Bettes setzte. »Nanu? Meine Tochter in ihrem Schlafgemach, und das vor Mitternacht?«

»Ja, spotte du nur. Wenn du so beschäftigt wärst wie ich, dann würdest du das mit dem Schlafen auch nicht so ernst nehmen.« Ich zwinkerte ihm zu und zeigte auf meinen Wecker. »Und ich schätze, selbst du siehst ein, dass 19 Uhr ein bisschen früh zum Schlafen ist.«

»Ich kenne keine Uhrzeit, die zu früh zum Schlafen wäre!«, setzte mir Max gähnend entgegen. Auch Max arbeitete oft bis spät in die Nacht. Nach seinen Therapiesitzungen am Tag schrieb er abends noch Patientenberichte und wälzte dicke Fachbücher. Heute sah er besonders müde aus.

Ich lächelte ihn an und legte den Brief beiseite, den ich schon wieder in den Händen hielt.

»Ein Liebesbrief von Steffen?« Max nickte in Richtung des Briefes. Kurz dachte ich darüber nach, ob es richtig wäre, mit ihm darüber zu reden. Mir war bewusst, wie schwer es ihm fiel, mit mir über Charly zu sprechen. Aber im Grunde wusste ich schon, dass ich es eh gleich tun würde. Ich hatte gerade nichts nötiger als sein verständnisvolles Max-Nicken, seine aufmerksame Art, mir zuzuhören, ohne mich dabei zu unterbrechen. Außerdem hatte ich ihm versprochen, mit ihm zu reden. Und das war es, was mich gerade bewegte. Ich musste es ihm einfach erzählen. Es war hart genug, vor ihm zu vertuschen, wie viel ich arbeitete. Und vor allem, dass ich das tat, um genug Geld zusammenzukriegen für einen Flug nach Australien. Für ein halbes Jahr in Australien. Sechs Monate ohne Max. Genug Zeit, um Charly zu finden.

Rasch schob ich das mulmige Gefühl beiseite, das mich sofort bei dem Gedanken an mein Geheimnis überkam. Ich faltete den Brief auf und gab ihn wortlos an Max weiter. Konzentriert und mit gerunzelter Stirn flogen seine Augen über die Zeilen. Ich wartete, bis er den Brief bis zum Ende gelesen hatte.

»Wer ist Nico?«, fragte er, als er das Blatt in seinen Händen sinken ließ.

»Tja, das weiß ich eben nicht«, antwortete ich resigniert. »Ich hab den Brief angenommen, weil ich in Eile war …« Dann erzählte ich Max die ganze Geschichte. Von meiner Begegnung mit dem Postboten und von dem Regen, der das Lösemittel des Klebers gelöst und somit den Brief geöffnet hatte. Nur die abgeschriebenen Hausaufgaben und Frau Steiner ließ ich aus. Das wäre wirklich zu weit gegangen, und Max hätte vermutlich unangenehme Fragen gestellt. Als ich fertig mit meiner Rede war, ließ ich meinen Kopf nach vorne auf mein Bett fallen.

»Bescheuert, was?«

Max schaffte es, gleichzeitig zu nicken und den Kopf zu schütteln, und nahm meine beiden Hände in seine.

»Na ja, also erst mal hast du das ja mit den besten Absichten gemacht. Du wolltest nicht zu spät zur Schule kommen und nicht unhöflich sein. Und wenn ich mich nicht irre, war da vielleicht auch der Gedanke, der Brief könne an dich sein, richtig?«

Seine Stimme brach.

Ich nickte und hielt seine Hände so fest, dass er sich mir nicht entziehen konnte.

»Na ja, später erst. Als Meral gegoogelt hatte, dass dieses Wollo-was-weiß-ich in Australien liegt.«

Max atmete tief ein, befreite sich aus meinem festen Griff und legte mir eine Hand in den Nacken. Ich schmiegte mich an diese große, warme Hand und blinzelte die Träne weg, die sich aus meinem Auge lösen wollte.

»Gut, jetzt ist der Brief offen, du hast ihn gelesen, und er war nicht an dich. Ich würde sagen, pack ihn in den Umschlag und schlaf jetzt erst mal. Morgen gehst du dann zu Frau Heitmann im ersten Stock und fragst sie, ob hier irgendein kleines Mädchen wohnte in den letzten Jahren. Ich habe mich letztens mit ihr unterhalten. Sie lebt seit 36 Jahren in diesem Haus und kennt Geschichten …« Max lächelte amüsiert.

Ich schlang meine Arme um seinen Hals und gab ihm einen dicken Kuss auf die Wange. Max drückte noch einmal meine Hand, küsste meine Stirn und stand auf. Bevor er die Tür hinter sich schloss, sah er mich noch einmal nachdenklich an.

»Das sind schöne Worte von Nico. Ich kann mir vorstellen, dass sie dich sehr berührt haben.«

Ich atmete tief ein und nickte, während ich mir mit den Zähnen auf die Unterlippe biss und ein Lächeln versuchte.

»Und morgen möchte ich wissen, warum meine Tochter so wahnsinnig beschäftigt ist.«

Mit diesen Worten ließ Max mich allein. Ich dachte kurz nach und entschied mich, nicht bis morgen zu warten. Ich konnte bestimmt auch jetzt noch zu Frau Heitmann gehen. Der Brief hatte mich so sehr aufgewühlt, dass ich ihn gerade bloß loswerden wollte.

Im Flur zog ich meine Schuhe an und trat ins Treppenhaus. Erster Stock, hatte er gesagt. Vor Frau Heitmanns Wohnungstür merkte ich, dass ich ein bisschen aufgeregt war. Vielleicht fand sich hinter dieser Tür die Antwort. Aber was dann? Egal, das war bescheuert, ich musste auf jeden Fall fragen. Entschlossen drückte ich auf die Klingel. Lange hörte ich hinter der Tür gar nichts. Als ich gerade umdrehen wollte, klickte das Schloss. Dann das nächste. Erst jetzt sah ich die dreifache Sicherung der Tür. Wahrscheinlich kriegte die arme Frau dadrinnen gerade einen Herzinfarkt, wenn sie so paranoid war. Tatsächlich öffnete sie die Tür nur einen kleinen Spalt, eine Kette spannte sich davor. Misstrauisch lugte Frau Heitmann hindurch. Als sie mich sah, erhellte sich sofort ihr Gesicht.

»Lea! Kindchen!«, rief sie freudig und fummelte umständlich an der Kette rum, um mir zu öffnen.

»Guten Tag, Frau Heitmann!«

»Gerade gestern habe ich meiner Freundin aus dem Landfrauenverein von dir erzählt. Ich sagte: ›Hildegard, so ein Engelsgesichtchen hast du noch nicht gesehen!‹ Ja wirklich, ein so hübsches Gesichtchen!« Sie strahlte mich an.

Engelsgesichtchen! Was auch immer ein Engelsgesichtchen war, sie meinte es ganz eindeutig sehr nett.

»Danke für das Kompliment, Frau Heitmann!«

»Jaja, kein Wunder, bei so einem adretten jungen Vater!«, ergänzte sie mit einem entzückten Gesichtsausdruck und musterte mich unverhohlen von oben bis unten. Wieder räusperte ich mich.

»Na, sag schon, Kind. Was führt dich zu mir? Braucht ihr Zucker? Milch? Mehl? Backt ihr überhaupt? Es ist ja eine Schande, wenn keine Frau im Haus ist, die sich um die Kinder kümmert, nicht wahr? Jaja, das ist nicht gut. Gar nicht gut.« Wieder ließ sie ihren Blick über mich gleiten. Diesmal besorgt, so als würde sie nach Anzeichen für Unterernährung oder Vernachlässigung suchen. Zerknirscht schaute ich an mir runter. Mit meiner Jogginghose, die lose in den Boots steckte, und dem viel zu großen Pulli musste ich tatsächlich ein bisschen runtergekommen aussehen. Da half offensichtlich auch kein Engelsgesichtchen drüber weg.

»Ach Kindchen!«, seufzte die alte Dame, als hätte sie gerade den gleichen Gedanken gehabt.

Langsam wurde mir klar, warum Max so gegrinst hatte, als er mich zu Frau Heitmann geschickt hatte.

»Es geht mir gut, Frau Heitmann. Mein Vater kocht wunderbar«, sagte ich und dachte an die Spinatpizza von heute Mittag. »Heute gab es Spinat, das macht kräftig«, sagte ich mit einem entwaffnenden Lächeln und sah, wie die Gesichtszüge der alten Frau sich ein wenig entspannten.

»Nun, das sind andere Zeiten heute. Andere Zeiten …«, murmelte sie gedankenverloren und bat mich mit ausladender Geste herein. Eigentlich wollte ich doch nur kurz das mit dem Brief klären. Unwillig trat ich in die Wohnung, in der wohl schon lange keine »anderen Zeiten« mehr Einzug gehalten haben. Alles sah so aus, als wäre es mindestens fünfzig Jahre alt. Und es roch auch so. Frau Heitmann schätzte ich auf etwa achtzig, vielleicht war sie auch noch älter. Sie lief angestrengt in ihr Wohnzimmer und zog einen Stuhl vom Tisch, auf den ich mich wohl setzen sollte. Erst als ich Platz genommen hatte, ließ auch sie sich bedächtig und vorsichtig auf ihren mit gehäkelten Kissen ausstaffierten Stuhl sinken.

»Dann erzähl mal, Kindchen, was führt dich zu mir?«

Ich beugte mich ein wenig vor und ließ die Finger bewundernd über die faltenfreie Tischdecke mit Spitze gleiten. Bei uns oben lag keine Tischdecke auf dem Tisch. Und vermutlich klebte auch jetzt noch der Käse-Spinat-Fleck an meinem Platz, den ich vorhin hinterlassen hatte, ohne ihn wegzuwischen. Ja, diese Frau würde wahrscheinlich auf der Stelle umfallen, wenn sie wüsste, wie anders die Zeiten außerhalb ihrer Wohnung wirklich geworden waren.

»Kindchen! Ist alles in Ordnung?«, riss mich die alte Dame aus meinen Gedanken.

»Oh ja, sicher. Alles in Ordnung. Ein Brief führt mich zu Ihnen. Er hat keinen eindeutigen Adressaten. Es steht ›an mein kleines Mädchen‹ darauf, und er kommt von einem Nico aus Australien. Ich wollte Sie fragen, ob hier mal ein kleines Mädchen gewohnt hat.«

Über Frau Heitmanns Gesicht huschte ein Lächeln. »Kleine Mädchen gab es hier so einige, Kindchen.«

Ach, verdammt!

»Und an einen Nico kann ich mich erinnern. Ein netter Junge. Die Familie Simon ist so vor vier oder fünf Jahren verzogen. Eine Tragödie!« Mit einem entsetzten Kopfschütteln unterstrich sie ihre Empörung. Da sie aber auch zu Küchenarbeit verdammte Männer für eine Tragödie hielt, gab ich nicht allzu viel darauf und wartete auf die wahrscheinlich eher nur halbtragische Geschichte.

»Bezaubernde Kinder, er und seine Schwester, wirklich ganz bezaubernd. Aber die Mutter, um Himmels willen!«, sagte sie naserümpfend und winkte ab. »Eine schreckliche Person! Anzüglich war sie. Also diese Kleider, die sie anhatte. Aber einen rechtschaffenen Mann hatte sie. Rechtschaffen und ordentlich, ja das war er. Hauptkommissar. Ein sehr höflicher junger Mann.« Ich lauschte ihren Erinnerungen, auch wenn sie wenig mit meinem Brief zu tun hatten. Die arme Frau Simon, die so in Ungnade gefallen war, hatte wohl nicht viel verbrochen, wenn man von einem extravaganten Kleidungsstil absah.

»Und wo sind sie jetzt?«, fragte ich, mehr aus Höflichkeit als aus echtem Interesse. Nicos gab es sicherlich einige auf der Welt, und ich suchte ja nach einem Mädchen, das hier gewohnt hatte, nicht nach einem Nico.

»Ja, Kindchen, wenn ich das mal wüsste. Eines Tages waren sie einfach weg. Erst ist die Mutter mit dem Sohn abgereist, kurze Zeit später stand unten dann ein riesiger Möbelwagen. Am nächsten Tag waren auch der Vater und die

Tochter verschwunden. Familie Simon hat keiner je wieder gesehen.« Ich verkniff mir ein Schmunzeln über die Dramatik in ihrer Wortwahl und ihrem Tonfall.

Nachdem Frau Heitmann mir noch eine Praline angedreht hatte, damit ich ohne backende Mutter nicht ganz vom Fleisch fiel, und ich mindestens drei Mal versprochen hatte, ihr das Ergebnis meiner Brief-Ermittlungen bei einem Tee zu erzählen, wenn es so weit war, lief ich enttäuscht die Stufen nach oben und verzog mich sofort in mein Zimmer. Dort angekommen, legte ich mich in mein Bett und zog mir die Decke über den Kopf.

Ich versuchte, mir die Worte, die in dem Brief standen, noch einmal ins Gedächtnis zu rufen. Warum sollte jemand solch wichtige Worte einfach irgendwohin schicken? Es gab nur eine Erklärung: Dieser Brief sollte niemals ankommen.

Max hatte mein Bett frisch bezogen, und es duftete nach dem Waschmittel meiner Oma. Der wunderbare Geruch meiner Kindheit lullte mich ein und ließ meine Gedanken zur Ruhe kommen, bis ich in einen tiefen und traumlosen Schlaf fiel.

LEA

7. OKTOBER

»I left you, when you needed nothing but my loyalty, my heart and my hand …«

Es dauerte ein paar Sekunden, bis mein Gehirn die Information verarbeitet hatte, weshalb ich hellwach in meinem Bett saß, obwohl mein Radiowecker gerade erst angegangen war. Es war 06.15 Uhr und noch dunkel draußen. Normalerweise drückte ich mindestens sechs Mal die Snooze-Taste, bevor ich auch nur ein einziges Auge öffnete. Heute war es anders. Ich fragte mich, ob mein Kopf mir einen Streich gespielt hatte, ob die Worte Teil eines Traums waren oder ob sie tatsächlich genauso aus meinem Radio kamen. Die warme Stimme des Sängers auf Radio Hamburg hatte jeden Zentimeter meines Körpers mit Gänsehaut übersät. Nicht der Stimme wegen, sondern wegen seiner Worte.

»I left you, when you needed nothing but my loyalty, my heart and my hand.«

Konnte das wirklich sein? Gebannt lauschte ich in die Dunkelheit und wartete. Nichts. All die anderen Worte zogen belanglos an mir vorbei, und viel zu schnell war das Lied zu Ende. Ich kannte es nicht, hatte es noch nie gehört. Während John Ment, der Moderator, vom gestrigen HSV-Spiel redete, stürzte ich mich auf mein Handy und ging auf die Seite des Senders. Ungläubig starrte ich auf den Namen des Sängers, der mich geweckt hatte: Er hieß Nico Simon. Nico. Simon? Der Titel des Liedes lautete »I left you«.

Ich stolperte zu meinem Nachttisch zurück und griff hastig den Brief. Da, ganz am Ende stand es:

Es tut mir leid, dass ich Dich nicht gehalten habe, als Du meine Hände, mein Herz und meine Treue gebraucht hättest.

… my loyalty, my heart and my hand …

Wie war all das möglich? Mit zittrigen Beinen ging ich zu meinem Schreibtisch und knipste die Schreibtischlampe an, die mein Zimmer sofort in ein warmes Licht tauchte. Viel zu langsam fuhr der Laptop hoch, während ich mit klopfendem Herzen und auf der Tischplatte trommelnden Fingern darauf wartete, dass sich der Browser öffnete. Endlich. Meine Finger flogen über die Tastatur. Nico Simon. Da! Wieso war ich nicht schon gestern drauf gekommen, einfach mal den Namen zu googeln, den Frau Heitmann genannt hatte? Aber wer konnte schon damit rechnen, dass die alte Dame sich wohl an genau den richtigen Nico erinnert hatte, und vor allem, dass man offensichtlich ausgerechnet einen berühmten Sänger suchte? Er hatte sogar einen eigenen Wikipedia-Eintrag. Oh mein Gott.

*Nicolas Simon (*01.11.1999 in Hamburg) ist ein US-amerikanischer Sänger und Songwriter deutscher Herkunft. Be-*

kannt wurde er über die Internetplattform YouTube, auf der er seit 2012 Videos veröffentlicht. Er coverte zunächst vor allem Chartlieder bekannter US-Sänger wie Drake, Bruno Mars und Lukas Graham. Seit 2016 steht er bei der Plattenfirma US Star Records unter Vertrag und veröffentlichte im August 2016 seine erste eigene Single »You won't break me«, die auf Anhieb die Top Ten der US-Charts erreichte. Im Dezember 2016 erlangte sein Album Goldstatus. Im Sommer 2017 tourt er gemeinsam mit Will Main durch 17 Städte der USA sowie durch Australien und wird anschließend auf Promotiontour nach Europa gehen, wo er noch keine Charterfolge verzeichnen kann. Er lebt mit seiner Mutter in Miami.

Immer wieder starrte ich auf seinen Namen und seine Geburtsstadt, dann wieder auf das Bild neben dem Eintrag. Es zeigte Nico Simon auf einem Stuhl mit einer Gitarre in der Hand, doch man konnte ihn kaum erkennen. Ich klickte mich zurück auf Google und auf Bildersuche. Sofort erschienen eine Menge Fotos. Äh, alles klar ... Das war doch absurd! Wie makellos konnte man bitte sein? Entweder das war so was von gephotoshopt oder einfach nur krank. Ich begann, zu verstehen, warum der Junge so viele Platten in den Staaten verkaufte. Ausschließlich an seiner Musik lag es vermutlich nicht. Aber wieso zum Teufel hatte ich noch nie was von ihm gehört? Ich griff nach meinem Handy und wählte Merals Nummer. Dieser Typ war gerade auf Tournee in Australien gewesen. Das konnte alles kein Zufall sein. Meral nahm erst ab, als ich gerade aufgeben wollte, und gähnte dann zur Begrüßung laut ins Telefon. Ich hatte sie wohl aufgeweckt. Sie wohnte direkt neben der Schule und stand viel später auf als ich. Darüber hatte ich nicht nachgedacht, shit.

»Bist du sterbenskrank? Tropft Blut aus deinen Ohren? Sitzt du in Usbekistan fest?« Merals Stimme klang schlaftrunken und genervt.

»Was? Nein, ich ...«

»Einen anderen akzeptablen Grund, um diese Zeit anzurufen, kenne ich nicht. Also bitte sag, dass deine Ohren bluten.«

»Ähm, ich wollte eigentlich nur wissen, ob dir der Name Nico Simon was sagt. Oder ob du schon mal dieses eine Lied von ihm gehört hast. Es heißt ›I left you‹.«

Am anderen Ende der Leitung hörte ich einen tiefen Atemzug, ehe Meral antwortete.

»Hast du Drogen genommen? Irgendwas Chemisches? Komische Pillen aus Max' Schränkchen in der Praxis?«

Merals Art machte mich fertig. So früh ertrug ich das nicht. Und gerade schon gar nicht.

»Meral, es ist wichtig, vertrau mir. Kennst du Nico Simon?«

Wieder eine Pause, bevor sie endlich antwortete.

»Nein, Süße, ich kenne keinen Nico Simon. Ich kenne mich aber generell nicht mit Musik aus, was dir eigentlich bekannt sein müsste. Ich kenne mich aber aus mit dem Knigge, und der besagt, dass man um diese Uhrzeit ...«

»Frag Payam, der kennt ihn bestimmt! Der kennt sich mit Musik aus!«

Meral seufzte. »Ja, das tut er. Und mit dem Knigge! Lea, es ist nicht mal halb sieben. Payam hatte gestern Abend einen Gig, und mittwochs hat er die ersten beiden Stunden frei. Also nein, ich werde Payam jetzt nicht fragen.«

Ich sah ein, dass ich wie eine Verrückte klang. Ein bisschen fühlte ich mich auch so. Wie kleine Puzzleteile flogen der Brief, der Name Nico Simon, die Tour durch Australien und seine Kindheit in Hamburg in meinem Kopf rum. Das hier waren mehr Zufälle, als ich für möglich hielt. Aber wie zum Teufel passte das alles zusammen? An welches kleine Mädchen sollte Nico solche Worte schreiben? War das ein Liebesbrief?

Den Nachnamen Simon gab es oft in Hamburg. 125 Einträge listete allein dasoertliche.de auf, fand ich mit zwischen Schulter und Kopf geklemmtem Handy am Ohr heraus. Die ganze Sache machte mich ganz kirre, und ich hätte eine Verbündete gut gebrauchen können. Ich wusste, dass ich nur den Brief erwähnen musste, um Meral mit in den Bann zu ziehen, aber aus irgendeinem Grund tat ich es nicht. Keine Ahnung, warum ich nichts weiter sagte. Es beschlich mich einfach das Gefühl, dass das hier etwas zwischen mir, Nico und dem kleinen Mädchen war. Nur zwischen mir und ihnen. Vielleicht war es auch einfach mein schlechtes Gewissen, seinen Brief gelesen und ihn auch noch Max gezeigt zu haben, das mich davon abhielt, seine Worte einer weiteren Person preiszugeben.

»Ist gut«, sagte ich nur und entschuldigte mich halbherzig für den frühen Anruf. Nachdem ich aufgelegt hatte, machte ich mich schneller als sonst fertig. Ich klatschte mir Waschgel ins Gesicht und band meine braunen Locken locker zusammen. Dann trug ich nur ein bisschen Wimperntusche auf und freute mich, dass die Ringe unter meinen Augen etwas verblasst waren. Ein kleines bisschen Concealer reichte aus, um einigermaßen frisch auszusehen. Ich betrachtete mich im Spiegel. Undone Look. Ungewohnt, aber gut.

Sonst verbrachte ich oft wirklich viel Zeit im Bad, weil ich ewig brauchte, um meine Locken in eine halbwegs akzeptable Form zu bringen, und ich zumindest in der letzten Zeit immer megafertig aussah nach dem Aufstehen. Was so ein paar Stunden Schlaf ausmachten …

Ich ließ Max verdutzt und alleine am Küchentisch sitzen, ignorierte seinen Spruch über mein knallbuntes Oberteil und schnappte mir nur meinen Kaffeebecher, um ihn in meine Tasche zu packen. Lebenswichtig! Unten setzte ich mir meine Kopfhörer auf, holte das Rad aus dem Hinterhof und schwang mich drauf. Erst dann erlaubte ich mir, auf Start zu drücken. Spotify, iTunes, Amazon, alle kannten sie Nico Simon … Im Gegensatz zu mir. Die ersten Gitarrenklänge schmerzten in meinen Ohren, weil ich voll aufgedreht hatte, aber ich ließ die Lautstärke, wie sie war. Als ich die Stimme wieder hörte, bemerkte ich, dass ich lächelte. Sie klang warm und vertraut, obwohl ich sie nur dieses eine Mal heute Morgen gehört habe. Ein einziger Song, der mir wahrscheinlich nicht einmal aufgefallen wäre, wenn ich ihn einfach nur im Radio gehört hätte. Klar, das war ohne Frage eine schöne Stimme, und ich verstand auch, was die Amis an dem Song fanden. Er ging ins Ohr, und man konnte ihn schon nach wenigen Sekunden mitsummen. Er war leicht, obwohl in jeder Zeile Melancholie mitschwang. Aber Gott, es gab so viele gute Songs, so viele schöne Stimmen, dass sie meist völlig an mir vorbeigingen. Oder die Songs wurden so häufig gespielt, dass man sie irgendwann nicht mehr hören konnte und sie hasste, obwohl sie eigentlich wirklich schön waren. Zumindest bis zu dem Zeitpunkt, an dem die Radiosender sie töteten, indem sie sie auf Dauerschleife setzten. Ich fuhr schneller und genoss den frischen Fahrtwind auf meiner Haut. Nicos Stimme erhob sich, wurde lauter und durchdringender. Am liebsten hätte ich meine Augen geschlossen und nur die Luft und die Musik gefühlt, aber das war vielleicht nicht die beste Idee im Stadtverkehr mitten in Eimsbüttel. Ich wich einem trödelnden Fußgänger aus, schlängelte mich an stehenden Autos mit genervten Menschen darin vorbei und versuchte, jedes einzelne Wort des Sängers zu übersetzen, die Botschaft zu entschlüsseln und noch irgendein Puzzleteil zu finden, das endgültig meine Zweifel daran nahm, dass das alles kein Zufall sein konnte. Ich verstand nicht jedes Wort, aber das, was ich verstand, fühlte sich an wie der Brief. Warmherzig, innig und voller Reue. Die Worte eines Menschen, der sich die Liebe eines anderen verspielt hat. Ich wusste es einfach. Nico musste der Verfasser des Briefes sein.

Obwohl ich schon ganz außer Atem war, trat ich in die Pedale und hielt mich nur widerwillig an die Verkehrsregeln. Als ich endlich den Schulhof erreichte, sah ich erleichtert, dass Meral schon an der Mauer neben den Fahrradständern lehnte und auf ihrem neuen iPhone rumdaddelte. Mit ihrem Kaugummi formte sie eine Blase nach der anderen und ließ sie dann zerknallen.

»Meral!« Das war lauter als geplant gewesen. Erschrocken hob sie den Kopf.

»Alter, Cheesy, das war der zweite Herzstillstand, den ich heute wegen dir hatte!« Kopfschüttelnd schlenderte sie auf mich zu.

»Was ist es diesmal? Bist du aufgeregt, weil du nicht mehr weißt, wie die aktuelle Single von Justin Bieber heißt?« Meral lachte mich aus. Natürlich tat sie das. Wir waren seit der ersten Klasse die besten Freundinnen, und ich hatte mich noch nie für Musik interessiert. Also für Musik natürlich schon, aber nicht im Ansatz für die Interpreten. Meral und ich hatten immer diese Mädchen belächelt, die sich jeden Donnerstag die neueste Bravo gekauft und über die aktuellsten YouTube-Videos diskutiert hatten. Dass mich jetzt ausgerechnet ein YouTuber dazu brachte, Meral aus ihrem heiligen Schönheitsschlaf zu reißen, ließ mich schmunzeln. Ich räusperte mich und legte mein geheimnisvollstes Gesicht auf. Damit kriegte ich Meral immer. Auch heute. Sie hakte sich bei mir unter und sah mich gespannt an.

»Auf, Cheesy, jetzt bin ich gespannt. Wehe, es ist nur Scheiß. Ich erwarte ’ne top Story, dass das klar ist.«

Ich nickte mit einem wissenden Lächeln. »Zu Recht!«

Ich hätte es ihr gerne sofort erzählt, aber es klingelte, und unser Klassenlehrer betrat den Raum, noch bevor ich richtig anfangen konnte.

Herr Hoffmann begann den Geschichtsunterricht, und ich riss einen Zettel von meinem Collegeblock ab. Meral schielte zu mir rüber und sah mich verwirrt an, als ich ihr das Blatt zuschob, auf das ich »Der Brief ist von N. S.« gekritzelt hatte. Ich wusste, dass ich kryptisch schreiben musste, denn Herr Hoffmann hatte die lästige Angewohnheit, Zettel laut vorzulesen, die er fand. Meral setzte ein Fragezeichen hinter die Initialen von Nico.

»Nico Simon«, hauchte ich tonlos zu ihr rüber. »Der Sänger!« Mit aufgerissenen Augen und geöffnetem Mund schaute sie mich an.

Sie nahm den Zettel zurück und schrieb: *Wie sicher bist du dir auf einer Skala von 1 bis 10?*

Keine leichte Frage. Gerade hätte ich noch 10 geantwortet, aber jetzt fühlte es sich wieder so absurd an. Warum sollte ein YouTube-Star aus den USA Liebesbriefe per Hand mit echter Tinte schreiben, in Australien losschicken und dann nicht mal mit einem Namen versehen? Und dann noch so einen schnulzigen Brief? YouTube war so ziemlich das Gegenteil von handgeschriebenen Briefen, deren Tinte zerfloss. Oder doch nicht? Gestern hatte ich noch einen alten Mann im Kopf, wenn ich über Nico nachgedacht habe. Wobei die Zeichnung auf dem Briefumschlag schon wieder so gar nicht zu einem alten Mann passte. Ach Mann, schwierig. Nach ein paar Sekunden malte ich zögernd eine 8 hinter Merals Frage. Meral kaute gedankenverloren an ihren Fingernägeln, während sie das Geschichtsbuch aufschlug. Dann schrieb sie: *Gleich in der 5-Min.-Pause will ich alles wissen. H. guckt schon so.*

Schnell ließ ich das Papier zwischen den anderen Blättern des Blocks verschwinden. Sie hatte recht, Herr Hoffmann sah tatsächlich schon etwas misstrauisch zu uns rüber. Gerade rechtzeitig hörte ich die Frage, die er mir plötzlich stellte, um zu testen, ob ich dem Unterricht folgte.

»Lea Winter, kannst du uns noch einmal sagen, welche Probleme die Industrialisierung mit sich brachte?«

Ich spürte mein Herz in meinem Hals pochen. Natürlich hatte ich keine Ahnung, was er hören wollte. Industrialisierung, schon klar, aber ich hatte ja nicht mal mitbekommen, was schon gesagt wurde. Und es gab nichts Peinlicheres, als eine Antwort zu wiederholen, die zuvor ein anderer gegeben hatte. Ich schwieg, doch statt den nächsten zu fragen, sah er mich weiter abwartend an.

»Stromausfälle?«, antwortete ich schließlich und lächelte ihn entwaffnend an. Die Klasse brach in Gelächter aus, und auch Herr Hoffmann konnte sich ein Grinsen nicht verkneifen.

»Nie um eine Antwort verlegen, Lea«, sagte er dann und rückte seine Brille zurecht. »Deiner mündlichen Note würde jedoch etwas Substanz in deinen Worten guttun.«

Ich nickte zerknirscht und warf Meral einen kurzen Blick zu. Noch eine halbe Stunde, dann könnte ich ihr alles erzählen.

In der Fünfminutenpause sprudelte es nur so aus mir heraus. Ich erzählte vom Regen, von dem geöffneten Umschlag, von dem Gefühlschaos, das die Zeilen in mir ausgelöst hatten, als ich noch dachte, sie wären von meiner

Mutter. Meral folgte mir aufmerksam und knackte derweil aufgeregt mit ihren Fingern.

»Aber was hat das Ganze jetzt mit diesem komischen Sänger zu tun?«

Ich hielt ihr mein Handy mit einem Foto von Nico unter die Nase.

»Der ist nicht komisch, der ist heiß!«, sagte ich monoton und genoss den ungläubigen Blick von Meral, während sie auf den Bildschirm starrte.

»Oh. Mein. Gott. Was ist das?«

»Sag ich doch, das ist der Verfasser des Briefes. Er hat mal in meinem Haus gewohnt. Jedenfalls glaub ich das.«

»Willst du mich verarschen? Wieso sollte das der Verfasser sein? Und wieso sollte er in irgendeiner Drecksbude in Eimsbüttel gewohnt haben?«

Die Pausenklingel ertönte, aber ich konnte so noch nicht gehen. Wieder mal auf den Fliesen der Schultoilette sitzend, reichte ich Meral den Brief, der zusammengefaltet in meiner Hosentasche steckte, und dann meine Kopfhörer. Nach einer Minute gab Meral mir beides ungläubig zurück.

»Meine Treue, mein Herz und meine Hand«, murmelte sie und schüttelte immer wieder den Kopf. »Nico Simon … Das ergibt keinen Sinn, Cheesy.«

Ach verdammt, ich hatte gehofft, durch Meral würde alles klarer werden, aber jetzt war ich wieder komplett verunsichert. Trotzdem tat es gut, nicht alleine darüber nachdenken zu müssen. Als das letzte Mädchen von der Toilette verschwunden war, rannten wir auch los und kamen gerade noch rechtzeitig im Klassenzimmer an.

Meine Nachmittagsschicht bei »Chill a sandwich« kam mir noch länger vor als sonst immer. Ich versuchte, Steffens Sprüche und Marthas miese Laune an mir abprallen zu lassen. Nach der Arbeit musste ich unbedingt noch mal zu Frau Heitmann gehen und ihr das Foto von Nico zeigen. Wenn er wirklich erst vor vier Jahren weggezogen war, dann würde sie ihn bestimmt erkennen. Und außerdem musste ich die Post abfangen, bevor Max sie in die Hände kriegte, denn heute oder morgen müsste meine Gehaltsabrechnung vom Eiscafé im Briefkasten landen. Ich wollte nicht wieder Diskussionen darüber führen, dass ich mich auf die Schule konzentrieren solle, anstatt zu arbeiten. Was das anging, war Max wirklich hart. Vielleicht hing es mit seinem Job zusammen, dass er immer irgendwie Angst hatte, das Leben könne mich überfordern.

»Wenn du wüsstest, wie viele Menschen denken, sie hätten unendliche Ressourcen, und dann eines Tages feststellen, dass sie keine einzige mehr haben«, hörte ich seine Stimme in meinem Ohr. Deshalb wusste Max nicht, dass ich überhaupt arbeitete. Und schon gar nicht, warum.

Kurz nachdem Martha das Bistro verlassen hatte, um noch Salat zu besorgen, hörte ich die Türklingel und ging nach vorn in Richtung Tresen. Jetzt um fünf war normalerweise nicht viel los.

»Ein super cheesy Cheese-Sandwich mit extra viel cheesy Cheese bitte. Und das Ganze in your face, wenn es geht.« Noch bevor ich sie sah, brachte Meral mich zum Lachen. Glucksend umarmte ich sie.

»Nichts leichter als das!«, antwortete ich dann und tat so, als würde ich einen Löffel Frischkäse in ihre Richtung katapultieren. Meral ging in Deckung und setzte sich dann auf einen der Barhocker.

»Ich hab draußen gewartet, bis Martha weg ist«, sagte sie gut gelaunt und zwinkerte mir verschwörerisch zu. Meral kannte Martha. Sie hatte in den Ferien auch hier gejobbt, aber sie hatte es für unzumutbar befunden. Ich fand es auch nicht super, aber ich hatte keine Wahl. Da ich eine Menge Geld brauchte, um nach Australien zu fliegen und die Kosten für die Austausch-Organisation aufzubringen, dachte ich erst gar nicht darüber nach, ob es mir gefiel, den ganzen Nachmittag Sandwiches zu belegen, Marthas Stimmungsschwankungen und Stefs Anwesenheit zu ertragen. Ich hatte ohnehin nur noch etwa drei Monate, dann musste ich das Geld zusammenhaben. Später konnte man sich nicht mehr anmelden für die Highschool. Im Februar würde es bereits losgehen.

»Ich hab Neuigkeiten!«, flüsterte Meral und sah misstrauisch zu Steffen rüber, der Baguettes aufschnitt.

»Ist okay, der wird mich nicht verpfeifen. Er hat 'ne große Klappe, aber Angst vor Frischkäse«, lachte ich und setzte mich neben Meral.

»Ich weiß jetzt alles über ihn«, flüsterte sie verschwörerisch.

»Über Steffen?«, fragte ich verwirrt.

»Nein, Mann, über Nico natürlich.«

Da war er wieder. Der besessene Blick. Sehr gut.

»Schieß los!«

»Er ist hier.«

»Was?« Ohne auch nur eine Sekunde über ihre Worte nachzudenken, riss ich meinen Kopf hoch und ließ meinen Blick durch das Bistro schweifen. Meral lachte auf.

»Bist du bescheuert? Doch nicht hier hier! Aber hier. In Hamburg!«

Das letzte Wort war nur noch ein Raunen.

Nach dem ersten Schreck wurde mir klar, wie bescheuert mein Gedanke war, er könnte hier bei »Chill a sandwich« sein. Aber krass. Hamburg. Sofort fing mein Herz an, schneller zu schlagen. Er war der Schlüssel zu dem Rätsel. Und er war hier. In Hamburg.

»Bist du dir sicher? In Hamburg?« Doch dann fiel es mir wieder ein. Sein Song wurde bei Radio Hamburg gespielt. Und die Stimme. Sie war mir aus einem guten Grund so vertraut vorgekommen. Der Elefanten-Witz! Das war Nico gewesen. Der Deutsche, der in Amerika mit YouTube berühmt geworden war. Er war wohl doch kein Möchtegern-Sänger.

»Ich bin mir sicher. In Hamburg!«, sagte Meral. »Und jetzt kommt das Beste! Er gibt hier ein Konzert. Am Donnerstag.« Ich legte mir ungläubig die Hand auf die Brust.

»Das ist nicht dein Ernst!«

»Doch. Ist es. Es gibt da bloß ein kleines Problem.« Meral schaute besorgt zu Steffen rüber, der uns argwöhnisch beobachtete, aber zum Glück wenigstens die Klappe hielt.

»Es ist ein Konzert exklusiv für die Presse. Hundert Karten wurden im Radio verlost, aber die Verlosung ist vorbei. Man kann keine Karten kaufen. Man kommt nur mit Presseausweis oder über diese Verlosung an Tickets.«

Enttäuscht ließ ich die Arme sinken.

»Ach kacke.«

Meral nickte. »Tut mir leid.«

»Egal, wir finden eine Lösung«, sagte ich entschlossen. »Irgendwie kommen wir da schon rein. Und wenn nicht: Irgendwann kommt er auch raus. Dann holen wir endlich unsere vergeudete Jugend nach und lauern zur Abwechslung mal einem Popstar auf.«

Meral schüttelte lachend ihre langen Haare. »Und danach fahren wir zum Justin-Bieber-Konzert und schreien, dass wir ein Kind von ihm wollen, bis wir heiser sind? Nein wirklich, Lea, ich bin echt beunruhigt über die neue postpubertäre Version von dir.«

Ich musste lachen und zuckte mit den Schultern.

»Meinetwegen auch ein Kind von Justin. Das lohnt sich allein schon der Alimente wegen. Ach komm schon, lass uns da hingehen, das wird lustig!«

Skeptisch schüttelte Meral den Kopf.

»Ich weiß nicht. Ich finde, das ist alles ziemlich bescheuert. Seit wann interessieren dich Popstars?«

Ich zuckte mit den Schultern.

»Ich geh da jedenfalls hin und gebe ihm den Brief. Du kannst mitkommen, oder du kannst es lassen«, sagte ich und lief wieder zum Tresen, weil hinter Meral ein Kunde zur Tür hereinkam.

Meral seufzte. »Das ist echt krank!«, sagte sie, beugte sich über den Tresen und küsste mich zum Abschied auf die Wange.

»Ich weiß«, bestätigte ich. »Krank, aber geil!«

Donnerstagmorgen war ich schon wieder wach, bevor mein Wecker mich weckte. Dieser Nico war ziemlich gut darin, mich vom Schlafen abzuhalten. Obwohl noch ein ziemlich langer Schultag vor mir lag, dachte ich die ganze Zeit über den Nachmittag nach. Ich war froh, dass sich Meral hatte breitschlagen lassen, mitzukommen. Um 16 Uhr gab Nico Simon im Hotel »Vier Jahreszeiten« eine Pressekonferenz, danach würde er irgendwie zu dem Club auf dem Kiez fahren. Wenn wir also vor dem Hotel warteten, würde er uns wahrscheinlich früher oder später in die Arme laufen. Und falls das nicht passieren würde, könnten wir einfach nach dem Konzert am Hintereingang des Clubs auf ihn warten. Jetzt musste ich nur noch Martha klarmachen, dass ich heute meine Schicht nicht antreten würde. Sie würde bestimmt nicht begeistert sein. Als ich um kurz vor acht die Straße betrat, fand ich meine geplante Ausrede von einer Erkältung aber auf jeden Fall schon mal ziemlich plausibel. Als hätte der Sommer über Nacht gemerkt, dass sein Dasein zu dieser Jahreszeit ein einziger Irrtum war, hatte er sich einfach so verpisst, ohne Vorankündigung. Der Wind wehte eisig, und ich fühlte ihn selbst durch meinen Mantel auf jedem Zentimeter meiner Haut. Fröstelnd zog ich den Schal fester um den Hals. Meine Oma hatte ihn mir letztes Jahr zu Weihnachten gehäkelt. Es war schön, ihn endlich wieder zu tragen, auch wenn er mich daran erinnerte, wie sehr ich sie vermisste. Da half auch gelegentliches Telefonieren nicht. Ein bisschen freute ich mich sogar auf den Herbst und den Winter. Ich mochte den Wind und das Gefühl, mit einem Kakao und einer Decke auf meiner Fensterbank zu sitzen, wenn draußen die Welt unterzugehen schien. Das konnte Hamburg gut, das mit dem Weltuntergang. Es war mir immer wieder ein Rätsel, wie es sein konnte, dass die alte Weide vor unserem Haus noch jeden Herbststurm in den letzten Jahrzehnten überlebt hatte. Sie bog sich auch jetzt wieder so sehr, dass die unteren Äste den Gehweg berühren. Ich hob meinen Kopf zum Himmel und lauschte dem Rauschen der Blätter des alten Baumes, ehe ich mich auf mein Fahrrad schwang.

Vor dem Schultor blieb ich stehen, stieg ab und holte mein Handy hervor, um Martha noch vor dem Unterricht zu erwischen. Sie ging sofort ans Telefon.

»Lea!«

Mein Mund war plötzlich ganz trocken.

»Du wirst mir jetzt aber nicht auch noch absagen!«, blaffte sie in den Hörer.

»Auch noch?«, fragte ich verwirrt.

»Steffen hat gerade schon angerufen. Er kommt heute nicht. Ausgerechnet heute, am Liefertag!«

Fuck. Richtig! Donnerstags war Liefertag. Zerknirscht biss ich auf meiner Lippe rum und wusste nicht, was ich sagen sollte. Warum zum Teufel musste dieser Pisser heute krank sein? Er war nie krank! Wirklich nie, nie, nie. Dann fiel es mir ein. Bestimmt hatte er Merals und meine Unterhaltung mitbekommen. Das also war seine Art, sich an mir zu rächen. Fuck!

»Ja, richtig, nein, natürlich komme ich!«, stotterte ich ins Telefon und biss mir noch im selben Moment auf die Zunge.

»Das will ich auch hoffen! Ich habe keine Ahnung, wie ich …«

»Ja, alles klar, dann bis später, Martha!«, unterbrach ich sie und legte schnell auf, in der Hoffnung, dass sie vielleicht gar nicht merkte, dass ich gar keinen Grund für meinen Anruf genannt hatte. Fluchend schob ich mein Rad zu den Ständern und schloss es an.

»Wuuhuuu, heute ist endlich Donnerstag! Ich kann den Beginn meiner Groupie-Karriere kaum erwarten«, rief Meral fröhlich und joggte auf mich zu. Wir waren beide spät dran. Sie riss mich am Ärmel mit, und wir stolperten die Treppen rauf in das Chemielabor im zweiten Stock. Gleichzeitig murmelten wir »Entschuldigung« und suchten uns einen Platz in der obersten Reihe.

»Es gibt ein Problem!«, zischte ich Meral zu und legte den Brief auf den Tisch zwischen uns. Sie zog fragend die Augenbrauen hoch. Irritiert bemerkte ich, dass Meral sich heute viel doller geschminkt hatte als sonst. Insgeheim freute sie sich wahrscheinlich sogar ein bisschen, diesen heißen Typen zu treffen. Merals Finger klopften ungeduldig auf ihren Oberschenkeln rum.

»Was für ein Problem denn?«

»Ich muss arbeiten!«

Merals Augen durchbohrten mich ungläubig. »Willst du mich verarschen?«

Ich schüttelte den Kopf. »Steffen ist krank!«

Meral wendete sich ab und flüsterte persische Flüche, die ich zum Glück nicht verstand. Dann wendete sie sich wieder mir zu.

»Ich wusste, dass man diesem Arsch nicht trauen kann!«, sagte sie finster.

»Was willst du? Sei doch froh, du wolltest da doch eh nicht hin.«

Meral rang mit sich. Dann riss sie einen Zettel von ihrem Collegeblock, schrieb etwas darauf und schob ihn mir rüber.

Ich *will da auch nicht hin. Aber du. Ich arbeite für dich!*

»Spinnst du? Du hasst Martha. Und Martha hasst dich!«

»Ist mir scheißegal. Geh da hin! Ich kenne dich. Du wirst eh nicht aufgeben, bevor du nicht diesen Typen gedatet hast.«

»Ja klar, weil es mir auch um ein Date geht …«, widersprach ich. Nachdenklich kippelte ich mit meinem Stuhl und drehte mit meinen Fingern eine Strähne auf. Zum Glück löschte unser Chemielehrer gerade kurz das Licht, um uns zu zeigen, dass die beiden Stoffe leuchteten, wenn man sie zusammenschüttete.

Meral summte: »That's what friends are for«, und zwinkerte mir zu.

»Sie feuert mich, wenn ich dich dahinschicke«, flüsterte ich.

»Einen Scheiß macht sie!«, zischte Meral zurück.

Ich wälzte meine Gedanken hin und her. Jeder andere hätte den Brief schon lange in irgendeinen Briefkasten geworfen und ihn längst vergessen, weil das nicht sein Problem war. Aber das konnte ich nicht. Denn der Brief hatte, spätestens, seit er mich zu Tränen gerührt hatte, wohl doch etwas mit mir zu tun. Und ich hätte es niemals übers Herz gebracht, ihn einfach einem Postboten zu geben, der ihn womöglich zusammen mit all den anderen unzustellbaren Briefen einfach vernichtet hätte. Schon gar nicht, wenn ich mir doch sicher war, wem er eigentlich gehörte. No way!

Ich mach's! Ich schrieb die Worte langsam und unwillig. Es war wirklich zum Kotzen. Heute Morgen hatte ich mich fast ein bisschen drauf gefreut, Nico zu treffen. Der Plan hatte irgendwie abenteuerlich und lustig geklungen. Mit Meral. Ohne sie klang er einfach nur bekloppt. Und ich wollte wirklich nicht wissen, wie Martha reagierte, wenn Meral ins »Chill a sandwich« kommen würde. Ausgerechnet heute, am Liefertag.

Nach der Schule gab ich Meral letzte Anweisungen und drückte ihr meinen Spindschlüssel in die Hand. Sie schien nicht annähernd so nervös zu sein wie ich. Mit ihren Fingern kämmte sie durch meine Haare und kramte einen Lipgloss aus der Tasche.

»Ernsthaft, ein klitzekleines bisschen Mühe hättest du dir ja wohl schon geben können!«

»Oh, vielen Dank, da fühl ich mich gleich viel wohler in meiner Haut.«

Meral zuckte nur mit den Schultern und formte ihre Lippen auffordernd zu einem Schmollmund. Ich tat ihr den Gefallen und machte es ihr nach. Mit einem geübten Schwung zog sie meine Lippen mit dem Gloss nach und nickte zufrieden.

»Meral! Das mit Justin Bieber und dem Kind lasse ich vermutlich ausfallen heute. Ich will einfach nur wissen, ob dieser Nico was über den Brief weiß. Also chill mal!«

»Du«, säuselte Meral, »das würde ich mir noch mal überlegen mit den Kindern. Das könnte wirklich verdammt lukrativ sein. Und du wärst Martha los!«

»Richtig, aber dafür hätte ich Klein-Justin an der Backe.«

»Berechtigter Einwand!« Meral klopfte mir auf die Schultern und musterte mich noch einmal zufrieden. »So kannst du gehen! Grüß Justin von mir!«

Mit einem Augenrollen schwang ich mich aufs Rad und trat in die Pedale. In einer halben Stunde begann die Pressekonferenz im Hotel. Und ich würde Nico Simon fragen, ob er den Brief geschrieben hatte. Es war verrückt. Bisher hatte ich nie so richtig darüber nachgedacht, dass hinter den Stimmen aus dem Radio echte Menschen steckten. Also solche, mit denen man auf irgendeine Art und Weise verbunden sein konnte. So wie Nico Simon und ich. Wenn auch nur durch einen mysteriösen Brief und möglicherweise auch nur so lange, bis er mir sagen würde, dass er keine Ahnung hatte, wovon ich sprach.

Je näher ich der Innenstadt kam, desto schneller ging auch mein Herz. Es war anstrengend, sich mit dem Fahrrad durch den Stadtverkehr zu schlängeln. Entnervt und mit einer für meinen Geschmack etwas zu hoch dosierten Menge Adrenalin im Blut setzte ich mir meine Kopfhörer auf und machte noch mal die Nico-Simon-Playlist auf Spotify an. Gebannt lauschte ich den Worten, die ich mittlerweile auswendig mitsingen konnte. Wie unwirklich, dass genau diese Stimme gleich mit mir sprechen würde. Als ich über den Gänsemarkt fuhr, streifte mich fast ein 3er-Bus. Erschrocken riss ich den Lenker rum und stieg lieber ab. Fahrradfahren in der Innenstadt war echt nur was für Lebensmüde! Je näher ich dem pompösen Hotel an der Alster kam, desto langsamer wurde mein Schritt. Bisher war das Gebäude für mich nicht mehr als ein beliebtes Postkartenmotiv gewesen. Ich griff in meine Manteltasche und tastete nach dem Brief. Er war noch immer ganz wellig und längst ziemlich verknittert. Einige Meter vor dem weißen Luxuspalast für Superreiche blieb ich stehen und schloss mein Fahrrad an einem Pfosten an. Ich hauchte meine Hände warm und musterte die weiße Fassade, die mit kunstvollen Ornamenten verziert war. In der Mitte standen zwei Flügeltüren offen. Die Treppenstufen, die in das Hotel führten, waren mit rotem Teppich ausgelegt. Irgendwie hatte ich mir das hier anders vorgestellt. Nichts, wirklich gar nichts, deutete darauf hin, dass hier in wenigen Minuten eine große Pressekonferenz stattfinden würde. Ach verdammt, ich wünschte mir, Meral wäre hier. Aber die schlug sich gerade sicher mit einem Martha-Wutausbruch allererster Güte rum. Bei dem Gedanken daran schüttelte ich mich und fragte mich heute nicht zum ersten Mal, ob das alles eine gute Idee war. Ich hätte eigentlich wirklich Wichtigeres zu tun, als verloren an der Alster zu stehen und nicht zu wissen, wie lange ich jetzt hier rumgammeln würde, bis ein amerikanischer Superstar aus dem Gebäude geschlendert kam. Kurz überschlug ich im Kopf, wie viel Geld mir durch die Lappen ging, weil ich heute nicht arbeitete, und sah in Gedanken einen Fünfzigeuroschein in die Alster sinken. Ich vergrub meine Hände tief in den Manteltaschen und schaute auf das tanzende Wasser. Ich war hier wirklich selten. Zum Shoppengehen war die Ecke viel zu teuer, und da ich keine Verwandte außerhalb von Hamburg hatte, fielen auch die obligatorischen Sightseeingtrips an die Alster und in die Hafencity aus, die Meral so verabscheute. Über der Stadt lag eine dichte Wolkendecke. Alles wirkte ein bisschen schwarz-weiß und unwirklich. Am Ufer gegenüber stieg ein Hochzeitspaar aus einer Limousine und wurde von einem Fotografen in Posen gezwungen, die mir schon vom Hinsehen Rückenschmerzen bereiteten, als ich hinter mir plötzlich einen Mann auf Englisch fluchen hörte. Englisch! Ich wirbelte herum und knallte fast mit dem Kerl zusammen, der mit etwas zu viel Schwung die Treppen des Hotels runtergerannt war und aufgeregt zu beiden Seiten der Straße schaute. Nein, das war definitiv nicht Nico. Der Typ war ungefähr Mitte vierzig und trug einen schwarzen Anzug. Seine Haare waren schon leicht grau und mit Gel nach hinten gekämmt. Er sah auf eine merkwürdige Art und Weise so interessant aus, dass ich nicht aufhören konnte, ihn anzustarren. Vielleicht war es die Ähnlichkeit zu George Clooney, vielleicht aber auch einfach nur die merkwürdige Mischung aus seinem astreinen Stil und seiner aufgeregten Art. Ich sah amüsiert dabei zu, wie er abwechselnd nach rechts und nach links rannte und dabei versuchte, einen Überblick über die Straße zu bekommen. Ein Ding der Unmöglichkeit bei den Touristenmassen, die sich mit Rucksäcken und Stadtkarten bewaffnet an der Alster entlangwälzten.

»Ziemlich witziger Kerl, was?«, hörte ich plötzlich eine Stimme neben mir.

Ich nickte und lachte.

»Das ist 'ne Show, für die ich fast Eintritt zahlen würde!«, sagte ich amüsiert und drehte mich der Stimme zu, die einem Jungen in meinem Alter gehört. Er stand nur wenige Zentimeter von mir entfernt und beobachtete das Schauspiel genau wie ich. Ich brauchte ein paar Sekunden, bis ich begriff. Er war einen Kopf größer als ich und trug eine Beanie, die er sich tief ins Gesicht gezogen hatte. Ein Schal verhüllte einen Großteil seines Gesichts, aber ich erkannte ihn. Es bestand kein Zweifel. Ich hatte die Bilder, von denen es im Internet Tausende gab, gestern so oft angesehen, dass ich mich schon fast ein bisschen dafür geschämt habe. Ich hatte mir sogar Interviews auf YouTube reingezogen, und auch wenn es merkwürdig war, ihn plötzlich Deutsch reden zu hören, erkannte ich das Kopfschütteln und seine Art, zu lachen, wieder. Holy Shit. Das war Nico. Nico Simon. Er stand neben mir. Einfach so. Ich warf einen Blick auf mein Handy. Es war zwei Minuten vor vier. Wieso war er noch hier draußen?

»Glaub mir, die Show wird auf Dauer ziemlich langweilig«, sagte er grinsend, zwinkerte mir noch einmal zu und schlenderte dann mit den Händen in den Hosentaschen auf den Kerl zu. Entgeistert starrte ich ihm nach. Mein Herz klopfte bis zum Hals. Ich wusste, dass das hier meine

Chance war, das Nico-Simon-und-der-Brief-Thema ein für alle Mal zu beenden und dass ich ihm hätte hinterherrennen müssen, aber meine Füße blieben wie angewurzelt stehen. Mit meiner Hand umklammerte ich den Brief in meiner Tasche. Als der ausgeflippte George Clooney Nico sichtete, konnte man förmlich dabei zusehen, wie aus seiner hilflosen Anspannung blinde Wut wurde. Er rannte auf Nico zu, packte ihn am Ärmel und zog ihn die Treppen hoch. Ich verstand kein Wort von dem Schwall, den er auf Nico ergoss. Das lag nicht an der Lautstärke, sondern an dem breiten amerikanischen Akzent, der rein gar nichts mit dem British English zu tun hatte, das wir in der Schule lernten. Ich hatte auch Nico in den YouTube-Videos nicht besonders gut verstanden, aber das hier klang für mich einfach nur wie Suaheli. Oder eher wie ein Suaheli-Dialekt, in dem das Wort »Fuck« ziemlich elementar war.

Ich sah dabei zu, wie Nico sich Meter um Meter von mir entfernte und schließlich von dem riesigen Palast verschluckt wurde. Ja, verdammt. *Fuck* war das Einzige, was mir dazu einfiel. Wutschnaubend holte ich mein Handy aus der Tasche, um zu sehen, ob Meral schon geschrieben hatte. Hatte sie nicht. Dafür hatte sie vier Mal versucht, mich anzurufen. Martha sogar sechs Mal. Gar nicht gut! Gerade als ich zurückrufen wollte, hörte ich hinter mir meinen Namen. Meral kam auf mich zugerannt. Ihre Wangen waren rot, und sie war völlig außer Atem.

»Ich hab versucht, dich zu erreichen. Ich soll dir von Martha sagen, wenn du nicht in zehn Minuten im Laden bist, kannst du deine Sachen packen und gehen.« Sie sah auf ihre Armbanduhr. »Aber das ist jetzt zwanzig Minuten her.«

Keuchend blieb sie neben mir stehen und wischte sich mit ihren Handschuhen eine Strähne aus dem Gesicht. »Sorry, Lea, schneller ging nicht. Die scheiß U-Bahn hing wegen irgendeiner Weichenstörung fest. Ich bin Hauptbahnhof ausgestiegen und gerannt. Aber wieso zum Teufel gehst du auch nicht an dein scheiß Telefon, Mann?«

Ich wusste nicht, was ich sagen sollte. Plötzlich war der Brief in meiner Tasche vollkommen gleichgültig. Ich hatte meinen Job verloren. Und mit diesem Job die Chance, meine Mutter endlich zu finden.

»Lea, vergiss es, Martha ist eh eine hysterische Ziege. Und vielleicht ist es besser so.«

Fassungslos starrte ich Meral an. »Ich soll das einfach so hinnehmen?« Ich schüttelte heftig den Kopf, obwohl ich wusste, dass Martha zehn Minuten meinte, wenn sie zehn Minuten sagte. Aber jede Faser meines Körpers wollte sofort losrennen nach Eimsbüttel, die Uhren zurückdrehen und die Entscheidung, hierherzukommen, ungeschehen machen. Ich wusste zwar noch nicht, wie, aber ich musste Martha unbedingt umstimmen.

»Stopp!« Meral griff nach meinem Ärmel und hielt mich fest. Ihre Augen funkelten. »Ich hab die ganze Zeit meine Klappe gehalten, Lea. Aber ich werde nicht zulassen, dass du deinen Stolz verkaufst. Du bist sechzehn, Lea. Sechzehn. Hast du das verstanden? Mit sechzehn macht man dumme Sachen. Zum Beispiel steht man meinetwegen an der Alster rum, um einen Popstar zu treffen. Aber mit sechzehn arbeitet man nicht jede freie scheiß Minute bei einer Tyrannin, um einem Hirngespinst hinterherzujagen. Es reicht! Du hast noch eine Menge Zeit, um deine Mutter zu finden. Wenn es so sein soll, dann wird es passieren. Aber jetzt soll es eben nicht sein. Bewahr dir deinen Stolz, und jetzt lass uns verdammt noch mal Justin Bieber finden.«

Lange standen wir schweigend da.

»Er heißt Nico«, murmelte ich trotzig.

»Dann halt Nico Bieber«, sagte Meral und sah an der Fassade des Gebäudes hoch. »Ziemlich großer Schuppen, was? Der hat bestimmt zwanzigtausend Hinterausgänge und sieben Garagen, in denen der gute Herr aus den Staaten einfach so verschwinden kann.«

Ich nickte murmelnd. Meral tat so, als wäre das mit Martha hiermit einfach erledigt. Ich wusste, dass es das auch war, weil Martha mich niemals einfach so feuern würde, wenn sie es nicht ernst meinen würde. Nicht sie. Ich atmete tief ein und versuchte, die Gedanken an Australien von mir zu schieben. Ich wollte nicht darüber nachdenken, wie weit Australien wieder in die Ferne gerückt war. Es fühlte sich ungefähr so an wie der Moment, in dem Max mir gesagt hatte, dass er ein Auslandssemester in Australien nicht bezahlen konnte.

»Er war hier«, sagte ich kaum hörbar.

»Bitte, was hast du gerade gesagt?«

»Er war hier. Hier hier.« Ich deutete mit meinen Fingern auf Merals Füße. Ihre Augen verengten sich zu kleinen Schlitzen.

»Verarsch mich nicht, Cheesy. Wie, er war hier?«

Ich atmete tief ein. »Er war hier, wir haben gesprochen, aber als ich gemerkt habe, dass er es ist, war er auch schon wieder verschwunden.«

»Wie, verschwunden, verschwunden? Wie kann ein Mensch einfach so verschwinden? Ach Mann, ich wusste, dass man dich nicht alleine lassen darf. Echt, ey. Du hast mit dem schönsten Mann der Welt gesprochen und hast es nicht gemerkt? Abartig!«

»Es geht hier nicht um Schönheit, es geht um einen wichtigen Brief, Mann!«

Ich holte den Umschlag aus meiner Tasche und musste plötzlich laut loslachen. Ich hatte gerade meinen Job verloren. Wegen eines Briefes von irgendwem an irgendwen, und ich wusste nicht mal, ob es sich dabei nicht vielleicht um die Zeilen eines Stalkers handelte, die nach Ankunft bei besagtem Mädchen auf direktem Wege in den Mülleimer wandern würden. In meinem Haus war ein amerikanischer Popstar aufgewachsen, der offensichtlich in die Fänge einer gestörten George-Clooney-Sekte geraten war, und ich stand hier vor einem Luxushotel, ohne wirklich zu wissen, was ich überhaupt sagen sollte, wenn Nico doch noch einmal auftauchte, anstatt einen der zwanzig Hinterausgänge zu nehmen. Schön, dass meine beste Freundin trotzdem der Ansicht war, ein verpatztes Gespräch mit dem ihrer Meinung nach schönsten Mann der Welt sei mein größtes Problem. Ich war mir sicher, an den Brief dachte sie schon gar nicht mehr. Wobei ich ihr das nicht verübeln konnte, denn auch ich hatte den Brief schließlich sofort vergessen, als ich neben Nico stand.

»Wir sind ziemlich tief gesunken, Meral!«, sagte ich und konnte nicht aufhören zu lachen, obwohl der Kloß in meinem Hals einfach nicht verschwinden wollte.

»Ich weiß«, antwortete sie und hüpfte bibbernd auf der Stelle. »Aber irgendwie gefällt es mir hier unten. Und um das richtig auszureizen, setzen wir mal schön noch einen drauf! Los geht's, bitch! Wir finden jetzt diesen Justin. Und wir gucken uns verdammt noch mal aus der Nähe an, wie viel von seiner Schönheit er beim Grafikdesigner bezahlt hat.«

Sie fasste mich an der Hand und zog mich hoch erhobenen Hauptes die rot gesäumten Treppenstufen hinauf, die vor wenigen Minuten Nico auf die gleiche Weise hineinbefördert hatten. Mit dem klitzekleinen Unterschied, dass Nico als vermutlich zahlender Gast die Berechtigung hatte, dieses Hotel zu betreten.

NICO

In dem Raum, in den Alex mich schob, war es einfach nur voll und beengt. Wir gingen zum Podium und setzten uns. Meine Mütze ließ ich lieber auf, meine Haare sahen bestimmt kacke aus. Auch die Letzten bemerkten, dass wir da waren, und verstummten. Ich registrierte das leise Rauschen der Lüftungsanlage. Hotels waren irgendwie überall gleich auf der Welt. Alex hatte sein Medienlächeln aufgesetzt. Er gab sich Mühe, seinen Akzent zu verbergen, und baute möglichst komplizierte Sätze, was einigermaßen lächerlich wirkte und meine Laune wieder hob. Ich hätte noch Stunden draußen verbringen können. Einfach mal wieder rumlaufen und meine Ruhe haben, irgendwen anquatschen und nicht angestarrt werden. Es war unglaublich gewesen! Und dann die Kälte, der Wind, die Wolkendecke am Himmel, die alles mit diesem grauen Schleier überzog. Hamburg halt. Alex würde das nicht verstehen. Er saß neben mir und begrüßte die Presse. Ich schaute mir die Leute an. Alles Deutsche. Wir hatten diese Europasache schon megalange geplant. Und jetzt waren wir hier, ausgerechnet in Hamburg. Die Stadt, die sich nicht wie ein anderer Ort, sondern wie eine andere Zeit für mich anfühlte. Es ging los. Die erste Frage.

»Sie sind in Amerika sehr erfolgreich, Nico. Warum haben Sie Ihre Karriere nicht hier gestartet? Sie sind doch Deutscher?«

Alex' Lächeln wirkte verbissen. Es regte ihn auf, dass die Deutschen nicht einfach meinen Status aus den Staaten annahmen und mich wie einen Megastar behandelten. Hier würde ich mir alles neu erarbeiten müssen. Ein paar Leute würden meinen Namen vielleicht kennen, aber das war's dann auch schon. Und während ich diese paar Wochen genießen wollte, die mir vermutlich blieben, bis auch hier der Wahnsinn losging, wollte Alex am liebsten schon heute Arenen füllen. Dieses ganze Europa-Ding war ihm lästig. Klinkenputzen war nichts, was Alex besonders gut stand.

Ich räusperte mich und stützte mich mit den Unterarmen auf dem Tisch ab. Aus den Lautsprechern hörte ich meinen Atem knistern.

»Richtig, ich bin Deutscher, und ich freue mich, endlich hier zu sein und hier Musik zu machen. Erfolg ist nicht immer planbar und voraussehbar. Ich habe in Amerika gelebt und ein paar Videos gemacht. Die kamen offensichtlich ganz gut an. Hier in Deutschland hat man bei meinem Auftritt mit dem Vorschulchor vor dreizehn Jahren leider verpasst, mein Talent zu entdecken.«

Im Saal brach Gelächter aus, als hätte ich gerade einen Megajoke gemacht.

Eine Journalistin mittleren Alters meldete sich. Alex nickte ihr zu.

»Sie haben Familie in Deutschland, haben Sie sie schon gesehen?« Sie lächelte und schien sich auf eine möglichst herzerwärmende Antwort zu freuen.

»Nein.«

Sorry, Lady. Nix da herzerwärmend.

Das Murmeln schwoll an und endete schließlich in bedrücktem Schweigen. Alex rutschte nervös auf seinem Stuhl rum und sah mich alarmiert an.

»Warum nicht?«, fragte schließlich ein junger Reporter, der mich bei seiner Frage nicht einmal anschaute, sondern mit seinem Handy filmte. Alex stand auf, ging zu dem Mann und bat ihn, keine Filmaufnahmen zu machen. Der Typ steckte schulterzuckend sein Handy weg und hatte im gleichen Moment auch seine Frage vergessen. Der Rest des Saals nicht. Hunderte Augenpaare starrten mich gespannt an. Gott, was sollte ich dazu jetzt sagen? Immer diese scheiß Frage.

»Sie sind momentan verreist. Ich werde aber das nächste Wochenende mit ihnen verbringen, worauf ich mich schon sehr freue.«

Unter dem Tisch spürte ich einen Tritt gegen mein Schienbein. Alex sah mich entsetzt an, fing sich aber sofort wieder und legte sein Kameragesicht wieder auf. Er lehnte sich zum Mikro und erzählte, was die Leute heute auf dem Gig erwarten würde. Ein paar Cover, aber vor allem eigene Songs von mir. Meldungen von Journalisten ignorierte er. Je mehr er sich in meine Erfolgsgeschichte, in sein persönliches Lieblingsmärchen vom amerikanischen Traum reinsteigerte, desto unverständlicher wurde sein Deutsch. Alex hatte Probleme mit den Fällen und den Artikeln, was man ihm immer besonders dann anmerkte, wenn er gestresst war. Und das hier stresste ihn grade gewaltig. Als passioniertem Kontrollfreak konnte ihm wahrscheinlich nicht viel Schlimmeres passieren, als sein Verkaufstalent mit einer Fremdsprache zu versauen, die er nicht perfekt beherrschte. Und dann war da auch noch ich. In seinen Augen war ich ungefähr vergleichbar mit einer tickenden Bombe in seinen Händen. Bei dem Gedanken musste ich grinsen.

Völlig beglückt von seinem eigenen Vortrag lehnte Alex sich wieder zurück und nickte mir zu. Er hatte gekonnt einen Haufen Themen aufgeschmissen. Unkomplizierte Themen.

Von allen Seiten gab es Meldungen. Alex bedeutete einem Mädchen, das sicher nicht viel älter war als ich, ihre Frage zu stellen.

»Ist Ihre Familie stolz auf Sie?«

Alex neigte sich zu meinem Mikro und zog es von meinem Mund weg, ehe ich reagieren konnte. »Ist sie. Nico ist der heißeste deutsche Export seit Tokyo Hotel!«, murmelte er hinein und klappte seine Kladde, die vor ihm auf dem Tisch lag, mit einem lauten Schlag zu. »Meine Herrschaften, die Zeit rennt, Nico muss sich auf seinen Auftritt vorbereiten. Wir freuen uns, Sie gleich alle wiederzusehen, wenn Nico Ihnen zeigen wird, warum nicht nur seine Familie, sondern ganz Deutschland stolz auf ihn sein soll.«

Er klopfte mir väterlich auf die Schulter und stand auf.

»Bloß raus hier«, flüsterte er und bahnte sich einen Weg durch die verwirrten Presseleute.

»Vollidioten!«, raunte er, als die Konferenzraumtür hinter uns ins Schloss fiel. Dann wendete er sich mir zu.

»Was hast du da gesagt?«

Ich zuckte mit den Schultern. »Was meinst du? Was soll ich gesagt haben?«

Alex rang um Fassung. Im selben Moment blinkte sein Handy auf, das er in der Hand hielt. Er ging ran und fixierte mich, als könnte er mich so davon abhalten, das Weite zu suchen. Ich drehte mich um, hob meine Hand kurz und zog ab in Richtung Aufzug. Der scheiß Jetlag brachte mich um. In nicht mal drei Stunden begann das Konzert, und ich brauchte dringend ein bisschen Ruhe.

»Nico!« Alex' Stimme donnerte durch das Foyer. Ein Schlipsträger drehte sich um und schüttelte den Kopf. Alex kam in langen Schritten auf mich zu.

»Du hast gesagt, dass du am Wochenende deine Familie triffst?!«

Alles klar, das also. Ich zuckte mit den Schultern. »Ja und?«

»Das hier war Guz vom Sender.« Alex hielt mir sein Handy vors Gesicht. »Er hatte Leute auf der Konferenz. Sie haben das gehört. Er erwartet, dass wir unserem Vertrag nachkommen und seine Leute am Wochenende den Beitrag drehen dürfen. Also treib verdammt noch mal deine scheiß Familie auf!«

LEA

Wir standen hinter der großen Säule im Foyer und verfolgten gebannt die Szene zwischen Nico und dem Mann, der eben schon so merkwürdig gewesen war. Es war ein schneller Schlagabtausch, ein leises Murmeln, aber es war offensichtlich, dass er noch immer aufgebracht war. Nico sah eher müde und genervt aus. Von dem jungenhaften Lachen, das er draußen noch im Gesicht hatte, war nichts mehr zu sehen.

»Jetzt oder nie!«, sagte Meral und trat hinter der schützenden Säule hervor. Ich zog sie am Ärmel zurück.

»Bist du irre? Findest du, dass das der richtige Moment ist, um ihm mit einem dämlichen Brief zu kommen?«

»Ernsthaft, Lea, mach mich nicht sauer. Du wolltest doch unbedingt herkommen und das klären, nicht ich. Wenn du wissen willst, ob der Brief von ihm ist, dann solltest du ihn fragen. Und zwar jetzt! Oder ich tue es.« Sie machte mit ihren Armen eine ausladende Geste und raunte mit mystischer Stimme: »Lass es einfach geschehen!«

Ich wollte gerade antworten, als Nico an uns vorbei aus dem Hotel stürmte. Mit offenem Mund sahen wir ihm nach, wie er die Treppe hinunterlief und aus unserem Blickfeld verschwand. Der Mann eilte ihm ein paar Schritte nach, entschied sich dann aber doch dagegen. Er fluchte leise vor sich hin. Meral zögerte keine Sekunde.

»Entschuldigen Sie bitte, ist das Nico Simon gewesen?«

Der Typ sah uns an, als hätten wir ihn gerade aus dem Tiefschlaf gerissen. Meral versuchte es noch einmal auf Englisch. Er steckte die Hände in die Hosentasche und kramte eine Zigarette hervor.

»Nein, das war Santa Claus«, antwortete er schließlich gereizt auf Deutsch mit amerikanischem Akzent. Er sah uns dabei an, als sei das so ziemlich die dämlichste Frage gewesen, die er je gehört hatte. Ohne Gruß wendete er sich ab und ging die Treppe runter ins Freie. Meral ließ nicht locker.

»Sind Sie sein Manager?«

Er machte keinen Hehl daraus, dass er absolut null Interesse daran hatte, diese Unterhaltung weiterzuführen.

»Das bin ich, und ich habe keine Zeit.«

Meral funkelte ihn streitlustig an. Ich zupfte sie an ihrer Jacke und wollte hier grad einfach nur weg. Das war ein schrecklicher Tag, und ich wollte nicht dabei zusehen, wie Meral ihn noch schrecklicher machte.

»Sie rauchen!«

»Exakt.«

»Warum sollte man nicht sprechen können, während man raucht?« Ich hielt die Luft an. War sie wahnsinnig geworden?

Er musterte Meral von oben bis unten, und zynischerweise schien ihn ihre Art eher zu unterhalten, als zu verärgern.

»Mädels, was wollt ihr? Autogramme?« Er kramte in seiner Blazertasche und zog einen Stapel Karten heraus. Die Zigarette klemmte er zwischen die Lippen und nahm zwei Karten von dem Stapel, um sie uns zu reichen. Nachdem Meral einen Blick auf das Porträt von Nico geworfen hatte, hielt sie es seinem Manager unter die Nase.

»Wir wollen ihn treffen.«

Er lachte laut auf. Es war ein fieses Lachen. Seine Überheblichkeit machte mich wütend.

»Das wollen sie alle«, sagte er und streckte sein Gesicht gekünstelt in den Wind, um den Rauch in Ringen nach oben zu pusten.

»Ich sehe hier nur uns«, sagte Meral schnippisch. »Und um das richtigzustellen, eigentlich wollen auch nicht wir ihn treffen, sondern er uns.«

Damit hatte Meral seine volle Aufmerksamkeit.

»Bitte was?«

»Er will uns treffen. Das steht hier in dem Brief. Auf, Cheesy, zeig ihm den Brief!«

Ich warf Meral einen vernichtenden Blick zu. Was auch immer sie da gerade vorhatte, ich fand es nicht gut. Widerwillig zog ich den Briefumschlag aus der Tasche und zeigte ihn ihm. Er riss ihn mir fast aus der Hand.

»Was soll das sein?«, fragte er ungehalten und musterte die Zeichnung auf dem Briefumschlag. Plötzlich sah er mich völlig entgeistert an. Er nahm meine Hand und drehte mich um meine eigene Achse. Dabei begann er zu lachen, als sei er nun endgültig irre geworden.

»Natürlich«, wiederholte er immer wieder. »Natürlich.« Völlig aus dem Nichts nahm er mich in den Arm. »Schön, dich kennenzulernen, Kleines!«

Ich schnappte Merals Blick auf, der nicht weniger verwirrt war, als ich mich fühlte. Jetzt hatte dieser Kerl also auch schon Merals Souveränität auf dem Gewissen. Herzlichen Glückwunsch, das schafften nicht viele. Irgendwas passierte hier gerade, von dem wir keine Ahnung hatten.

»Ich bin Alex!«, stellte Nicos Manager sich vor und streckte mir seine Hand entgegen. Meral ignorierte er.

»Freut mich«, murmelte ich leise.

Mit einer Hand tippte Alex auf seinem Handy rum, und mit der anderen gab er uns ein Zeichen, dass wir warten sollten.

»Ich rufe ihn an!«, flüsterte er, wobei er das Handy zuhielt.

Meral und ich sahen uns schulterzuckend an. Nico ging offensichtlich nicht an sein Handy.

»Macht nichts«, sagte Alex und legte einen Arm um mich, den anderen um Meral. »Dann lasst uns mal zu der Location fahren. Da wird er früher oder später auftauchen, Mädels. Er wird sich freuen, euch zu sehen.«

Zehn Minuten später saßen wir auf der Rückbank von Alex' Mietwagen und schlängelten uns durch die Hamburger Innenstadt. Nur Bekloppte fuhren um diese Jahreszeit in Hamburg mit einem offenen Cabrio. Dass wir nun in einem saßen, machte mein Vertrauen in diesen Alex nicht gerade größer.

»Wir sitzen in einem Auto mit einem wildfremden Kerl!«, flüsterte ich Meral zu. »Das ist nicht lustig!« Ich malte mir aus, was Max dazu sagen würde, wenn er uns so sehen würde.

Meral saß neben mir und machte ein Selfie von sich in den feinen Ledersitzen, im Hintergrund das Hamburger Rathaus.

»Hast du gehört?«, fragte ich noch mal mit Nachdruck und beugte mich nach rechts, um näher an ihrem Ohr zu sein. »Was wir hier machen, ist gefährlich, Mann.«

»Ist es nicht.« Meral hielt mir ihr Handy unter die Nase. Sie hatte ein Foto von Alex im Netz gefunden. Neben ihm stand Michael Jackson. Die beiden sahen vertraut miteinander aus.

»Siehst du?«

»Siehst du was?«, flüsterte ich und konnte nicht glauben, dass sie das wirklich beruhigend fand. »Michael Jackson ist tot!«

Meral verdrehte die Augen. »Aber bestimmt nicht wegen Alex! Und wenn er uns entführen wollte, dann wohl sicher nicht in einem Cabrio ohne Verdeck!«, kicherte sie aufgedreht.

Ich gab auf, lehnte mich wieder nach hinten in die schwarzen Ledersitze und band meine Haare zusammen, die der kalte Wind mir die ganze Zeit ins Gesicht wehte. In meinem Magen lag ein riesiger Kloß. Ich konnte wirklich nicht fassen, dass wir hier eingestiegen waren. Niemand wusste, wo wir waren, und wir hatten keine Ahnung, warum der unfreundlichste Mensch der Welt plötzlich so charmant war. Das war unheimlich. Wirklich, wirklich unheimlich.

Wenigstens fuhren wir tatsächlich in Richtung Kiez. Vielleicht brachte er uns ja echt einfach nur zum Konzert. Warum er das hätte tun sollen, war mir allerdings noch ein

Rätsel. Alex ließ uns die Fahrt über zum Glück in Ruhe. Er telefonierte mit verschiedenen Leuten über die Freisprechanlage. In einem Cabrio. Ich verstand fast gar nichts von den Gesprächen, die er alle auf Englisch führte. Alex selbst verstand vermutlich auch nichts, aber im Grunde musste er das auch nicht, denn er hörte sowieso nicht wirklich zu. Er sprach. Und er legte jedes Mal auf, ohne sich zu verabschieden.

»Wie in einem Film«, flüsterte Meral, und ich sah, dass sie das hier tatsächlich aufregend und lustig zu finden schien.

»Ja, wie in einem Gruselfilm«, sagte ich so leise, dass auch sie es nicht hören konnte. »Und ich hasse Gruselfilme!«

Vor dem Club kam der Wagen zum Stehen. Alex hielt im absoluten Halteverbot. Natürlich, wo auch sonst? Er stieg aus und klappte seinen Sitz nach vorne, um uns aussteigen zu lassen.

»Ladys«, sagte er und gab uns die Hand, um uns zu helfen. Meral drehte sich zu mir um und zuckte grinsend mit den Schultern. »Verdammt, Cheesy, das hier ist lustig!«

»Ungefähr so lustig wie Horrorclowns, Erdrutsche und die Verschmutzung des Meeres durch Plastikmüll«, antwortete ich, obwohl es mir sogar ein bisschen leidtat, dass ich Meral ihren Spaß an diesem absurden Abenteuer verdarb. Außerdem fühlte es sich tatsächlich nicht mehr so schlimm an, jetzt, da wir definitiv wussten, dass unsere Fahrt nicht auf irgendeiner einsamen Waldlichtung endete.

Wir liefen hinter Alex her zum Hintereingang des Clubs.

Als wir um die Ecke des Gebäudes bogen, blieben Meral und ich mit offenem Mund stehen. Von vorne hatte man nichts gesehen. Hier hinten war einiges los. Bestimmt dreißig Mädels saßen auf Decken vor der Tür des Bühneneingangs. Als sie Alex erblickten, sprangen einige von ihnen auf und liefen auf ihn zu.

»Ist er hier?!«, schrie eine von ihnen aufgeregt Alex entgegen. Die anderen verstummten. In ihren Händen hielten sie CDs, Fotos, Kuscheltiere und ihre Handys. Alex sah völlig unbeeindruckt aus. Er schüttelte den Kopf und gab uns mit einem Kopfnicken zu verstehen, dass wir ihm folgen sollten. Er klopfte an der schweren Metalltür. Sofort wurde geöffnet. Alex zog einen Ausweis aus seinem Blazer und zeigte ihn dem Securitymann, der ziemlich schmächtig aussah für einen Türsteher. Dann deutete er auf uns. Der Schmächtige nickte und ließ uns mit hinein. Wir liefen einen schmalen Gang entlang und trafen an jeder Ecke irgendwelche Leute, die wohl für Alex arbeiteten.

»Hey, Karen!« Alex winkte eine zierliche Frau um die dreißig zu sich heran. Sie rannte sofort auf ihn zu. Fehlte nur noch, dass sie salutierte und »Yes, Sir!« rief.

»Alex!«

»Ist er da?«

Karen nickte.

Ich spürte, wie mein Mund ganz trocken wurde und mein Herz seinen Rhythmus beschleunigte. Alex nickte zufrieden.

»Hier entlang«, sagte er und führte uns in einen Nebengang. Vor der letzten Tür blieb er stehen.

»Wartet hier einen Moment.« Dann drückte er die Klinke und trat in den Raum. Meral und ich blieben wortlos in dem Gang zurück und sahen uns an.

»Das war 'ne scheiß Idee«, sagte ich ins Halbdunkel. »Ich will nicht zu Justin.«

»Er heißt Nico«, äffte Meral mich nach und lachte leise. »Komm schon, Cheesy. Das hier ist Spaß.«

Sie tippelte von einem Fuß auf den anderen, und ich ließ mich langsam anstecken. Ich musste zugeben, ein bisschen lustig war es tatsächlich, vor der Garderobe eines amerikanischen Superstars rumzustehen.

»Hey, willst du ihn wirklich nicht daten? Ich frag nur, falls er sich spontan in mich verliebt, wovon natürlich auszugehen ist …« Sie verstummte, als die Stimmen in dem Raum lauter wurden. Nico hört sich sauer an. Schon wieder. Plötzlich wurde die Tür aufgerissen. Das grelle Licht, das uns so unvermittelt traf, blendete mich.

»Ach ja? Dann zeig sie mir! Du redest Scheiße! Und ich weiß nicht, was dieses Spiel soll.«

Nico stand vor Meral und mir und starrte uns an. Wir starrten zurück. Nichts, aber auch gar nichts hatte dieser Kerl Photoshop zu verdanken. Er sah in natura exakt so aus wie auf den Fotos. Seine dunklen Augen musterten uns eindringlich, und seine wilden braunen Locken umrandeten seine feinen Gesichtszüge und seinen makellosen Teint. Die Stille, die für wenige Sekunden das Geschrei von Alex und Nico unterbrach, fühlte sich gespenstisch an. Endlich beendete Alex das Schweigen.

»Sag ich doch!«, murmelte er fast trotzig und stellte sich

demonstrativ neben uns in den Gang, woraufhin Nico in lautes Gelächter ausbrach.

»Sagst du doch?« Das Lachen klang aufgebracht und belustigt zugleich.

»Ich kenne die beiden nicht! Du hast dich von zwei Groupies verarschen lassen. Herzlichen Glückwunsch, Alex!«, warf er schließlich hinterher und knallte Alex, Meral und mir die Tür vor der Nase zu. Ich schnappte nach Luft. So respektlos war ich in meinem ganzen Leben noch nicht behandelt worden. Auch Alex rang um Fassung. Energisch drückte er die Tür wieder auf und zerrte mich ins Innere des Raumes.

»Hier«, donnerte er los und nickte mir auffordernd zu. »Was ist das hier dann?«

Ich wusste nicht, wovon er sprach, und blieb regungslos stehen.

»Der Brief!«, erklärte Alex gereizt und schnippte fordernd mit den Fingern. »Zeig ihm den Brief.«

Zögernd schüttelte ich den Kopf. »Ich hab ihn nicht hier. Er ist in der Tasche. Die hab ich im Auto vergessen.«

Mit meiner Hand umschloss ich fest den Briefumschlag in meiner Manteltasche und ignorierte Merals fragenden Blick, den ich zwar nicht sah, aber spürte. Ich hatte gar keine Tasche dabei, das wusste sie. Aber ich wollte diesem Kerl gerade ganz bestimmt nicht den Brief zeigen. Selbst wenn er ihn geschrieben hatte – und ehrlich gesagt gab es daran für mich keinen Zweifel mehr –, hatte er es nicht verdient, dass ich ihm half. Und was, wenn er den Brief nahm und uns rausschmiss? Obwohl mir bewusst war, dass ich keinerlei Rechte an diesem Brief hatte, wollte ich ihn nicht hergeben. Nicht so!

Nicos Gesichtszüge wirkten angespannt. Er lief von einer Seite des Zimmers zur anderen und schien darauf zu warten, dass Alex endlich seinen Irrtum bemerkte und uns rausschmiss. Dabei nervte es mich am allermeisten, dass es tatsächlich so schien wie ein Irrtum, ich, hier, bei ihm in diesem Raum. Ich hatte ihm einfach nur eine Frage stellen wollen. Eine Frage. Eine Antwort. Stattdessen hatte ich aus irgendeinem Grund, den ich nicht kannte, eine Cabriofahrt durch Hamburg und einen Backstagepass bekommen. Beides war nicht unbedingt die Erfüllung meiner Träume.

»So she's not your sister?« Alex' Stimme überschlug sich aufgebracht.

Bitte was? Seine Schwester? Er hatte mich für seine Schwester gehalten?

»I swear, she's not. Ganz sicher nicht.« Als wäre die Situation nicht schon kompliziert genug, switchten Alex und Nico auch noch die Sprache, als wäre es völlig gleichgültig, ob sie auf Englisch oder Deutsch sprachen.

Ich stand in der Mitte des Raums und sah Hilfe suchend zu Meral, die noch immer im Flur wartete. Selbst sie schüttelte ratlos den Kopf. Zu gerne wollte ich einfach aus dieser Situation verschwinden. Jetzt sofort. Stattdessen standen wir alle vier schweigend voreinander, und ich wurde das Gefühl nicht los, dass Alex und Nico mittlerweile fast genauso verwirrt waren wie Meral und ich.

»Und die Locken?« Alex klang ein wenig hilflos. Wieder kam von Nico nur ein wildes Lachen zurück.

»Die Locken? Willst du behaupten, jedes Mädchen mit Locken sei mit mir verwandt?«

Endlich kam Meral wieder zu sich. Sie trat in Nicos Umkleide, schüttelte ihre schwarzen langen Haare, die kein bisschen lockig waren, und lächelte in die Runde.

»Okay. Er ist also nicht ihr verschollener, nicht existenter Bruder, und ähnliche Frisuren ersetzen keine Vaterschaftstests. Das wäre geklärt. Das hier wäre dann jetzt der Moment, in dem es schön wäre, zu erfahren, was Sie eigentlich von uns wollen!« Sie sah Alex entwaffnend an. Gott, war ich froh, dass Meral hier war!!!

Alex atmete tief durch, bevor er sich mir zuwandte und sprach, sichtlich bemüht, die Fassung zu bewahren.

»Na, weil sie gelügt hat.«

What??? Ich starrte ihn fassungslos an.

»Ich habe bitte was?«

»Offensichtlich hast du gelügt!«, wiederholte Alex seinen Grammatikfehler und verlor gleichzeitig seinen Kampf mit der Selbstbeherrschung. Ich auch. Meine Stimme klang piepsig und überdreht, als ich antwortete.

»Was soll ich denn bitte gesagt haben?«

Alex schnaubte.

»Du sagtest, du bist seine Schwester!«

Drei Sekunden Stille. Dann wurde es laut. Meral und ich schrien Alex an. Nico wechselte sekündlich zwischen Englisch und Deutsch hin und her, je nachdem, ob er seinen Kopf mir oder Nico zuwandte. Aber egal, welche Sprache er sprach, man verstand eh kein Wort.

»Ruhe!«, brüllte Alex und knallte seine flache Hand

auf den Tisch, auf dem so viele Süßigkeiten standen, dass Nico sicher ein ganzes Jahr in diesem Raum hätte überleben können.

Ich merkte, wie langsam Tränen in mir hochstiegen. Noch nie hatte ich mich so ungerecht behandelt gefühlt wie heute. Erst Martha, dann die Tür, die mir vor der Nase zugeknallt worden war, und jetzt sollte ich auch noch gelogen haben. Dabei hatte ich niemals behauptet, ich sei Nicos Schwester. Wie absurd war dieser Vorwurf bitte? Es war alles absurd! Vor einer Stunde hatten wir uns nicht mal gekannt, und jetzt stand ich hier und wurde als Hochstaplerin dargestellt. Ich gab mir einen Ruck und versuchte, möglichst klar zu sprechen und nur das Wesentliche zu sagen. Max hatte mir mal erzählt, dass Lügen meist nicht infrage gestellt wurden, wenn man bestimmt auftrat und man nicht anfing, sich lange zu rechtfertigen. Vielleicht galt das ja auch für die Wahrheit.

»Ich habe niemals gesagt, dass ich deine Schwester bin«, sagte ich und straffte meine Schultern. Dabei sah ich Nico fest in die Augen. Ich wollte wissen, ob er mir glaubte. Aber sein Gesicht war versteinert wie das einer makellosen Skulptur, ohne jeglichen Ausdruck, an dem man irgendetwas ablesen hätte können. Er stand gegen die Wand gelehnt und rieb sich die Schläfe.

»Ich habe das niemals gesagt«, wiederholte ich noch einmal etwas freundlicher in seine Richtung. »Ich wusste nicht einmal, dass du eine Schwester hast.«

Alex lief aufgedreht im Raum herum und strich sich immer wieder durch seine Haare.

»Möglicherweise war es ein Missverständnis«, gab er schließlich zu. »Was unser Problem aber nicht löst.«

Plötzlich blieb er im Raum stehen, sein Gesicht erhellte sich.

»Na klar. Vor allem *unseres*«, hörte ich Meral murmeln.

»Oder vielleicht doch!«, widersprach Alex sich selbst, nahm mich an der Hand und stellte mich neben Nico. Ich ließ es geschehen, weil ich mittlerweile sowieso gar nichts mehr verstand. Mit Argusaugen inspizierte Alex mich und ihn. Er fasste uns beiden in die Haare. Nico schlug seine Hand weg.

»Dann ist sie eben ab heute deine Schwester!«, sagte Alex schließlich entschlossen und nickte zufrieden. »Ja, richtig, es ist ja nur ein weekend and ...« Seine Worte verschwammen zu einem amerikanischen Brei, und ich verstand gar nichts mehr.

Nico ließ sich stöhnend in einen Sessel fallen und stützte mit einer Hand seinen Kopf ab, den er immer wieder ungläubig schüttelte.

»Ernsthaft, Alex? Das ist dein glorreicher Plan?« Ungläubig schielte er durch seine Hände hindurch.

»Ja!«, sagte Alex voller Überzeugung, und man sah förmlich, wie er sich innerlich selbst gratulierte zu seinem brillanten Einfall.

»Das ist jetzt nicht wahr!« Nico klang abgeschlagen.

Meral kam auf mich zu und zog mich von Nico weg.

»Das ist voll die Freakshow hier«, flüsterte sie mir zu. »Lass uns verschwinden, Lea!« Ich nickte, kriegte aber wieder kein Wort raus. Seufzend übernahm Meral für mich.

»Tolles Angebot, wirklich. Aber meine Freundin hat kein Interesse.« Sie drehte sich auf dem Absatz um und nahm meine Hand. Bevor wir den Raum verließen, sah ich noch einmal zu Nico rüber. Er saß noch immer in der gleichen Pose wie vorhin. Es war ein fast trauriges Bild, wie dieser wunderhübsche Mensch in offensichtlich nagelneuen und superteuren Klamotten völlig in sich zusammengesunken in dem weißen Stoffsessel kauerte. Es tat mir beinahe ein wenig leid, ihn mit Alex alleine zu lassen. Ich hätte ihm gewünscht, dass auch er eine Meral gehabt hätte, mit der er einfach hätte verschwinden können. Aber vielleicht war es auch unnötig, einen Jungen zu bemitleiden, der mit schlechten Elefantenwitzen ein Vermögen verdiente und uns für Groupies hielt.

Meral zog mich mit sich. Wir bogen in den dunklen Flur ab, und Meral erhöhte das Tempo. Dabei begann sie, leise zu kichern. Ich hätte das hier gerne auch lustig gefunden, aber gerade fühlte ich einfach nur Beklemmung. Kurz bevor wir endlich an der Tür ankamen, die wieder auf den Hof nach draußen führte, hörte ich Schritte hinter uns. Meral sah mich augenrollend an, ohne ihren Schritt zu verlangsamen.

»Wenn Nico wirklich mal so berühmt wird wie in Amerika, dann wird das hier ’ne Story, die wir noch unseren Enkeln erzählen können«, kicherte sie.

»Fünftausend Dollar!«

Alex’ Stimme prallte von den kahlen Betonwänden ab und hallte in meinen Ohren. Ich wollte weiterlaufen, aber mein Schritt verlangsamte sich wie von selbst.

»Los, Cheesy, lass uns jetzt endlich hier rausgehen. Wir hatten unseren Spaß!«

»Hast du nicht gehört, was er gesagt hat?«

Meral seufzte. »Klar habe ich gehört, was er gesagt hat. Aber niemand bekommt einfach so fünftausend Dollar geschenkt. Was auch immer er dafür will, es wird nichts Gutes sein.«

In meinem Kopf purzelten Gedanken übereinander. Sie hatte wahrscheinlich recht. Aber fünftausend Dollar! Charly! Australien! Ob Max überhaupt unterschreiben würde auf der Highschool-Anmeldung, wenn ich das Geld zusammenhatte?

Meral versuchte, mich zum Weitergehen zu bewegen, aber ich setzte nur widerwillig einen Fuß vor den anderen. *Fünftausend Dollar!,* dröhnte es in meinem Kopf. Schließlich blieb ich stehen. Meral gab mir seufzend nach.

Langsam drehte ich mich um, während Alex den Gang entlang auf uns zueilte.

»Ein Wochenende. Fünftausend Dollar.«

»Ein Wochenende?«, fragte ich, obwohl ich eigentlich wusste, dass ich ihn richtig verstanden hatte.

»Eines, ja. Um genau zu sein, dieses.«

Dieses Wochenende. Und was auch immer ich dafür tun musste, ich würde fünftausend Dollar dafür kassieren. Das war völlig irre. Trotzdem musste ich wenigstens hören, was er dafür wollte.

»Cheesy!«, raunte Meral, und ich hörte die Ungeduld in ihrer Stimme. »Lass uns hier verschwinden. Ich schwör dir, das ist einfach nur megakrank! Alex ist der Teufel, und ich wette, er will deine Seele kaufen. Denk an Michael Jackson!«

Plötzlich tauchte Nico hinter Alex auf. Oh bitte, nicht auch noch er! Ich erkannte sein Gesicht kaum bei den Lichtverhältnissen in diesem Flur, aber ich hörte, dass er leise lachte. Dieser Kerl war einfach nur erstaunlich. Erst schrie er, dann heulte er fast. Jetzt lachte er. Super!

»In diesem Business wird man wohl besonders erfolgreich, wenn man Stimmungsschwankungen hat, ja?«, entgegnete ich seinem Glucksen wütend.

»Oh, das würde ich so definitiv unterschreiben!«, erwiderte Nico. »Also beides. Besonders, dass Alex der Teufel ist.«

Ich drehte mich um und sah hinter mir Meral, die Nico unverhohlen anlächelte, als hätte er mit Zauberhand all ihre Zweifel weggewischt. Hinter ihr stand der Securitymann, der stoisch an die Wand glotzte, als ob hier gerade nichts passieren würde. Nico ging an Alex vorbei auf mich zu. Nur wenige Zentimeter vor mir blieb er stehen. Ich sah nicht zu ihm auf, starrte einfach weiter trotzig auf den Fußboden.

»Kann ich dich einen Moment alleine sprechen?«, fragte er. Erst jetzt fiel mir auf, dass seine Sprechstimme viel tiefer klang, als wenn er sang. Aber ebenso warm.

»Nur du und ich.« Nico flüsterte fast. Ich bemerkte, wie mein Herz einen Satz machte. Bestimmt wollte er nach dem Brief fragen. Und auch wenn ich noch immer nicht vorhatte, ihn ihm zu zeigen, würde ich gleich vielleicht definitiv wissen, ob er von ihm kam. Ich nickte und folgte ihm aufgeregt zu der Tür, durch die wir gekommen waren. Er drückte sie auf und hielt sie, bis ich durchgeschlüpft war.

»Ach fuck! Die hatte ich vergessen.« Nico sah bestürzt auf die Mädchen, die sofort aufsprangen und auf uns zueilten. Einige beachteten nur Nico, andere warfen mir giftige Blicke zu. Nico murmelte »Sorry« und verwandelte sich innerhalb von Millisekunden in den Kerl, den ich auf YouTube gesehen hatte. Er strahlte in Kameras, die an Selfiesticks hingen, schrieb seinen Namen auf Karten, Arme und sogar auf ein iPhone, nahm Geschenke entgegen, umarmte herzlich wildfremde Mädchen, die quietschend ihre Hände vor den Mund schlugen, nachdem er sie wieder losgelassen hatte. Mich schien er völlig vergessen zu haben. Hinter uns kam nun auch Meral aus der Tür. Ich zog sie beiseite.

»Ich geb ihm noch eine Minute!«, flüsterte ich entnervt und verfolgte die Szene, die ich so nur aus schlechten Teeniefilmen kannte. Meral nickte.

Wir warteten länger als eine Minute. Als wir gerade gehen wollten, schaffte Nico es endlich, sich loszueisen, und kam auf uns zu. Die Mädchen ließen ihn nicht aus den Augen.

»Hört mal, ich muss wieder rein. Wollt ihr euch noch kurz die Show ansehen?«

Für diese zwei Sätze hatten wir jetzt gewartet? Nichts über den Brief? Gar nichts? Ich schüttelte den Kopf.

»Ich muss nach Hause, Nico. Es war …« Mir fiel kein passendes Wort ein. War es nett gewesen, ihn kennenzulernen? Auf keinen Fall! Interessant? Hmm. Verstörend? Würde der Wahrheit entsprechen, aber war vielleicht nicht unbedingt das Höflichste, was man so sagen konnte. Meral nutzte meine Denkpause, um mir zu widersprechen.

»Wir bereden das noch mal kurz, aber ich denke, wir bleiben gerne. Wie kommen wir rein?«

Nico warf mir einen Blick zu, der mich kurz erschaudern ließ. Es ärgerte mich, dass seine verblüffend charmante Form der Arroganz auch an mir nicht ganz spurlos abprallte. Ja, verdammt, er war wirklich abnormal hübsch, und ganz davon abgesehen hatte er eine Aura, der man sich kaum entziehen konnte. Und wenn er diese Zeilen wirklich geschrieben hatte, dann verbarg sich hinter seiner Fassade offensichtlich ein tiefgründiger Mensch. Ich vertiefte mich in meine eigenen Gedanken, während Nico uns auf die Gästeliste setzen ließ.

»Hey!« Nico stand dicht vor mir und sah mich eindringlich an. Seine Augen waren so dunkel, dass man nicht erkennen konnte, wo die Pupille endete und die Iris begann.

»Ja?« Mein Herz klopfte, und ich hasste es dafür.

»Tu es nicht!«

Ich reagierte nicht und heftete meinen Blick wieder auf den Boden. Es war besser, nicht in diese Augen zu schauen. Es dauerte einen Moment, bis ich begriff, dass er das Wochenende meinte.

Aber was wusste er schon?

Es war sehr einfach von seinem Standpunkt aus, auf fünftausend Euro zu verzichten.

Ich gab Meral nach, und wir ließen uns am Schalter zwei Gästepässe aushändigen.

»Guck, so hat sich dein Briefding am Ende doch noch gelohnt!«, sagte sie zufrieden. Seit Nico mir gesagt hatte, dass ich Alex' Angebot nicht annehmen solle, war für Meral klar, dass ich es auch tatsächlich nicht tun würde. Dabei war ich selbst mir gar nicht so sicher. Warum sollte ich auf Nico hören? Alles, was ich bisher von ihm mitgekriegt hatte, war nicht unbedingt das, was ich vertrauensbildend nennen würde. Seine Launen waren unvorhersehbar, und er hatte mich Lügnerin genannt, was wiederum ein weiterer Grund war, es nicht zu machen.

Für Erste verschob ich meine Gedanken über das Wochenende auf später.

Ich war bisher noch nie auf einem Konzert gewesen, außer natürlich von Payams Band, aber das zählte nicht. Meral spielte stolz an dem Bändchen mit dem Gästepass rum und kicherte unentwegt, was ziemlich bescheuert war, weil hier ja alle solche Pässe hatten. Trotzdem, ich war froh, dass alles wenigstens dazu geführt hatte, dass Meral glücklich war, auch wenn dieses Glück ein Ideal von uns über Bord warf. Niemals wollten wir so werden wie die Mädchen, die von irgendwelchen Stars träumten.

Eine halbe Stunde später knallten die Sticks des Drummers vier Mal aufeinander. In dieser einen Sekunde baute sich im stockdunklen Club eine Spannung auf, die man körperlich spüren konnte. Auf der Leinwand hinter der Bühne wurden Bilder von einem Konzert abgespielt, wohl in den USA, und auch der Sound lief teilweise vom Band. Schreiende Mädchenmassen, eine riesige Bühne, ein Lichtspiel, das hier im Saal imitiert wurde und sich mit den Lichtern der Leinwand vermischte. Es war unglaublich, wie überzeugend die Illusion entstand, man wäre selbst Teil des großen Konzerts und nicht hier in diesem kleinen Raum. Die Leute, die dieses Bühnenbild erschaffen hatten, wussten anscheinend, was sie taten. Es fiel nicht auf, dass außer den hundert Mädels, die ihre Karten gewonnen haben, in diesem Club eigentlich fast niemand war, der sich dieses Abendprogramm ausgesucht hatte. Ich hatte mich die ganze Zeit gefragt, wie man Stimmung erzeugt auf einem Konzert, auf dem fast nur geladene Gäste von der Presse waren. Jetzt wusste ich es. Man brauchte also nur hundert kreischende Mädels herlotsen und im Hintergrund einen Film laufen lassen.

Neben mir standen Anzugträger und Typen in abgeranzten Jeans, ältere Damen im Kostüm und Mädels, die wie Studentinnen aussahen. Mittendrin Meral und ich, die vermutlich gerade so in die letzte Kategorie fielen. Blaue Lichtpunkte zuckten durch den Raum, und unter meinen Füßen vibrierte der Boden. Erst jetzt erhellten Scheinwerfer die kleine Bühne unter der Leinwand. Nico trat hinter dem Vorhang hervor, stellte sich an den Mikrofonständer und hielt das Mikro mit beiden Händen fest. Die Band hielt von einem auf den anderen Moment inne.

»Guten Abend, Heimaaaaaat!«, rief Nico, zog das Mikro aus dem Ständer, der Drummer knallte die Sticks wuchtig auf die Snare, und Nico begann zu singen. Die Band erfüllte den Club mit einem satten Sound, sodass es gar nicht mehr auffiel, dass das Publikum vor allem aus semiinteressierten Leuten bestand.

»Oh mein Gott!«, schrie Meral und hüpfte begeistert auf und ab. Ich musste lachen.

»So wollten wir nie sein!«, schrie ich durch die Musik in Merals Ohr, aber auch ich spürte auf jedem Zentimeter meines Körpers Gänsehaut.

»Pläne ändern sich!«, brüllte sie zurück und warf ihre langen schwarzen Haare nach hinten. Dann beugte sie sich noch einmal zu mir rüber.

»Ich liebe deinen bescheuerten Brief, Cheesy!«

»Und ich bin ernsthaft besorgt über deinen Opportunismus, Mademoiselle!«

Lachend wandte ich mich wieder dem Geschehen auf der Bühne zu.

Wie sich das hier wohl für Nico anfühlte? Von dieser Seite betrachtet war es einfach, der Illusion der großen Bühne zu glauben. Von dort oben aus musste das schwerer sein. Nico aber wirbelte über die Bühne, flirtete mit den ersten beiden Reihen und ließ sich kein bisschen beeindrucken davon, dass die Presseleute gelangweilt im Raum rumliefen und sich mehr auf ihre Drinks als auf ihn konzentrierten. Einmal traute sich ein Fotograf zwischen die Mädchen nach vorne und schoss ein paar Fotos. Danach verkrümelte er sich schnell wieder nach hinten. Der erste Song war zu Ende. Nico setzte sich auf einen Hocker, die meisten Musiker der Band gingen von der Bühne. Nur ein Gitarrist gesellte sich zu ihm und begann, so sanft die Saiten zu zupfen, dass ich sofort Gänsehaut bekam. Das Licht flog nicht mehr wild umher, sondern fokussierte sich in einem warmen Orange auf Nicos Gesicht. Er sah genauso aus wie eben, und doch schien er irgendwie nicht derselbe zu sein. Mit geschlossenen Augen führte er das Mikro an seinen Mund und begann zu singen. Auch wenn es ganz anders klang, erkannte ich sofort, dass es das Lied war, das ich im Radio gehört hatte.

»I left you, when you needed nothing but my loyalty, my heart and my hand …«

Erst als er die beiden Zeilen gesungen hatte, merkte ich, dass ich meinen Mantel die ganze Zeit fest umklammerte. Jede Faser meines Körpers war angespannt, und mein Magen grummelte nervös. Ich wusste nicht, warum es mir so schwerfiel, loszulassen und den Moment zu genießen. Meral gelang das. Sie stand neben mir, hatte wie Nico die Augen geschlossen und wiegte sich im Klang seiner warmen Stimme. Lange atmete ich aus und ließ meine Schultern nach unten sacken. Ich wollte mich wirklich darauf einlassen. Auf die Musik, auf diesen verrückten Abend und auf diese Zeilen. Aber in meinem Kopf wollte keine Ruhe einkehren.

In Gedanken sah ich abwechselnd den Brief und dann wieder Nicos Lächeln aufblitzen, wie eben auf dem Hof. Es war ein anderes Lächeln als das Selfie-Lächeln, mit dem er sich hatte fotografieren lassen. Und sein Tonfall, als er mich gebeten hatte, bei Alex' Plan nicht mitzumachen, hatte ehrlicher geklungen als der Tonfall, den er gegenüber seinen Fans anschlug. Ich fragte mich, ob Nico in diesem Moment auch noch an unsere Begegnung dachte. Und ich hätte gerne gewusst, was er eigentlich mit mir hatte bereden wollen, als wir durch die Mädchen unterbrochen worden waren. Ahnte er, um welchen Brief es ging?

Dann fiel mir ein, dass Nico nicht mal meinen Namen kannte. Er wusste nichts über mich, nicht das kleinste bisschen, außer, dass ich ziemlich sauer wurde, wenn man mich als Lügnerin beschimpfte.

Plötzlich fand ich es ganz merkwürdig, dass er mir so vertraut vorkam nach all den YouTube-Videos, die ich mir auf der Suche nach irgendwelchen Indizien angesehen hatte. Ich wusste, dass er seine Gitarre Jane nannte und auf zwei Fingern pfeifen konnte. Ich kannte seinen Lieblingswitz und wusste, dass er Mädchen in Jeans und weißen T-Shirts heiß fand. Seine Mutter war Tänzerin, und er hatte also auch eine Schwester. Es war absurd, dass wir uns gar nicht kannten, uns aber doch so viel verband. Ich hatte den Brief bekommen, den er vermutlich an seine Schwester geschrieben hatte, und ich lebte in dem Haus, in dem er früher gelebt hatte. All das wusste ich. Doch er wusste rein gar nichts davon. Ich war mir sicher, dass er schon nicht einmal mehr daran dachte, dass wir hier waren.

Es hatte etwas furchtbar Einseitiges, so ein Konzert.

Und doch hatten wir uns eben noch gegenübergestanden. Wieder schlich sich die Erinnerung an sein Lachen in meine Gedanken. Ich schüttelte mich, um es endlich aus meinem Kopf zu verbannen.

»Meral?«

Meral sah mich an, als sei sie gerade erst aus einem schönen Traum erwacht. Ich nahm ihre Hand und ging entschlossen zum Ausgang. Dieser Tag hatte mich mittlerweile endgültig zerrockt, und ich hatte gerade einfach nur das Bedürfnis, mich in meinem Bett einzurollen und in Ruhe darüber nachzudenken, was ich jetzt machen sollte, joblos, wie ich war. Meral verstand mich auch ohne Worte. Sie sah mich an, nickte und ging mit mir ins Freie. Es war bereits dunkel und viel kälter geworden. Vor dem Eingang saßen noch immer ein paar Mädchen und froren sich den Arsch ab, in der Hoffnung, einen weiteren Blick auf Nico zu erhaschen. Sie gehörten wohl nicht zu den hundert Auserwählten. Wie absurd, dass sie nicht reindurften. Sie hätten ihn so gerne singen gehört und ordentlich Stimmung gemacht, im Gegensatz zu all diesen Leuten dadrin, für die dieser Abend nicht mehr als ein Teil ihrer Arbeit bedeutete. Und im Gegensatz zu mir, die ich wusste, was für ein riesiges Arschloch dieser Typ war.

Die Welt war ungerecht.

Wir liefen in Richtung S-Bahn-Station, und Meral legte einen Arm um meine Schulter.

»Was ist los, Cheesy? Wieso gehen wir? Und warum hast du ihm den Brief nicht gegeben?«

Ich dachte nach, was ich ihr darauf antworten sollte. Ja, was war los? Irgendwie vermischte sich gerade alles. Ich war sauer auf mich selbst, dass ich wegen meines Trotzes jetzt noch immer keine Antwort darauf hatte, was es mit dem Brief auf sich hatte, ich war müde von dem langen Tag, und ich fragte mich, wie ich die Kosten für Australien aufbringen sollte ohne das Geld vom Sandwichladen. Wahrscheinlich hätte ich es auch mit dem Job bei Martha nicht geschafft, aber jetzt war es wirklich aussichtslos. Umso mehr ärgerte ich mich über das Angebot von Alex, das einfach nur abwegig war. Und doch, es auszuschlagen, würde mir für immer das Gefühl geben, dass ich selbst daran schuld war, wenn ich meine Mutter niemals fand. Denn ich hätte die Chance ja gehabt. Auch wenn das ein Pakt mit dem Teufel gewesen wäre, ich hätte Ja sagen können. In diesem Moment streckte mir Meral eine Visitenkarte entgegen.

»Hier, von Alex. Ich soll dir sagen, dass er nicht deine Seele, sondern nur ein Wochenende von dir will. Wenn du meine Meinung dazu hören willst: Er lügt!«

Ich nahm die Karte mit zwei Fingern entgegen und schmiss meinen Kopf seufzend in den Nacken. »Hat der Satan dir auch gesagt, was ich an diesem Wochenende tun soll?«

Meral schüttelte den Kopf. »Hat er nicht. Aber du sollst ihn noch heute anrufen. Morgen Nachmittag würdet ihr schon losfliegen.«

Ich blieb abrupt stehen. »Losfliegen? Willst du mich verarschen? Wohin?«

»Keinen Plan. Losfliegen halt.«

Ich sah wohl ziemlich bekloppt aus. Jedenfalls musste Meral so sehr lachen, dass sie beim Einatmen ein bisschen grunzte. Ich konnte nicht anders, als mitzulachen. Meral stützte sich an meiner Schulter ab und japste nach Luft.

»Alter, Lea, ich liebe es mit dir. Nicht dass du was dafür könntest, aber dein Leben ist ohne Scheiß wie die übertriebenste Daily Soap aller Zeiten.«

Ich würde ihr diese Definition ja wirklich gerne krummnehmen. Aber dafür steckte viel zu viel Wahrheit in ihr. Wir stolperten gackernd durch die grellen Lichter der Reeperbahn zur S-Bahn-Station. Ein Betrunkener prostete uns zu, als wir die Treppen zum Bahnsteig runterrannten. Ja, Prost!

»Ach, verdammt, mein Fahrrad steht noch am Jungfernstieg!«, rief ich, und wieder prusteten wir los. Was für ein verpeilter Tag!

Wir nahmen die S3 und riefen Max kurz an, um ihm zu sagen, dass ich noch mit Meral unterwegs war und gleich kommen würde. Meral fuhr weiter, ich musste am Jungfernstieg raus. Sie gab mir einen Kuss zum Abschied.

»Cheesy? Ich verderb dir nur ungern den Spaß. Du weißt ja, ich bin dein offizieller Spaßminister. Aber wenn du das tust, dann tu es nicht des Geldes wegen. Und vor allem: Lüg Max nicht wieder an. Das ist es nicht wert.«

Ich war müde, und der Gedanke daran, bis morgen Max von Alex' Plan zu überzeugen oder mir eine weitere Lügengeschichte aus dem Ärmel zu schütteln, überforderte mich. Ich gab ihr die Visitenkarte zurück.

»Ich weiß. Wirf sie weg.«

»Ganz sicher?«

»Nein. Tu's trotzdem!«

Meral sah mir hinterher und konnte ihre Erleichterung über meine Entscheidung nicht verbergen. Ich schlüpfte im letzten Augenblick durch die sich bereits schließenden S-Bahn-Türen und winkte ihr vom Bahnsteig aus noch einmal zu. Meral schmiss Alex' Visitenkarte demonstrativ in den Mülleimer der S-Bahn und hob ihren Daumen. Ich sah der in den Schacht rollenden Bahn hinterher und ließ mich dann von den Rolltreppen zum Jungfernstieg hochfahren. Vor mir lag die glitzernde Binnenalster, umringt von den Lichtern der Stadt. Mitten im See stieg eine beleuchtete Fontäne aus dem Wasser. Ich musste zugeben, dass das hier wirklich schön war. Kurz blieb ich stehen und versuchte, all die Eindrücke des Tages beiseitezuschieben und den Anblick zu genießen. Aber es war viel zu kalt. Bibbernd eilte ich über die Ampel auf die andere Straßenseite und joggte zum Hotel. An dem Pfosten vor dem Hotel hielt ich an. Verdammt! Mein Fahrrad mitsamt dem sündhaft teuren Schloss war spurlos verschwunden. Ich spürte, wie mein Gesicht ganz heiß wurde. Fuck, fuck, fuck!

Erst jetzt fiel mir auf, dass der Pfosten gerade mal einen Meter hoch war und es ein Kinderspiel gewesen sein musste, das Fahrrad anzuheben und das Schloss über den Pfosten zu streifen. Wie bescheuert konnte man bitte sein?

Mir fiel nur eine einzige Lösung ein. Ich kramte mein Handy aus der Tasche. Eine Nachricht von Max.

Hey Schatz, wo steckst du? Denkst du dran, dass ich dieses Wochenende auf der Fortbildung in Warnemünde bin? Lad dir doch Meral ein! Kuss, Papa

Oh Gott, alles fügte sich wie ein Puzzle zusammen.

Vor meinem inneren Auge sah ich Meral die Visitenkarte von Alex in den Müll schmeißen. Hastig wählte ich ihre Nummer. Mein Herz klopfte wütend gegen meine Brust. Warum verdammt noch mal machten Menschen so was? Das Fahrrad hatte ich von Max zu meinem sechzehnten Geburtstag bekommen. Es war ganz sicher nicht billig gewesen, und es war nicht gerade so, dass Max im Geld schwamm. Als Therapeut musste er sich erst mal einen Namen machen, bevor der Laden brummte. Und das Schlimmste war: Max würde nicht mal sauer werden, wenn er erfuhr, dass ich das Fahrrad einfach mitten in der Stadt irgendeinem Idioten geschenkt hatte. So war Max nicht! Er würde einfach anfangen, wieder zu sparen, damit ich sicher unterwegs war und nicht mit irgendeinem Schrottrad rumfuhr, wie er die meisten Räder nannte, die in Hamburg unterwegs waren. Das durfte auf gar keinen Fall passieren! Am anderen Ende der Leitung klickte und raschelte es endlich.

»Ja?«

»Meral! Bist du noch in der Bahn?«

»Oha! Alles gut? Ich steige gerade ...«

Ich unterbrach sie. Meine Stimme klang nicht wie meine.

»Steig nicht aus! Hol bitte erst die Visitenkarte aus dem Müll! Ich brauche den Teufel doch. Oder zumindest sein Geld!«

11. OKTOBER

Mit Meral im Schlepptau rannte ich am nächsten Mittag die Treppen des Schulgebäudes runter und raus auf die Straße.

»Handy, Ladegerät, Unterwäsche? Sexy Unterwäsche?«

Ich warf Meral einen strafenden Blick zu. Sie hüpfte aufgeregt hinter mir her und ließ sich nicht beirren.

»Hast du dein schwarzes Top mit dem hübschen Ausschnitt dabei? Man muss ja nicht immer ein Hippie sein«, sagte sie und hob missbilligend meinen dunkelroten Cordrock an. Ich schnipste ihre Finger weg.

»Hey, nicht frech werden! Ich soll seine Schwester spielen, nicht seine Geliebte. Und ich schätze nicht, dass ich dafür Spitzenhöschen oder einen besonders aufreizenden Ausschnitt brauche, oder siehst du das anders?«

Meral hob wenig überzeugt ihre Schultern. »Teilt ihr euch wenigstens ein Zimmer?«

»Nein!«

»Warum nicht? Ist doch Familie!«

Uff. Meral trieb mich heute noch in den Wahnsinn. Als ob das alles nicht aufregend genug wäre. Ich hakte mich bei ihr unter und schmiegte mich an ihre Schulter.

»Sag mir bitte noch mal, warum ich mir das antue …«

»Weil du komisch bist?«

»Richtig.«

Ich dachte an Max und konnte mir einen Seufzer nicht verkneifen.

»Ab Montag lüge ich nie wieder!«, sagte ich und meinte es auch so. In den letzten Wochen hatte ich es wirklich übertrieben! Irgendwie war immer eines zum anderen gekommen, und am Ende hatte ich sogar lügen müssen, damit nicht aufflog, dass ich vorher gelogen hatte. Gut fühlte ich mich damit aber nicht. Max hatte das wirklich nicht verdient. Als hätte Meral meine Gedanken gehört, zog sie mich in eine feste Umarmung.

»Du weißt, ich bin nicht begeistert von dieser Wochenendsache. Aber du hast Max wenigstens erzählt, dass du ins Allgäu fliegst.« Ich löste mich aus ihren Armen und wippte nervös hin und her.

»Ja. Mit dir!«

»Schon klar, das ist gelogen. Aber das ist nur ein Detail.« Sie lächelte ihr verschmitztes Meral-Lächeln. »Guck mal, Max erzählt dir sicher auch nicht alles. Vielleicht ist er auch gar nicht auf 'ner Fortbildung.« Sie grinste anzüglich. »Ernsthaft, Lea, wenn ich dich schon nicht davon überzeugen kann, den Quatsch ganz zu lassen, dann genieß ihn wenigstens! Es lädt einen nicht jeden Tag ein Popstar zum Rodeln ein.«

Ich nickte – nicht ganz überzeugt von ihrer Logik, weil ich erstens diesen Popstar nicht mochte und ich mich zweitens ziemlich genau daran erinnern konnte, eher ausgeladen worden zu sein von ihm. Außerdem erinnerte ich mich an mindestens zwanzig Gespräche mit Meral, in denen sie mich mega angeschissen hatte, weil ich Max angelogen hatte. Deshalb erzählte ich ihr auch jetzt nichts von dem Vertrag, den Alex mir gemailt hatte und auf dem noch immer Max' Unterschrift fehlte. Ich hoffte einfach, dass Alex nicht danach fragte. Wenn doch, würde ich für Max unterschreiben müssen. Und Papas Unterschrift zu fälschen, das fände selbst Meral zu krass, obwohl ihre Moral manchmal erschreckend flexibel war. Egal, was passierte, Meral fand einen Weg, es gut zu finden. Aber mit diesem Vertrag war ich mir nicht sicher, und ich wollte nicht riskieren, dass sie mir dazu riet, alles abzublasen. Merals Zustimmung war das wackelige Gerüst, auf dem meine Entscheidung für dieses Wochenende aufbaute. Es war der Schlüssel zu fünftausend Euro.

»Komm schon, lach mal!« Meral sah mich aufmunternd an. »Guck einfach, dass dir nichts passiert, Cheesy. Stell dich bloß nicht auf Ski oder Snowboards oder irgend so welche Höllengefährte.«

»Mach ich nicht.«

»Gut. Dann los jetzt, Chica! Und sorg dafür, dass er bereut, dich nur als Schwester angeheuert zu haben!« Während Meral »Schwester« sagte, zeichnete sie mit ihren Fingern Anführungsstriche in die Luft und zwinkerte mir zu. Ich stöhnte lachend auf und warf ihr einen Luftkuss zu, während ich in Richtung Schanze joggte und jeden Zweifel verbannte.

Alex hatte mir in der Mail geschrieben, dass ich einfach das nächstbeste Taxi nehmen und zum Terminal 1 fahren sollte. Meinen Einwand, dass die S-Bahn in Hamburg am Nachmittag vermutlich schneller wäre als ein Taxi im Berufsverkehr, hatte er nicht hören wollen. Ich konnte mich nicht erinnern, überhaupt jemals Taxi gefahren zu sein. Es fühlte sich merkwürdig an, die Hand zu heben, als eines auf mich zufuhr. Ich fühlte mich wie in »Sex and the City«. Der Fahrer wendete und hielt direkt neben mir. Ich setzte mich auf den Rücksitz, so wie ich es aus dem Fernsehen kannte.

»Einmal bitte zum Flughafen, Terminal 1.«

Der Fahrer nickte wortlos, schaltete das Taxameter an und fuhr los. Erstaunt sah ich dem Zähler dabei zu, wie er alle paar Sekunden um zehn Cent stieg. Schon nach wenigen Hundert Metern waren wir bei über fünf Euro. Ich war froh, dass ich sicherheitshalber hundert Euro von meinem Ersparten abgehoben hatte. Irgendwie wusste ich nicht recht, ob man in einem Taxi redete oder ob man besser die Klappe hielt. Ich entschied mich für Letzteres, weil mir das einfacher erschien, und sah stattdessen aus dem Fenster. Wir arbeiteten uns von Ampel zu Ampel durch die Stadt immer weiter in Richtung Norden. Eppendorf, Winterhude, Alsterdorf. In dieser Gegend kannte ich mich aus. Hier im Norden des Stadtkerns war ich im Haus meiner Großeltern aufgewachsen. Wir hatten in einer hübschen Wohnung mit einem kleinen Garten in Alsterdorf gewohnt, direkt neben dem imposanten Bau des Landeskriminalamts. Polizeisirenen hatten für uns zu einer normalen Geräuschkulisse gehört wie für andere Vogelgezwitscher und Motorengeräusche. Einmal, als ich abends Angst hatte, hat Max mich in eine Decke gewickelt und ist mit mir zu dem riesigen Präsidium gelaufen. Er hat mir die vielen Polizeiautos gezeigt und dass im Inneren des Gebäudes noch Lichter brannten. Er sagte, es gebe keinen Ort, an dem ich beschützter wäre als hier, direkt bei der Polizei. Bei der Erinnerung daran musste ich leise lachen. Andere Eltern beteten mit ihren Kindern oder erzählten ihnen Heldengeschichten, damit sie an irgendetwas glauben konnten, was sie beschützte. Max und ich, wir glaubten an die Polizei Hamburg.

Wir bogen links ab in Richtung Fuhlsbüttel. Gleich würden wir am Flughafen sein. Ich schaltete rasch meine Handykamera an und wählte den Selfiemodus, um meine Frisur zu checken. Meine Locken waren manchmal wirklich undankbare Biester, vor allem, wenn die Luft feucht war. Aber jetzt gerade war alles gut. Meine Haare fielen, so wie es die Shampoowerbung versprochen hatte, in vielen kleinen Korkenzieherlocken über meine Schultern, und ich war froh, dass ich mir heute Morgen die Zeit genommen hatte, mich ordentlich zu schminken, anstatt mir Kaffee abzufüllen. Gute Entscheidung, auch wenn ich hundemüde war. Erstens, weil ich dann nicht ganz so bescheuert neben Mister Perfect aussah, und zweitens, weil ich weniger schüchtern war, wenn ich mich hübsch fand. Falls Alex oder Nico wieder so scheiße sein würden wie gestern, musste ich mich wohl genug in meiner Haut fühlen, um Paroli zu bieten.

»So, junge Dame, Terminal 1 sagten Sie, nicht wahr?«, unterbrach der Taxifahrer meine Gedanken.

Ich nickte, als er in den Rückspiegel sah und unsere Blicke sich trafen. Er bremste, fuhr rechts ran und drückte auf das Zähldingsbums. 31,40 Euro. Die gleiche Fahrt hätte mit der S-Bahn 3,20 Euro gekostet. Zum Glück stand Alex bereits am Taxistand, und ich musste doch nichts auslegen. Nervös schaute ich mich nach Nico um. Wie er wohl reagieren würde? Ob er überhaupt schon im Bilde war? Ich wünschte, ich hätte wenigstens gewusst, warum Nico so dringend eine Schwester brauchte.

»Wir treffen uns hinten in der Coffee Lounge mit Nico, um alles zu besprechen«, sagte Alex, ohne mich zu begrüßen, nahm mir aber wenigstens meinen Koffer ab. Ein Satz von ihm und schon wusste ich wieder, warum dieses Wochenende eine Menge Geld wert war.

»Ist das alles?«, fragte er, und ich hatte das Gefühl, dass er über mein kleines Gepäck nicht gerade erfreut war.

»Äh ja, sind ja nur zwei Tage«, sagte ich und versuchte, Schritt mit ihm zu halten. Alex brummte nur geistesabwesend. Meinen Koffer gab er einer Frau, die am Eingang auf uns wartete, dann lief er direkt zu den Sicherheitsschleusen. Wir gingen an den wartenden Leuten vorbei durch eine Personenkontrolle für Superwichtige mit vielen Flugmeilen. Es war voll heute, weil die Herbstferien in Hamburg begannen.

»Bist du schon mal geflogen?«, fragte Alex mich, während ich umständlich meinen Gürtel löste und genau hinsah, was mein Vordermann alles in die Schalen legte, um nicht völlig inkompetent auszusehen.

»Klar!«, antwortete ich und war ein bisschen empört über seine Vermutung, obwohl er doch fast recht hatte. Ich war erst ein einziges Mal mit dem Flugzeug gereist, weil wir meist in das Ferienhaus meiner Großeltern an die Nordsee gefahren waren, in dem sie nun, da Opa endlich in Rente und Max mit seinem Studium fertig war, ganz wohnten. Und dieser eine Flug war jetzt auch schon wieder bestimmt vier Jahre her. Jedenfalls lang genug, um anscheinend ziemlich ahnungslos auszusehen. Nachdem ich durch den Detektor gelaufen war, war Alex an der Reihe. Es fiel mir schwer, meine Schadenfreude zu verbergen, als das Tor bei ihm aufblinkte. Alex musste die Schuhe ausziehen, und es wurde jede Tasche gefilzt. Aus seinem Jackett fischte eine junge Frau einen Ring und hielt ihn triumphierend in die Höhe. Ihr Blick war an Missbilligung kaum zu überbieten und schwenkte zwischen ihm und mir hin und her. Na klar. Der verheiratete Mann und das junge Ding. Das passt natürlich perfekt ins Bild. Wenn die wüsste, was wir tatsächlich vorhatten. Wahrscheinlich würden ihre Augenbrauen dann über ihre Stirn hinausragen, so hoch würde sie sie ziehen. Alex war die Sache sichtlich unangenehm, also schnitt ich schnell ein anderes Thema an. Reichte ja, wenn einer hier nervös war. »Und wie findet Nico es, dass ich seine Schwester spiele?«

Die Frage war wohl nicht unbedingt geeignet, um die Stimmung zu heben. Alex winkte genervt ab. Ich blieb stehen.

»Alex, stopp mal. Wenn wir auch nur halbwegs glaubwürdig sein sollen, dann muss er doch mitspielen, oder?«

»Ja, das will ich ihm raten!«, antwortete Alex und schob mich sanft wieder an, damit ich weiterlief. Ein paar Meter weiter war der Coffeeshop, in dem wir Nico treffen sollten. Das Wissen darüber, dass er gar nichts davon hielt, dass ich mitflog, machte meine Nervosität nicht besser. Für einen Moment blieb mein Blick an der Preistafel hängen, auf dem ein unverschämter Betrag den anderen jagte. Neben mir begann Alex plötzlich, leise zu fluchen.

»Was ist denn?«, fragte ich und scannte mit meinen Augen den kleinen Raum. Ich musste nicht weiter fragen, weshalb Alex sich aufregte. Nico war nicht hier.

»Und jetzt?«, fragte ich und wippte von einem Bein aufs andere. Alex atmete laut aus.

»Jetzt trinken wir einen Kaffee.«

Er hätte nichts Schöneres sagen können. So konnten wir vielleicht doch noch Freunde werden. Ich löffelte den Milchschaum von meinem Latte macchiato. Ein bisschen war ich erleichtert, dass Nico noch nicht hier war. Alex machte mich auch nervös, aber irgendwie auf eine andere Weise als Nico. Ich betrachtete Alex, während er versuchte, mit Smalltalk die Zeit zu überbrücken. Von Nahem hatte er gar keine Ähnlichkeit mehr mit George Clooney. Ihm fehlten die Lachfältchen, alles in seinem Gesicht sah besorgt und angespannt aus. Er wirkte so, als sei er jederzeit bereit, plötzlich aufzuspringen und es mit einer Horde Kung-Fu-Kämpfern aufzunehmen, während er über die Servicewüste Deutschland schimpfte und mir erzählte, dass er ein Jahr in Berlin gelebt und bei einer Tochterfirma von Universal Music gearbeitet hatte. Es schien ihm zu reichen, dass ich zwischendurch nickte und »Hm« sagte. Dabei ließ ich den Eingang des Cafés und die Uhr, die über der Bar hing, nicht aus den Augen. Nico hatte noch fünfzehn Minuten, dann begann das Boarding. Alex schien das nach dem ersten Ärger nicht mehr weiter zu stressen.

»Always the same«, sagte er und zwinkerte mir zu, als er meinen Blick zur Uhr bemerkte. »Das heißt gar nichts, außer, dass er über Nacht kein anderer Mensch geworden ist. In zehn Minuten fangen wir an, uns Sorgen zu machen, okay?« Mir gefiel Alex' breiter amerikanischer Akzent. Zumindest, solange er Deutsch redete. Sein Englisch war für mich fast so unverständlich wie die persischen Flüche von Meral, die sie manchmal murmelte.

»Bist du auch in Amerika sein Manager oder nur hier in Deutschland?«, fragte ich, als das Gespräch ins Stocken geriet.

»Immer schon und überall!«, sagte Alex voller Stolz. »Ich habe ihn entdeckt. Oder sagen wir mal so, man konnte ihn eigentlich nicht übersehen. Nico war ein Phänomen! Er hat auf YouTube Videos hochgeladen und innerhalb weniger Monate die Millionenmarke geknackt. Mittlerweile sind es schon beinahe zwölf.«

»Millionen?«, frage ich ungläubig, obwohl das auf der Hand lag. Mir fiel wieder ein, dass ich das schon mal im Radio gehört hatte, aber ich konnte es trotzdem nicht fassen. Als Nico noch einfach nur eine Stimme im Radio gewesen war, da hatte mich diese Zahl schon beeindruckt. Doch jetzt wurde mir so richtig bewusst, was das bedeutete: Fast zwölf Millionen Leute wollten informiert werden, sobald Nico ein neues Video postete.

Alex lachte herzlich über meinen Gesichtsausdruck.

»Ja, Mädchen, in Amerika hättest du ganz sicher nicht einfach mal so Nico kennengelernt.«

Ah, daher wehte der Wind. Ob Alex mir damit sagen wollte, dass ich in seinen Augen privilegiert war, diese Reise machen zu dürfen? Wenn er wüsste, wie viel Ärger ich damit riskierte ... Und das machte ich ganz sicher nicht, um Nico zu sehen, sondern für Charly und mich. Noch immer ließ Nico sich nicht blicken. Jetzt sah auch Alex verstohlen auf die Uhr und checkte in kleinen Abständen immer mal wieder seufzend sein Handy.

»Ach, damn it!«

Ich gab mir einen Ruck. »Alex? Warum braucht Nico eine Schwester?«

Alex musterte mich lange, ehe er antwortete. »Er braucht eben eine.«

Oh Mann, was dachte er, wie das laufen sollte, wenn ich nichts wusste?

»Ja, großartig! Ich soll also Interviews geben, ohne zu wissen, was für eine Rolle ich in Nicos Leben spiele?«

Ich konnte regelrecht sehen, wie es in Alex' Hirn ratterte.

»Ja, mag sein. Aber jetzt müssen wir erst mal Nico finden. Er soll dir alles erzählen, ihr sitzt nebeneinander. Jedenfalls, wenn er noch kommt.«

Der Zeiger rückte noch einen Strich weiter. Boarding. Alex klemmte sich seinen Blazer unter den Arm und knallte im Gehen einen Zehner auf den Tresen.

»Danke! Der Kaffee war sehr lecker«, sagte ich freundlich zur Bedienung, bevor ich Alex hinterhereilte. Dieser Mann hatte wirklich ein unmögliches Benehmen! Seine Schritte waren so lang, dass ich fast joggen musste, um hinterherzukommen.

»Alex! Eine Frage noch!«

Er antwortete nicht, sah mich aber immerhin fragend an.

»Ist Nico sauer?«

Alex brauchte nicht antworten. Wir standen vor dem Gate. Direkt vor uns saß Nico in der Stuhlreihe und verdrehte die Augen, als er uns kommen sah. Er saß breitbeinig und mit Stöpseln in den Ohren da und wippte mit den Füßen zur Musik. Auf seinem Schoß lag ein kleines Büchlein, das er sofort zuklappte, als wir auf ihn zugingen. Den

Stift in seiner Hand ließ er in seine Umhängetasche gleiten. Er sah wieder aus, als hätte man ihn aus einem Hochglanzmagazin ausgeschnitten und hier fehlplatziert. Ich versuchte, den Impuls zu ignorieren, so schnell es ging zu verschwinden. Der Kloß in meinem Hals war so groß, dass ich meiner Stimme nicht traute. Deshalb hob ich einfach nur kurz meine Hand. Nico tat es mir gleich. Ich fragte mich, ob es Einbildung war oder ob er mich tatsächlich einfach nachäffte. Alex ignorierte er völlig. Während der mit ihm sprach, ließ Nico völlig unverhohlen seinen Blick über meinen Körper gleiten.

Man muss nicht immer ein Hippie sein, hörte ich Merals Stimme in meinem Kopf, weigerte mich aber, mich für meinen Kleidungsstil zu schämen. Und wenn er noch so sehr auf langweilige Mädchen in Jeans und weißen T-Shirts stand, so war ich nicht. Und es hatte eben nicht jeder fünfhundert Paar Schuhe, die so aussahen, als wären sie ungetragen. Auch Armani-Sakkos über Hoodies waren nicht jedermanns Sache. Selbst wenn mir Nicos Stil gefiel, ich war halt anders. Na und? Mein Trotz half mir über meine kurze Unsicherheit hinweg.

»Na?«, sagte ich und setzte mich auf den freien Stuhl neben Nico. Er zog sich die Stöpsel aus den Ohren, drehte sich in Zeitlupe mir zu.

»Na?«, antwortete er nach einer gefühlten Ewigkeit, streckte sich, ohne die Miene zu verziehen, und sah mir dabei direkt in die Augen. Vielleicht bildete ich mir das provokante Blitzen darin nur ein, aber trotzdem musste man einen ja wohl nicht so lange anstarren. Wieder ärgerte es mich, dass mein Körper sich unter seinem Blick verkrampfte und ich schnell meinen Kopf wegdrehte, weil mein Gesicht ganz heiß wurde. Neben uns wurde es unruhig, die letzten Gäste stellten sich an der Schlange an.

»Wollen wir mal?«, fragte ich so gleichgültig wie möglich, obwohl es mich tierisch nervös machte, dass wir immer noch hier rumsaßen, wo doch mittlerweile fast alle im Flieger saßen.

»Yo«, sagte Nico und erhob sich schwerfällig. Er kickte mit der Fußspitze einen zerknüllten Zettel nach oben, fing ihn lässig mit einer Hand auf und schmiss ihn genau in das kleine Loch des Mülleimers, der bestimmt zwei Meter von uns entfernt stand. Ich folgte ihm durch das Drehkreuz des Priority-Check-in und durch den riesigen Schlauch, der das Gate mit dem Flugzeug verband. Am Eingang wurden uns von zwei Stewardessen Zeitschriften und Zeitungen angeboten. Ich lehnte ab, nachdem Nico sich wahllos drei Zeitschriften gegriffen hatte.

Wir bogen nicht in den engen Gang nach rechts ab, sondern nahmen den linken Gang zur Business Class. Hier sah es nicht viel anders aus als in der zweiten Klasse, aber ich musste zugeben, es war ganz bequem, dass es nicht so voll war. Aus den Augenwinkeln bemerkte ich Nicos giftigen Blick, als ich mich neben ihn auf Platz 4C setzte. Eigentlich hatte ich 4A, den Fensterplatz, aber da hatte Nico es sich schon gemütlich gemacht. Er stellte seine Tasche demonstrativ zwischen uns auf den Mittelplatz und legte seinen Unterschenkel quer über das andere Bein. Wieder blitzten seine Augen provokant auf. Ich verstaute meinen Mantel und meine Tasche über meinem Sitz und ließ mich auf meinen Platz fallen. Nico versuchte ich zu ignorieren, obwohl ich seinen Blick auf mir spürte. Ich klappte meine Armlehne runter und ließ mich mit geschlossenen Augen nach hinten fallen. Oh Mann. Das konnte ja heiter werden mit diesem Typen. Wo Alex wohl war? Ich hätte nie gedacht, dass ich mich mal nach seiner Anwesenheit sehnen würde. Unauffällig spähte ich über den Gang und entdeckte ein paar Reihen vor uns einen grau melierten Hinterkopf mit so viel Gel darin, dass es sich eigentlich nur um ihn handeln konnte. Das hatte er ja clever angestellt. Ob er wirklich dachte, dass Nico und ich auf diese Weise Freunde wurden? Mit seiner selbstgefälligen Art ging Nico mir von Minute zu Minute mehr auf den Sack. Er schien noch nicht so wirklich begriffen zu haben, dass *er* was von mir wollte und nicht umgekehrt.

»So, Lea. Jetzt erzähl mir mal, warum du hier bist.«

Ich wendete meinen Kopf und versuchte erst gar nicht, meine Empörung zu verbergen.

»Ernsthaft jetzt?«

Nico zuckte mit den Schultern und fixierte mich weiter mit zusammengekniffenen Augen.

»Ich sehe keine Veranlassung, zu scherzen. Du vielleicht?«

Gott. Ich drehte gleich durch. Was war denn das für eine Art, bitte? Wenn das eine Taktik war, um mich zu verunsichern, gelang sie ihm gut.

»Nein. Die sehe ich auch nicht.«

Ich versuchte, wieder die Oberhand zu gewinnen, indem ich einfach erneut schwieg und meine Augen schloss. Aber Nico schien auch das nicht weiter zu stören. Das Rascheln verriet mir, dass er sich seinen Zeitschriften zugewandt hatte.

»Ich bin halt hier. Und zwar nicht besonders gerne. Ich hab Flugangst.« Keine Ahnung, warum ich das sagte. Es war mir auch selbst gerade erst wieder eingefallen. Ich war so beschäftigt damit gewesen, mit Alex klarzukommen und um Nicos Pünktlichkeit zu bangen, dass ich noch gar keine Gelegenheit gehabt hatte, mir darüber Gedanken zu machen, dass dieses Flugzeug abheben müsste, um uns in die Alpen zu bringen. Erst jetzt wurde mir wieder bewusst, dass zwischen meinem Körper und mir gleich einige Tausend Meter freier Fall liegen würden. Vor meinem inneren Auge wurde jedes einzelne Bild von Flugzeugunglücken, über die im Fernsehen berichtet worden war, der Reihe nach abgespielt. Ich fragte mich, ob die Überlebenschancen in der zweiten Klasse, weiter hinten im Flugzeug, nicht vielleicht höher waren als hier. Bei dem Gedanken wurde mir speiübel.

»Du müsstest sechstausendfünfhundert Jahre lang jeden Tag fliegen, um statistisch gesehen einmal tödlich zu verunglücken.«

Nico sah mich nicht einmal an. Womöglich hielt er seinen Satz wirklich für beruhigend, obwohl die Worte »fliegen«, »tödlich« und »verunglücken« darin vorkamen.

»Wobei ich finde, dass das Motorengeräusch heute tatsächlich etwas anders klingt als sonst.« Nico lauschte angestrengt an der Außenwand.

Ich warf ihm einen finsteren Blick zu. »Der Motor läuft noch gar nicht!«

»Stimmt. Dann ist es wohl die Kaffeemaschine. Aber so 'ne Kaffeemaschinenexplosion an Bord ist ja auch nicht ganz ohne, denk ich mal.« Er lachte über seinen eigenen schlechten Joke. Der Elefantenwitz aus dem Radio hätte mir genug Warnung sein sollen.

Da ich ohnehin nicht wusste, wie man auf so einen Humor reagieren sollte, war ich erleichtert, als Alex plötzlich im Gang stand. Er drückte uns beiden mehrere zusammengetackerte Blätter in die Hand.

»Die Dispo, guys. Wir landen in etwa anderthalb Stunden. Bis dahin muss Lea gebrieft sein. Und es ist egal, ob die Kamera läuft oder nicht. Ihr seid Geschwister!« Er sah Nico streng an. »Kann ich mich auf dich verlassen?«

Nico blätterte gelangweilt durch die Seiten und schien nicht vorzuhaben, ihm zu antworten. Ich wusste nicht mal, was eine Dispo sein sollte.

»Und Lea, ich brauche den Vertrag. Jetzt!« Mir schoss ein Schwall heißes Blut in den Kopf. Eine Stewardess kam herbeigeeilt.

»Sir? Dürfte ich Sie bitten, wieder Ihren Platz einzunehmen? Wir starten in Kürze.«

Seufzend drehte Alex sich um und warf Nico noch einen warnenden Blick zu. »Die werden euch auf Schritt und Tritt folgen und alles über euch wissen wollen. Nutzt die Zeit! Ich erwarte, dass ...« Alex' Stimme wurde vom aufheulenden Motor verschluckt.

Puh. Ich war noch einmal davongekommen, aber jetzt

wusste ich, dass er den Vertrag nicht vergessen hatte. Das Flugzeug parkte rückwärts aus, rollte dann langsam auf die Startbahn zu. Ich spürte meinen Herzschlag gegen meine Brust hämmern. Mit meinen Händen umklammerte ich die Armlehne.

»Oh mein Gott, du hast ja wirklich Flugangst!«, bemerkte Nico amüsiert.

»Sehr witzig!«, giftete ich ihn an.

Er verzog sein Gesicht zu einer angstverzerrten Fratze und krallte seine Finger in den Lederbezug seiner Armlehne. Dann beugte er sich zu mir und flüsterte: »Du solltest dich eher vor Alex fürchten. Die Wahrscheinlichkeit, diesen Flug nicht zu überleben, steigt mit jeder Minute, in der wir uns nicht auf das Interview vorbereiten.«

Für einen kurzen Augenblick wehte Nicos Duft in meine Nase. Irgendeine vermutlich superteure Creme oder Aftershave oder so. Ich schüttelte mich, um mich davon nicht aus dem Konzept bringen zu lassen. Doch Sekunden später lenkte mich schon etwas ganz anderes ab. Das Flugzeug beschleunigte und raste über die Rollbahn. Mein Puls raste auch. Plötzlich fühlte ich eine Hand auf meiner. Sie war warm und beruhigend. Ich konnte nicht sagen, warum, aber die Geste besänftigte mich ein klitzekleines bisschen. Trotzdem war mir die fremde Hand auf meiner unangenehm. Ich entzog mich ihr vorsichtig, ohne Nico dabei anzusehen, während der ansteigende Druck meine Ohren verschloss und mein Körper in den Sitz gepresst wurde.

»Na dann wollen wir mal …«, sagte Nico unbeeindruckt von all den Kräften, die auf unsere Körper einwirkten, und blätterte seine Dispo durch, die offensichtlich nichts anderes als ein Plan für das Wochenende war.

»Hier. Letzte Seite. Abgesprochene Interviewfragen.«

Ich zwang mich, meinen Griff an den Armlehnen zu lockern und auch mein Sheet aus der Lasche im Vordersitz zu nehmen.

»Die sind abgesprochen?«

Nico sah mich ungläubig an. Dann ließ er sich nach hinten fallen und murmelte: »Oh mein Gott!«

Ich biss mir auf die Lippen. Was konnte ich dafür, dass sich die Welt bisher nicht so sehr für mich interessiert hatte, dass ich hätte Interviews geben müssen?

Stirnrunzelnd las Nico die Fragen.

»Sollen wir sie zusammen durchgehen?«, fragte ich und bemühte mich um einen neutralen Tonfall. Es nervte mich, dass er nicht laut las.

»Klar, warum nicht.« Nico räusperte sich und legte einen Finger an seine Lippen. Seine Hände sahen gepflegt und braun gebrannt aus.

»Guuuut. Also, erste Frage: Sind Sie stolz auf Ihren berühmten Bruder?«

Er sah mich ausdruckslos an. Ich versuchte, mich in meine Rolle hineinzuversetzen. Nicht gerade einfach, wenn man nichts über seine Rolle wusste.

»Na? Bist du?«

»Keine Ahnung. Bin ich?«

Nico hielt einen Finger an sein Kinn und legte den Kopf schief.

»Na ja, also nichts für ungut, aber ich wäre schon ein

bisschen stolz auf mich an deiner Stelle. Ich meine, ich hätte beinahe einen Grammy gewonnen und wurde zum sexysten Nachwuchstalent der USA gewählt.«

Er berührte kurz seine Brust und zog den Finger sofort wieder weg, als hätte er sich an seiner eigenen Haut verbrannt. Trotz meiner Anspannung musste ich lachen. Ich musterte ihn kritisch und zuckte dann mit den Schultern.

»Also ich finde nicht, dass du besonders sexy bist. Und dass das mit dem Grammy nicht geklappt hat, ist ja jetzt nicht wirklich ein Grund zu feiern, oder?«

Spätestens als sich auf Nicos Gesicht zwei niedliche Grübchen bildeten, wusste ich, dass ich gelogen hatte. Ich hätte ihm meine Stimme auch gegeben. Er mochte ein Idiot sein, aber sexy war er leider definitiv.

»Nicht mal meine Augen?«, fragte Nico entsetzt und beugte sich ganz nah zu mir. Sie waren dunkel und geheimnisvoll. Groß und perfekt.

Ich schüttelte den Kopf. »Kein bisschen.«

Nico schnaubte und dachte nach.

»Ah, komm schon, mein Mund aber!« Wie in einem schlechten Werbespot fuhr er mit der Zunge über seine Oberlippe. Es sah total bescheuert aus. Und trotzdem fiel mir auf, wie symmetrisch und voll seine Lippen waren. Seine Zähne schneeweiß und gerade.

»Sorry«, sagte ich und winkte ab. »Lass mal deinen Bizeps sehen.«

Nico zog sofort seinen Hoodie nach oben und legte seinen Oberarm frei. Er spannte ihn an und streckte ihn mir entgegen. »Jetzt aber, hm?«

Ich drückte auf seinem Oberarm rum und schüttelte dann bedauernd den Kopf.

»Ich kann leider nichts für dich tun, Nico.«

Er schnalzte enttäuscht mit der Zunge.

»Na dann hat Alex ja genau die richtige Schwester für mich ausgesucht. Ich gebe auf.«

Er vertiefte sich wieder in die Fragen.

»Nico?«

Er hob seinen Blick.

»Warum sollte ich nicht kommen?«

Nico rieb sich angestrengt über die Augen. »Du hättest einfach auf mich hören sollen.«

Sein Tonfall klang kein bisschen mehr lustig.

Zwischen uns lagen Nicos Tasche und eisiges Schweigen. Ich hatte gehofft, dass Nico irgendwas Versöhnliches sagen würde, nachdem es zumindest kurz den Anschein hatte, dass wir uns verstanden. Ich hätte womöglich wirklich auf ihn hören sollen. Aber jetzt saßen wir hier nebeneinander, viele Tausend Meter über dem Boden, und mussten uns irgendwie arrangieren.

NICO

Ein paar Sekunden lang wirkte es so, als hätte Lea es endlich aufgegeben. Ich versuchte, ihre leisen Seufzer zu ignorieren, und kritzelte allen Politikern im SPIEGEL einen Bart hin.

»Echt jetzt? Hast du nichts Besseres zu tun, als Bärte zu malen? Das hab ich zum letzten Mal in der Grundschule gemacht.«

Ich schloss für ein paar Sekunden die Augen, um ruhig zu bleiben. Es wäre ja fast noch entspannter gewesen, neben Alex zu sitzen.

»Boah, was willst du?«, platzte es aus mir heraus. Hatte irgendwer sie gebeten, alles zu kommentieren, was ich tat oder nicht tat?

»Was ich will?« Ihre Stimme klang quietschig und hysterisch. »Du malst irgendwelchen Vollidioten Bärte, als gäbe es grade echt nichts Wichtigeres zu tun. Ich weiß nichts über die Gründe, weshalb ich hier bin. Ich weiß nur, dass ich deine Schwester spielen soll. Gibt's die überhaupt? Und wenn ja, warum sitzt sie dann nicht hier? Wie soll ich dir helfen, wenn ich nichts von alldem weiß?«

Oh Mann. Dieses Mädchen kostete mich den letzten Nerv. Als wenn auch ohne sie nicht schon alles kompliziert genug gewesen wäre.

Ich legte meinen Kopf in den Nacken und stieß einen wütenden Laut aus. Ich konnte nicht länger so tun, als ginge sie mir nicht auf den Sack.

»Das genau ist es. Du hättest mir am meisten geholfen, wenn du einfach geblieben wärst, wo du gestern warst. Zu Hause in Hamburg. In deinem Leben! Das hier ist mein Leben. Ich habe keine Ahnung, warum du glaubst, darin eine Rolle spielen zu dürfen.«

Wir starrten uns an. Sie sah so aus, als würde sie gleich losheulen, hielt aber länger als erwartet meinem Blick stand. Nach einer gefühlten Ewigkeit senkte sie ihren Kopf. Ich wusste, dass es fies war, meine Wut auf Alex an ihr auszulassen. Auf der anderen Seite hatte ich ihr mehr als deutlich gesagt, dass sie hier nicht erwünscht war. Ja, sie war witzig und man konnte sich gut mit ihr dissen und so, aber das berechtigte sie noch lange nicht, sich so in mein Leben zu drängen und mich in diese Scheißsituation zu bringen. Wenn Sarah jemals erfahren würde, was hier abging, dann brauchte ich rein gar nichts mehr hoffen. Gar nichts!

Lea saß einfach nur mit hängenden Schultern neben mir. Meine Worte lagen zwischen uns wie ein Minenfeld. Auch wenn ich sie genau so gemeint hatte, tat sie mir fast ein bisschen leid, wie sie so völlig verloren dasaß und an der Plastikverpackung der Flugzeugkopfhörer rumknibbelte.

»Ach, fuck it. Das wird ein Desaster«, knurrte ich widerwillig. Ich wusste, dass ich aus der Nummer nicht mehr rauskam. Ohne ein paar Eckdaten würde sie am Ende noch alles auffliegen lassen. Seufzend begann ich, zu erzählen. Das Nötigste. Wenn überhaupt.

»Sie heißt Sarah. Als meine Mum sich von meinem Dad getrennt hat, um nach Amerika zu gehen, bin ich mitgegangen, Sarah ist mit meinem Vater hiergeblieben. Ich hab sie seit vier Jahren nicht gesehen. Sie hasst mich dafür, dass ich gegangen bin. Reicht dir das?« Das, was ich gesagt hatte, schien ihr unangenehm zu sein. Umständlich hob sie den Zettel mit den Flugsicherheitsinstruktionen, der ihr runtergefallen war, aus dem Gang auf.

»Okay, dann denk ich mir irgendwas aus, ja?« Ich konnte ihre plötzliche Zurückhaltung kein bisschen einschätzen. Im Grunde war es mir auch egal, was sie dachte.

Für ein paar Sekunden genoss ich die Ruhe, dann gab es anscheinend schon wieder irgendwas Dramatisches. Jedenfalls stöhnte sie auf einmal laut auf und starrte mich entsetzt an.

»Die Fragen sind alle auf Englisch! Muss ich auch auf Englisch antworten?«

»Klar!«, log ich und genoss die Wirkung meiner Worte.

Lea war kreidebleich geworden.

»Alter, wenn du dein Gesicht sehen könntest! Nein, natürlich nicht! Das wird untertitelt oder synchronisiert oder was weiß ich.« Boah, dieser Trip mit diesem völlig ahnungslosen Mädchen würde anstrengend werden. Aber aus irgendeinem Grund musste ich sie immer wieder ansehen. Ich konnte nicht sagen, was es war, aber etwas an ihr faszinierte mich. Vielleicht diese Mischung aus Trotz, Eigensinn und Verletzlichkeit. Das war eine Mischung, die ich kannte. Auch wenn ich sie niemals so offenherzig zur Schau stellen würde wie dieses Mädchen, das mich gleichzeitig nervte und beeindruckte.

LEA

Nico wandte sich kopfschüttelnd von mir ab und verpasste der First Lady mit seinem Kugelschreiber ein Nasenpiercing. Also kein Englisch. Wenigstens ein kleines bisschen erleichtert widmete ich mich wieder den Interviewfragen auf dem Zettel. Ich ging eine nach der anderen durch und versuchte, mir irgendwas dazu auszudenken. Manchmal spürte ich Nicos Blick auf mir, und ich drehte mich zu ihm um. Er machte sich nicht mal die Mühe, wegzusehen. Er sah mich einfach nur an. Und jedes Mal, wenn er das tat, kämpfte mein Trotz gegen die Wirkung, die genau diese Blicke auf mich hatten. Ich wollte nicht, dass jemand allein mit einem sicher vor dem Spiegel eingeübten Blick und einer ziemlich beeindruckenden Genmischung meine Körpertemperatur oder meine Atemfrequenz kontrollieren konnte. Das hätte Nicos Arroganz nur recht gegeben.

»Können wir weitermachen?« Es kostete mich Überwindung, ihn zu fragen. Aber Nico tat so, als wäre der peinliche Moment eben zwischen uns nicht gewesen.

»Klar.«

Ich las die zweite Frage vor. »Wie ist es, sich nach vier Jahren wieder in die Arme zu schließen?«

Nico rollte mit den Augen. »Ach Gottchen, die wollen die volle Romantiknummer, was?«

»Offensichtlich.«

»Hey, wusstest du, dass Heiraten gefährlicher als Fliegen ist? Die Wahrscheinlichkeit, vom eigenen Ehemann ermordet zu werden, ist viel höher als die Wahrscheinlichkeit, bei einem Flugzeugabsturz zu sterben.«

»Alter, kannst du bitte mal aufhören, dauernd vom Abstürzen zu reden? Und nein, ich will dich auch nicht heiraten.«

»Ach nein?«

»Nein. Viel zu gefährlich. Außerdem finde ich dich nicht sexy genug. Das hatten wir doch schon geklärt! Wenn ich schon ermordet werde, dann bitte wenigstens von einem Mann, dessen Bizeps mich vom Hocker haut.«

»Dein Pech!«, sagte Nico und zuckte mit den Schultern.

Ich sah aus dem Fenster. Unter uns lag eine dicke Wolkendecke, sonst sah man nur blauen Himmel. Ganz super, gerade hatte ich für einen Moment vergessen, wo ich mich befand.

»Außerdem wäre heiraten verboten, kleine Schwester!«

»Richtig. Das außerdem. Wie war die Frage noch mal? Und wie war der Name deiner Schwester?«

»Keine Ahnung. Hab ich vergessen. Wie heißt dein Bruder?«

Langsam dämmerte mir, dass Nico nicht wirklich vorhatte, mich vorzubereiten. Er startete ein Ablenkungsmanöver nach dem anderen.

»Nico, ich weiß wirklich gar nichts über deine Schwester.«

»Ich weiß.«

»Aber das macht mich nervös.«

Er hob bedauernd seine Schultern. »Frag mich mal.«

Damit schien die Unterhaltung für ihn beendet zu sein.

Oh Mann. Er mochte meinetwegen auf eine charmante Art scheiße sein. Aber scheiße war er trotzdem. Ohne lange darüber nachzudenken, kramte ich seufzend den mittlerweile total zerknitterten Brief hervor, der mich hierhergeführt hatte. Ich hatte es lange hinausgezögert. Hatte die Sache hin und her gewälzt, von allen Seiten beleuchtet, aber je länger ich Nico nun kannte, desto weniger brachte ich diesen Holzklotz von Kerl mit den gefühlvollen Worten des Briefes überein. Ich konnte nicht mehr warten. Ich wollte sehen, wie er reagierte. Ob er sein wahres Ich zu erkennen gab, wenn ihm klar wurde, dass ich es eh wusste. Wortlos hielt ich Nico den Umschlag unter die Nase. Er griff danach.

»Was soll das sein?«

Die Frage klang überzeugend ahnungslos. Verdammt. Was, wenn er ihn wirklich nicht geschrieben hatte?

»Du weißt, was das ist.«

»Oho, Gedanken lesen kann sie also auch«, spottete Nico. Er klang nicht nett. Ich riss ihm den Briefumschlag aus den Händen, nahm den Zettel heraus und faltete ihn auf.

»*Es tut mir leid, dass ich Dich nicht gehalten habe, als Du meine Hände, mein Herz und meine Treue gebraucht hättest. In Liebe! Dein Nico.* Klingelt da was bei dir?«

Nico nahm den Brief und überflog ihn. Dann fing er an zu lachen. Es war ein hässliches Lachen.

»Willst du mich verarschen? Du denkst, der ist von mir?«

Ich fühlte mich lächerlich.

»Aber der Text. Dein Lied. Der Name.«

Nico schlug sich auf die Oberschenkel. Dann legte er einen Arm um mich.

»Lea, wirklich, das ist niedlich. Du glaubst, der Brief ist von mir, weil ich Nico heiße und weil jemand meinen Text benutzt, von einem Lied, das seit drei Wochen in den amerikanischen Charts ist? Ehrlich jetzt?«

Mir schoss das Blut in den Kopf. Über diesen Aspekt hatte ich noch gar nicht nachgedacht.

Nico kletterte auf seinen Sitz und rief Alex. »Hey Alex, hast du mal die Single für mich? Lea will ein Autogramm!«

Ich blitzte ihn wütend an. Was sollte das denn jetzt?

Alex kam tatsächlich mit einer CD in der Hand zu uns getrottet und hielt sie Nico zusammen mit einem Edding hin.

»Hey, guys, ich warne euch. Ihr sollt keine Autogrammstunde machen, ihr sollt sprechen.«

Nico setzte ein gezwungenes Lächeln auf und griff sich die CD und den Stift.

»Das tun wir, buddy. Wir räumen grade nur noch ein paar Missverständnisse aus dem Weg.«

Nachdem Alex wieder saß, klappte Nico die CD auf und fädelte das Booklet aus der Hülle. Er legte seinen Finger auf die Informationen zum Song und grinste selbstgefällig.

»Merkste was?«

Ich überflog die Zeilen.

Text und Musik: Timothy Webber

Ach shit. Mir kam das Radiointerview in den Sinn. Ich erinnerte mich noch genau an seine Worte: *Im Grunde muss man einfach nur genug Geld für Songwriter und Produzenten ausgeben, dann braucht man nicht mal viel Talent, um ganz groß rauszukommen.*

Er hatte dieses Lied gar nicht geschrieben!

»Du schreibst deine Lieder nicht selbst?«

»Diesen Herzschmachtschmalz?«

Nicos Blick war Antwort genug. Ich wurde wütend. Wütend auf mich selbst, weil ich einem Phantom hinterhergejagt war, und auf ihn, weil er so arrogant und abwertend über Zeilen sprach, die mir etwas bedeuteten.

»Und warum singst du dann diesen Herzschmachtschmalz?«

Ich klang zickig, aber das war mir egal.

»Weil ihr drauf steht«, raunte Nico in mein Ohr. Sein warmer Atem jagte mir einen heißen Schauer über den Rücken. Ich zwang mich, standhaft zu bleiben und ihm nichts von seiner Wirkung auf mich preiszugeben.

»Ach ja? Ist das so?«, fragte ich so lässig wie möglich.

»So ist es, sis«, zischte Nico, zerknüllte den Brief und gab ihn mir zurück. Dann hob er plötzlich überrascht die Augenbrauen. »Deshalb hast du mich gesucht? Weil du dachtest, dass ich diesen Brief geschrieben habe?« Er lachte schon wieder dieses böse spöttische Lachen. Dann wuschelte er mir vergnügt durch die Locken. »Süß, Lea!«

Ich biss mir auf die Unterlippe und drehte mich weg. Wie hatte ich auch nur eine Sekunde auf ihn reinfallen können. Dieser Kerl war nicht mehr als eine Fassade. All diese

Zufälle ergaben für mich zwar überhaupt keinen Sinn, aber ich glaubte ihm. Er hatte den Brief nicht geschrieben.

Wenige Minuten später setzten wir ruckelnd auf der verregneten Landebahn auf. Wollten wir nicht in den Schnee fliegen? Also, flüssigen Schnee fand man in Hamburg ja wohl genug. Ich fragte mich, ob es auch Aquaplaning bei Flugzeugen gab, und merkte erst, dass ich die Luft angehalten hatte während der Landung, als das Flugzeug zum Stehen kam. Den Flug hatte ich ja nun glücklicherweise überlebt, was aber nicht hieß, dass ich mich entspannte. Ich wusste nicht, was schlimmer war: die bevorstehenden Interviews oder die Tatsache, dass Nico nun offiziell bestätigt ein Idiot war. Ein Idiot, der sich nicht einmal tarnte und trotzdem charmant wirkte. Es war perfide.

Als ich aufstehen wollte, hörte ich ihn leise singen. Ihm schien all das hier völlig am Arsch vorbeizugehen. Auf meinem Handy ploppten vier Nachrichten auf. Drei von Meral, eine von Max. Ich öffnete die von Max:

Hey Mäuschen. Ich wünsche dir ein wunderschönes Wochenende mit Meral! Du fehlst mir jetzt schon!

Mein Herz zog sich zusammen. Max vertraute mir. Er hatte zum Glück nicht die Zeit gehabt, mich auszufragen. Ich hatte ihm erzählt, dass Merals Oma ein Wellness-Wochenende gewonnen hatte und dass sie selbst keine Lust drauf hatte. Er hatte sich für mich gefreut und mir gesagt, dass mir das bestimmt guttun würde, mal die Seele baumeln zu lassen. Ich wusste, dass ich ihm diese Lüge würde beichten müssen, denn spätestens, wenn er mal wieder auf

Merals Eltern traf, würde alles auffliegen. Gestern noch klang es für mich nach einem guten Plan, ihn erst danach einzuweihen, heute kam der Gedanke mir völlig bescheuert vor. Ob er mich wirklich nach Australien gehen lassen würde, wenn rauskam, dass ich ihn angelogen hatte? Und was, wenn nicht? Wäre dann alles umsonst gewesen? All die Stunden bei Marta, dieser Flug, dieses ganze Wochenende.

Ich fühlte mich furchtbar! Nico hatte recht, womöglich war das alles ein riesiger Fehler gewesen. Ein Pakt mit dem Teufel, oder wohl besser mit des Teufels Gehilfen. Ich hatte es geahnt, aber ich hatte meinem Bauchgefühl misstraut. Jetzt saß ich hier mit Nico fest. Mit Nico, der selbst wenn er abweisend war, auf eine merkwürdige Art und Weise einladend wirkte. Wie Edward aus »Twilight«, dachte ich. Nur heißer.

Ich beobachtete ihn aus dem Augenwinkel, wie er sich die Krümel seines Käsesandwiches von der Hose strich und seine Lippen sich tonlos bewegten. Mochte ich irgendetwas an ihm außer seinem Aussehen? Seine gleichmäßig gebräunte Haut, die klaren markanten Linien seines Gesichts, die im Kontrast standen zu den wilden Locken, die es umspielten, machten es schwer, das zu beantworten. Mir gefiel das Zucken seiner Mundwinkel, wenn ihn etwas belustigte, und seine Bewegungen waren immer selbstsicher und elegant, als wäre ihm ständig bewusst, dass man ihn beobachtete. Aber je länger ich darüber grübelte, desto mehr Eigenheiten an ihm störten mich. Seine Art, sich zu bewegen, war nicht nur elegant, sondern vor allem arrogant. Und dass ich ihn nicht attraktiv fand, glaubte er mir hundertpro nicht, es lag einfach außerhalb seiner Vorstellungskraft. Es machte mich ganz fuchsig, dass er mit dieser Einschätzung auch noch goldrichtig lag. Am allerwenigsten aber mochte ich seine strahlend weißen Schuhe. Wer trug schon strahlend weiße Schuhe, wenn er in den Schnee flog?

Doch bevor ich mich noch weiter in meine Antipathie reinsteigern konnte, stand Alex schon wieder vor uns.

»Ready?«

Also wenn »ready« hieß, dass ich auf ungefähr hundert Prozent der Fragen maximal mit einem ratlosen Schulterzucken reagieren konnte, dann war ich wohl ready. Jedenfalls war Nico anscheinend dieser Ansicht.

»Entspann dich, Alex, wir haben alles im Griff. Nicht wahr, Schwesterherz?« Er legte seinen Arm um meine Schulter.

»So ungefähr oder ganz anders kann man das formulieren«, entgegnete ich spitz, entzog mich Nicos Arm und zwängte mich an Alex vorbei zum Ausgang. Es ärgerte mich, dass sich ein klitzekleiner Teil von mir geschmeichelt fühlte von Nicos Berührung. Armselig, armselig, armselig! Bloß schnell weg von diesem wandelnden Manipulator.

»Hey, Mädchen, stopp, du musst unten an der Treppe auf Nico warten!«

Im selben Moment stand Alex auch schon hinter mir und hakte sich bei mir unter. Ich spürte förmlich seine Anspannung. Er hatte sein Kinn vorgestreckt, und jede seiner kleinen Bewegungen strahlte Stress aus. Sein Griff war eine Spur zu fest, sein Blick argwöhnisch. Für ihn schien diese Sache hier wichtiger zu sein als für Nico. Warum auch immer … Wahrscheinlich war sein Job gar nicht so sicher, wie er es verkaufte. Wahrscheinlich hing für ihn eine Menge davon ab, dass das hier klappte. Dass Nico eine Schwester hatte, die sich vor diese Kamera stellte und Nico gut aussehen ließ. Plötzlich fiel es mir wie Schuppen von den Augen. Wenn Nico den Brief nicht geschrieben hatte, gab es nur noch diese eine andere Möglichkeit. Alles ergab plötzlich einen Sinn: Alex musste ihn geschrieben haben, und er hatte es so aussehen lassen, als wäre es Nico gewesen. Es war so logisch! Alex hatte ein Motiv. Er war außerdem mit Nico in Australien gewesen. Er hatte den Liedtext gekannt. Er konnte Deutsch. Und er hatte sofort angenommen, dass ich Nicos Schwester sei, als er den Brief in der Hand hielt. Alex, der sich bei mir untergehakt hatte, ekelte mich plötzlich furchtbar an. Wie konnte er nur so manipulativ sein? Wie konnte er sich nur so in Nicos Leben einmischen? Auch wenn Nico mir egal war, dieses falsche Spiel hatte selbst er nicht verdient.

Ich hatte keine weitere Zeit, mir darüber Gedanken zu machen. Wir traten aus der Flugzeugluke hinaus auf die Treppe, die die Reisenden auf die Rollbahn zu den Bussen brachte. Unten sah ich tatsächlich ein Kamerateam im Regen stehen, das uns bereits im Visier hatte.

»Du gibst mir jetzt deine Tasche und wartest unten auf Nico. Du bist sozusagen gar nicht mitgeflogen.« Mit diesen Worten ließ er mich los. Na großartig! Das hatte Alex sich ja wieder super überlegt. Die Schwester aus dem Allgäu. Ist klar! Gab es überhaupt irgendetwas in dieser Nico-und-Alex-Welt, was kein Fake war?

»Happy, happy, happy!«, zischte Alex mir noch hinterher. »Ihr seid happy, euch wiederzusehen, verstanden? Smile! Let's go.«

Nico hätte er das nicht sagen brauchen. Der strahlte bereits in die Kamera, winkte mir zu und kam die Treppen runtergerannt. Selbst ich hätte ihm die Tränen in den Augen abgenommen, wenn ich nicht noch eine Minute zuvor neben ihm gesessen und von ihm selbst gehört hätte, wie sehr er wahre Gefühle verachtete.

Als Nico bei mir angekommen war, umschlang er mich strahlend mit seinen Armen, hob mich scheinbar mühelos hoch und drehte sich mit mir um seine eigene Achse. Ohne Vorwarnung gab er mir plötzlich einen Kuss auf die Wange. Wieder sein Geruch. Ein Geruch, der mich immer an einen Fehler erinnern würde, den ich bestimmt noch bereuen würde. Der Kameramann rannte mit seiner Kamera im Kreis um uns herum. Ich konzentrierte mich voll darauf, nicht völlig verstört auszusehen. Dann endlich ließ Nico mich los, aber nur, um mich im gleichen Moment wieder an sich zu ziehen. Holy shit, der nahm das mit der Romantiknummer aber ernst.

Neben dem Kameramann stand ein Tonmann, der eine lange Stange mit einem überdimensionalen Puschel über uns in die Luft hob, und eine Frau um die vierzig. Blond, groß, hager. Mir fielen ihre schneeweißen Zähne auf, die mich an Nicos Schuhe erinnerten. Sie stellte sich kurz als Hazel vor und ließ uns nicht aus den Augen. Rückwärts lief sie mit der Kamera mit und gab uns zwischendurch Handzeichen, die zum Glück verständlicher waren als ihr Englisch. Ich fragte mich, warum man uns in der Schule ein Englisch beibrachte, mit dem man im besten Fall gerade mal die vierundsechzig Millionen Briten verstehen konnte, aber nicht die fast dreihundertzwanzig Millionen Amerikaner. Das hatte man davon, wenn offensichtlich nur solche Leute Sprachwissenschaften studierten, die von Mathe keine Ahnung hatten.

Hazel fuchtelte wieder mit den Händen rum. Nico und ich sollten langsamer gehen, wir sollten uns unterhalten, wir sollten lachen. Alles auf Kommando. Es war ein einziges Marionettentheater, das wir auf der Rollbahn aufführten. Um uns herum blieben Menschen interessiert stehen und tuschelten. Ich wäre wirklich gerne erst mal in Ruhe angekommen, ehe es losging und ehe ich etwas tun musste, von dem ich noch nicht mal wusste, ob es der größte Fehler oder das größte Abenteuer meines Lebens sein würde. Gerade fühlte es sich eher nach Ersterem an. Hazel ließ uns nicht aus den Augen, was dazu führte, dass Nico die ganze Zeit über diese merkwürdige Bruderversion von sich selbst abgeben musste. Ich hatte mich so sehr auf meine Angst vor dem Interview fokussiert, dass ich mir keine Gedanken darüber gemacht hatte, wie das hier ansonsten laufen sollte. Aber klar, im Grunde war es keine Überraschung, dass dieses Affentheater nun in Dauerschleife aufgeführt werden musste. Ich hoffte nur inständig, dass mein neuer Bruder endlich aufhörte, mich dauernd anzutatschen, denn sein Parfüm, oder was auch immer es war, brachte mich völlig aus dem Konzept. Ein Konzept, das eindeutig vorsah, ihn scheiße zu finden. Und wenn ich eines nicht sein wollte, dann war es die Sorte Mädchen, deren Hormone wegen eines arroganten, gefühlskalten Popsternchens verrücktspielten.

In einem Taxi wurden wir höher in die Berge gebracht. Wir schlängelten uns die Serpentinen hinauf, und langsam wurde es immer weißer. Hier gab es also tatsächlich Schnee. Anfänglich war es nur eine leichte Schicht Puderzucker, aber schließlich hielt der Fahrer an einer Haltebucht, um Schneeketten anzulegen.

»So, ihr zwei, raus mit euch!«, sagte Alex fröhlich. »Das Gepäck nehmen wir mit.«

Fragend sahen wir ihn an.

Alex säuselte: »Surprise.«

Die Art seines Lächelns versprach nichts Gutes. Als wir zögernd ausstiegen, war sofort klar, was er vorhatte. Ein paar Meter weiter oben wartete eine Kutsche. Mit Pferden. Um genau zu sein, war es gar keine Kutsche, es war ein Schlitten. Nicht sein Ernst! Wir wurden mit einem Pferdeschlitten abgeholt. Natürlich. Ein Auto wäre ja auch völlig absurd gewesen. Wieso sollte man uns weiter der warmen, trockenen Heizungsluft eines Pkws aussetzen, wenn man es bei gefühlten minus acht Grad doch so schön frisch und luftig haben konnte auf einer beschissenen Pferdekutsche. Alex jedenfalls freute sich für uns und stieg zurück ins Taxi. Neben der Kutsche standen bereits Hazel und das Team.

»Was für ein Spacken«, knurrte Nico neben mir und lächelte gleichzeitig weiter in Richtung Kamera. Immerhin gab es kleine Momente, in denen wir uns einig waren. Wir zogen die Wolldecke über uns, aber das brachte rein gar nichts. Der eisige Wind zog scharf durch jede Masche des groben Stoffes. Der Kameramann filmte uns aus einem Taxi heraus, das in Schrittgeschwindigkeit vor uns herfuhr. In meinem Kopf ratterte es unentwegt. Ob ich Nico sagen sollte, was für ein Spiel Alex abgezogen hatte? Es gab noch so viele Ungereimtheiten. Auch wenn es Alex gewesen war, musste meine Adresse in irgendeiner Verbindung zu Nico stehen.

»Ich habe noch eine Frage, dann lass ich dich in Ruhe damit«, flüsterte ich. Nico verdrehte die Augen.

»Eine!«

Ich ignorierte den Trotz in mir, der sich alle Mühe gab, mich verstummen zu lassen.

»Bist du in der Fettstraße aufgewachsen?«

Nico verzog keine Miene.

»Vielleicht«, sagte er völlig emotionslos und hauchte dann seinen warmen Atem auf seine Hände.

»Vielleicht? Was soll denn bitte vielleicht heißen?«

Nico legte stöhnend seinen Kopf in den Nacken. »Das soll heißen, dass es dich nichts angeht.«

Ich spürte, wie sich Tränen der Wut in meinen Augen sammelten. Ich wischte mit einem Ärmel über meine Augen, ehe sich die Tränen lösen konnten, und beschloss, dass Nico es nicht verdient hatte, von mir vor Alex gewarnt zu werden.

Als wir endlich im Hotel ankamen, spürte ich meine Beine nicht mehr. Erst im Foyer kehrte das Gefühl mit tausend kleinen Nadelstichen zurück. Wir standen an der Rezeption und warteten auf unsere Schlüssel. Nico rieb sich die Hände warm und trippelte auf und ab. Seine Wangen und seine Nasenspitze waren puterrot, doch absurderweise stand ihm selbst das gut. Ich hasste ihn dafür, dass er seinen hässlichen Charakter in einem so schönen Körper vor der Welt verbergen konnte. Und alle fielen darauf rein.

»So, Herr und Frau Simon. Zimmer 315. Bitte schön!«

Zwischen uns baumelte ein kleiner Schlüssel an einem überdimensionalen Stück Fundholz. Nico und ich starrten es beide an, als handele es sich um ein Hypnosependel.

»Entschuldigung, ich denke, das ist ein Missverständnis.« Nico klang gereizt. Auch ich hoffte wirklich inständig, dass es sich um einen schlechten Scherz handelte. Der Concierge sah verwirrt aus. Hazel gab dem Kameramann ein Zeichen, dass er die Kamera ausschalten sollte. Sie lief zu Alex und besprach sich mit ihm. Alex kam auf uns zugeeilt.

»Hazel sagt, es gibt ein Problem mit dem Zimmer?«

»Ich würde sagen, das Problem an dem Zimmer ist, dass es ein Zimmer ist. Eins, nicht zwei, Alex!«

»Oh, kommt schon, das war doch klar. Bruder und Schwester. Warum solltet ihr Einzelzimmer haben? Hazel will heute Abend noch ein bisschen Bettgeflüster drehen, you know?«

Alex sagte das, als sei es das Selbstverständlichste auf der Welt, sich mit einem wildfremden Menschen das Zimmer zu teilen und dabei auch noch gefilmt zu werden. Bettgeflüster … Ob es seinen Sprachkenntnissen geschuldet war, dass das Wort für ihn nicht irgendwie verrucht klang?

Ich war mir ziemlich sicher, dass Alex sich die hübscheste Suite gekrallt hatte. Alleine. Auch wenn Hazel den Blicken nach zu urteilen wahrscheinlich gerne mal zu Besuch kommen würde. Ich dachte krampfhaft nach, wie ich das hier abwenden konnte. Auf gar keinen Fall durfte ich zulassen, dass man mich das komplette Wochenende mit diesem Kerl zusammensperrte. Doch bevor ich irgendetwas sagen konnte, schnappte Nico sich den Schlüssel, seinen und meinen Koffer und ging auf den Aufzug zu. Weil Andrew, der Kameramann, nicht schnell genug geschaltet hatte, musste Nico das Ganze noch einmal wiederholen. Ich sah ihm also sogar zweimal dabei zu, wie er meine Hoffnung auf ein paar Minuten Ruhe an diesem Wochenende, ohne mit der Wimper zu zucken, begrub. Wir stiegen in den Aufzug und fuhren nach oben in den dritten Stock. Dort sollten wir auf Hazel warten, die unsere Ankunft im angeblich schönsten Zimmer des Hotels auf keinen Fall verpassen wollte. Wir schwiegen uns eisig an.

»Ok, ready!«, rief Hazel uns in das Zimmer, in dem Andrew uns mit der Kamera erwartete.

»Sag irgendwas mit ›amazing‹«, flüsterte Nico und schob den Schlüssel in das Schloss.

»Geht auch irgendwas mit ›Fuck you‹?«, zischte ich wütend zurück.

»Du hast ein Händchen für englische Synonyme, Lea. Dein Lehrer muss sehr stolz auf dich sein!«

Die Tür öffnete sich, und ich betrat hinter Nico unser geschwisterliches Schlafgemach. Direkt vor uns lag eine riesige Glasfront. Draußen war es längst dunkel, doch man konnte im Schein des Mondes deutlich die Umrisse der umliegenden Berge erkennen. Ein kilometerweiter Blick über die Alpen. »Amazing« war gar kein Ausdruck. In den Dörfern im Tal brannten Lichter und warfen Schatten auf den glitzernden Schnee. Ich brachte keinen Ton heraus. Das war so ziemlich das Schönste, was ich jemals gesehen hatte. Von vorne hatte das Hotel völlig unscheinbar gewirkt. Hübsch auf jeden Fall, aber wirklich nicht besonders. Jetzt wusste ich, warum wir dazu verdammt waren, zu zweit in diesem Zimmer zu wohnen. Eine schönere Drehkulisse konnte man tatsächlich nicht finden. Selbst Nico hatte es anscheinend die Sprache verschlagen. Er ließ unsere Koffer auf den Boden fallen und ging auf die Glasfront zu.

»Hey, komm her!«, sagte er in seinem sanften Bruderton. Ich folgte ihm zum Fenster und stellte mich neben ihn. Er legte seinen Arm um mich und zeigte mir den Mond, der als hellorangener Ball über den Bergen hing. Ich fragte mich, ob ich mich bis Sonntag daran gewöhnt hatte, dass Nico mich wie ein Jo-Jo an sich heranzog, sobald die Kamera in der Nähe war, und wieder fallen ließ, wenn sie sich entfernte. Obwohl ich ihn und seine Schuhe nicht leiden konnte, kränkte mich sein Verhalten. Stef zum Beispiel nahm ich es nicht übel, wenn er sich wie ein Vollidiot benahm. Er wusste es nicht besser. Wenn er eine Schwester hätte, dann würde er ihr das Bein stellen und ihr Spinnen in den Ausschnitt stecken. Auf jeden Fall würde er nicht

Arm in Arm mit ihr eine schöne Aussicht genießen. So war Steffen einfach nicht.

Aber Nico? Nico konnte nett sein. Nett und charmant, liebevoll. Er hatte einen Sinn für Schönes und beherrschte es wie kein Zweiter, Menschen für sich zu gewinnen. Leider war er mindestens genauso gut darin, sie vor den Kopf zu stoßen. Und das fand ich viel verwerflicher als die völlige soziale Inkompetenz, die Stef verkörperte. Je mehr ich darüber nachdachte, desto unangenehmer wurde mir Nicos Nähe. Sein Arm wog von Sekunde zu Sekunde schwerer auf meiner Schulter, und der Fototapetenmond vor unseren Augen schien eine hässliche Fratze zu ziehen, als sich eine kleine Wolke davorschob. Ich wand mich aus seiner Umarmung und ging ins Bad.

Okay, ich musste zugeben, dieses Hotel war so was von amazing, dass es schon fast in den Augen schmerzte. Inmitten des mit Holz ausgelegten riesigen Badezimmers, von dem aus man die gleiche Aussicht genoss wie im Zimmer, stand eine frei stehende Badewanne. Aus der Wand sprudelte ein kleiner beleuchteter Wasserfall, und aus den Lautsprechern in der Decke klang leise Chill-out-Musik.

»What da fuck«, murmelte auch Nico, der plötzlich hinter mir stand.

»Sag ich doch«, schmunzelte ich. »Fuck und amazing sind doch Synonyme!«

Drei Sekunden später hatte ich ein dickes Federkissen im Gesicht. »Hier, du Englischgenie.«

Andrew hatte die Linse aus gebührendem Abstand auf uns gerichtet.

»Hast du ’nen Knall? Ich wette, die Kissen sind in diesem Luxusschuppen mit Einhornfell gefüllt!«

»Für dich ist mir nichts zu schade!«, rief Nico und feuerte ein zweites Kissen in meine Richtung. Quietschend duckte ich mich unter seinem Arm durch, rannte ins Zimmer und hüpfte mit einem Satz auf das riesige Kingsizebett.

»Sag Entschuldigung!«, rief ich und drohte Nico mit der schweren Bettdecke.

»Niemals!«

»Dann musst du wohl fühlen!«

Ich genoss den Anblick, wie Nico unter der schweren, riesigen Bettdecke für einen Moment ins Taumeln geriet. Ja, das tat gut. Ich feuerte noch ein kleines Kissen an seinen Kopf, als er sich fast befreit hatte.

Während Nico und ich das Zimmer mit den etwa zwanzig zur Verfügung stehenden Kissen und den zwei Doppeldecken in einen Saustall verwandelten, stand Alex in der Tür und rieb sich zufrieden die Hände. Ja, das war die Show, die er wollte. Und ich war verdammt noch mal mein Geld wert.

Hazel, Andrew und der unscheinbare Tonmann verließen das Zimmer, als sie genug Bilder im Kasten hatten. In derselben Sekunde verlor Nico das Interesse an mir und setzte sich mit dem Rücken zu mir gewandt an den opulenten Schreibtisch aus schwerem dunklem Holz. Alex legte uns noch mal eine Dispo auf den Couchtisch.

»Ich geh mich mal frisch machen und schicke euch jemanden zum Aufräumen. In einer halben Stunde treffen wir uns unten zum Abendessen. Gedreht wird erst heute Abend spät wieder.«

Richtig, das Bettgeflüster.

»Wir machen das schon mit dem Aufräumen, du musst niemanden schicken«, sagte ich schnell. Nico schüttelte den Kopf.

»Du kannst gerne aufräumen, tu dir keinen Zwang an.«

Sein Ich-scheiß-auf-alles-Tonfall war mal wieder herzerwärmend.

»Wie ihr wollt. Jedenfalls muss es in einer halben Stunde picobello aussehen.«

»Ja, Papa!«

Nico und ich hatten es gleichzeitig gesagt. Nico drehte sich in dem Lederdrehstuhl in meine Richtung. Um seine Mundwinkel war zumindest der Anflug eines Schmunzelns zu erkennen.

»Der Vertrag noch, Lea!«

Wieder wurde mir gleichzeitig heiß und kalt. Wir hatten bereits gedreht, und sie hatten mir den Flug bezahlt. Ich hatte keine Wahl mehr, ich musste es tun. Umständlich kramte ich in meinem Koffer, obwohl ich genau wusste, wo der Zettel war.

»Ich muss noch schnell die Adresse verbessern«, log ich nervös und ging zum Schreibtisch. Dämliche Ausrede. Was sollte man an seiner Adresse verbessern müssen? Aber Alex fragte nicht weiter nach. Mit klopfendem Herzen verdeckte ich den Vertrag und schrieb mit schwungvollen Buchstaben »Max Winter«. Plötzlich fühlte ich Atemluft in meinem Nacken und schreckte hoch. Nico stand genau hinter mir. Ich drehte mich um und sah ihm direkt in die Augen. Er hatte es gesehen. Mit einem einzigen Satz konnte er mich auffliegen lassen.

»Schöne Schrift«, flüsterte er, und ich spürte, wie ich Gänsehaut bekam. Mit zittrigen Händen legte ich den Vertrag auf den Tisch vor Alex.

Es war ein komisches Gefühl, als Alex ging.

»Danke!«, sagte ich leise, doch Nico reagierte nicht.

Ich schmiss mich auf das riesige Bett und versuchte, es großflächig zu bedecken. »Und wo schläfst du?«, fragte ich und sah Nico möglichst provokant an.

Er würdigte mich weiterhin keines Blickes und warf seine Sachen in einen der Schränke. »Auf dem Sofa«, erwiderte er trocken.

Seine Ernsthaftigkeit war noch schlimmer zu ertragen als die provokante Art, die mich eben im Flugzeug so aufgeregt hatte. Nicos Launen trieben mich noch in den Wahnsinn.

»Boah, Mann, ey. Du bist wie Hawaii. Du schaffst es, alle Klimazonen in dir zu vereinen«, schmollte ich leise und kramte mein Handy aus meinem Handgepäck.

»Auf Hawaii gibt es nur einundzwanzig Klimazonen. Wenn es dort alle gäbe, müssten es zweiundzwanzig sein!«

Natürlich! Nico wusste es mal wieder besser. Zumindest tat er so. Sicherheitshalber tippte ich »Hawaii« und »Klimazonen« in mein Handy und wartete. Nichts.

»Shit, hier gibt es keinen Empfang!«, sagte ich und spürte, wie mir ganz heiß wurde. Richtig, wir waren die Serpentinen wirklich weit nach oben gefahren. Das war eine Katastrophe. Ich konnte Max nicht erreichen. Ich hatte ihm versprochen, mich zu melden. Und Meral wartete sicher auch schon gespannt auf einen Lagebericht. Sie würde umkommen vor Sorge, wenn ich ihr nicht endlich zurückschrieb.

»Ja und?«, fragte Nico völlig unbeeindruckt. »Ist doch scheißegal!«

»Scheißegal? Vielleicht, wenn man keine Freunde hat und einen Manager, der sowieso alles für einen erledigt. Ja, dann ist das scheißegal.«

Ich biss mir auf die Lippe. Das mit den Freunden war gemein gewesen. Gemein und vermutlich nicht wahr.

»Es ist scheißegal, weil du unten einen WLAN-Code bekommst«, sagte er. Danach sortierte er schweigend irgendwelche Notenblätter. Er tat so, als wäre ich gar nicht da. Ich seufzte.

»Soll das jetzt das ganze Wochenende so gehen?«

Es dauerte lange, bis Nico aufsah.

»Wie gehen?«

»Na so.«

»So was?«

Oh Mann. Warum musste er sich so doof stellen?

»So arschig!«, platzte es aus mir raus.

»So arschig!«, wiederholte Nico belustigt. »Es tut mir leid, aber dieses Adjektiv ist mir nicht so geläufig, dass es mich jetzt weiterbringen würde. Was ist dein Problem mit mir, Lea?«

Oh wow, Mister Superstar nannte mich bei meinem Namen. Womöglich sollte ich mich geehrt fühlen.

»Mein Problem? Du bist mein Problem! Ich mach hier

einfach nur meinen Job. Sonntag bist du mich wieder los. Es wäre nett, wenn du bis dahin ein Mindestmaß an Höflichkeit an den Tag legen könntest.«

»Ah, arschig ist also das Gegenteil von höflich!«

»So könnte man das sagen.«

»Alles klar. Weniger arschig. Mehr höflich. Krieg ich hin.«

Er wandte sich wieder seinen Notenblättern zu. Ich beobachtete ihn dabei. Seine Locken fielen ihm ins Gesicht, doch er ließ sich davon nicht stören. Völlig versunken ging er die Blätter der Reihe nach durch und bewegte dabei tonlos seine Lippen. Dann lief er zum Schrank und holte seinen Gitarrenkoffer raus. Er packte das Instrument aus und setzte sich vorsichtig wieder hin. Jane, seine Gitarre hieß Jane. Das hatte er auf YouTube in einem Interview gesagt. Mit dem Plektron zwischen den Zähnen stimmte er die Saiten, eher er sich völlig in seine Musik vertiefte. Er spielte immer nur ein paar Takte, summte leise mit und machte sich dann Notizen auf seinem Notenblatt. Hatte er nicht gesagt, er hätte Songwriter?

Ich fühlte mich komplett fehl am Platz. Wie ein unsichtbarer Eindringling, der Dinge mitbekam, die nicht für seine Augen und Ohren bestimmt waren.

Mit dem Kopf auf drei Kissen gestützt, ließ ich meinen Blick über die dunklen Berge und Lichter vor unserem riesigen Fenster gleiten und fühlte mich so einsam, dass ich kaum atmen konnte. Von all seinen einundzwanzig hawaiianischen Klimazonen gefiel mir diese eisige am allerwenigsten. Ich wünschte, er hätte mir wenigstens Kontra gegeben.

Ich hätte damit leben können, wenn er sauer geworden wäre wegen meines blöden Kommentars über seine nicht existenten Freunde. Dumme Witze über meinen Cordrock und meine Hippiebluse hätte ich auch locker weggesteckt. Aber seine stumme Gegenwart und seine konsequente Ignoranz machten mich fertig. Dass noch immer kein einziger Balken und auch kein Internetsymbol auf meinem Handy aufgetaucht waren, machte die Sache nicht besser.

Ich erhob mich und begann damit, die Kissen zusammenzusuchen, dann versuchte ich, die riesige Bettdecke wieder glatt zu streichen. Schließlich nahm ich meinen Kosmetikbeutel, um mich im Badezimmer ein bisschen um meinen Star-Schwester-Glamour zu kümmern. Falls Meral den Beitrag irgendwann zu Gesicht bekam, wollte ich mir lieber keinen Vortrag über die unglaubliche Wirkung von Lipgloss anhören müssen.

Kurz nachdem ich die Badezimmertür hinter mir geschlossen hatte, hörte Nico auf, zu spielen. Ein paar Sekunden später schallte Kanye West aus der Anlage.

Ernsthaft jetzt? Kanye West? So was hörte er? Nico hatte die Lautstärke voll aufgedreht. Ich ging zum Spiegelschrank und knipste die Beleuchtung an. Woah, in dem Licht sah man wirklich jede Unebenheit auf der Haut. Fies! Ich holte den Concealer aus meiner Tasche und tupfte damit auf meinem Gesicht rum, als mein Blick auf das Telefon fiel. Ein Festnetztelefon! Warum war ich da noch nicht viel früher drauf gekommen? Den WLAN-Code würde ich mir auch noch holen, aber jetzt konnte ich erst mal Meral anrufen. Nico würde bei der lauten Musik nichts mitbekommen, und Alex würde sicher denken, dass Nico telefoniert hat, also waren auch die vermutlich horrenden Kosten egal, die auf der Hotelrechnung auftauchen würden. Eilig wählte ich Merals Nummer. Sobald Nico die Musik ausmachen oder das Bad für sich beanspruchen würde, müsste ich sofort auflegen.

»Ja?«

Es hatte keine zwei Sekunden gedauert, bis sie abgenommen hatte.

»Hey Meral, ich bin's. Wir haben hier keinen Empfang.«

»Oh, dann ist das hier 'ne Fata Morgana? Gibt es überhaupt Fata Morganas, die man nur hören kann?«

»Gibt es. Nennt man Festnetz.«

»Verstehe. Mann, bin ich froh, dass du dich meldest. Kurz dachte ich wirklich, der Pazifik hätte dich verschluckt.«

»Der Pazifik?! Auf dem Weg von Hamburg in die Alpen ... Nein, es ist alles gut. Es ist sogar ziemlich geil hier. Also hier. Am anderen Ende des Pazifiks.« Ich grinste und sah mich um. Wenn Meral allein dieses Bad sehen könnte, sie würde in Ohnmacht gefallen. Im Gegensatz zu mir war es ihr fester Plan, irgendwann reich zu werden. Sie liebte alles, was nach Luxus und Extravaganz aussah, während ich mir daraus normalerweise nicht so viel machte. Gut, das hier beeindruckte selbst mich. Aber das hieß noch lange nicht, dass ich es auch haben wollte.

»Und wie ist Justin? Lass mich raten! Hot?«

Ich schnaubte. »Eiskalt würde es wohl eher treffen. Er ist ein verwöhnter Vollidiot.«

Ich erzählte Meral vom Flug, von Nicos abweisender

Art, seit wir hier waren, und dass ich jetzt, einen Tag vor dem Interview, noch immer rein gar nichts wusste.

»Nur wenn ich seine Schwester bin und eine Kamera auf uns zeigt, dann ist Mister Arschloch plötzlich zuckersüß.«

»Bist du nicht ein wenig hart zu ihm?«

Ich seufzte und ließ mich auf den geschlossenen Klodeckel sinken. »Ganz sicher nicht. Du bist geblendet von seiner Schönheit. Aber Achtung! Er ist wie Lucifer.«

»Lucifer?«

»Ach, vergiss es!«

Blöd, dass sie Max' Lieblingsserie nicht kannte und auch nicht kennen wollte. Dabei war der Vergleich gerade wirklich preisverdächtig passend. Lucifer – unwiderstehlich, charmant, aber teuflisch. Wenn diese drei Worte nicht mal perfekt Nico beschrieben. Den Hörer zwischen Ohr und Schulter geklemmt, zupfte ich kleine Papierstückchen aus dem goldenen Papierspender neben der Toilette und zog mein Bein an, sodass ich mein Kinn auf meinem Knie ablegen konnte.

»Er ist einfach merkwürdig. Total launisch. Ich weiß nie, was als Nächstes kommt. Das ist anstrengend.«

»Und sexy? Ist er wenigstens sexy anstrengend?«

Ich musste lachen. »Ja, verdammt, du weißt, dass er sexy ist. Sexy ist gar kein Ausdruck. Und er riecht wie ein junger Gott. Aber das ist eine Verschwendung von biologisch hochwertigem Genmaterial, das gesetzlich untersagt werden sollte.«

»Du, ich wette, in Amerika ist es untersagt, sexy und anstrengend zu sein. Da ist ganz sicher 'ne Millionen Schmerzensgeld für dich drin!«, kicherte Meral am anderen Ende. Ich stellte mir vor, wie sie auf ihrem schwarzen Teppich lag und ihre Fingernägel lackierte. Das tat sie vermutlich nicht, aber das Bild gefiel mir, weil ich es so gut kannte.

»Oh, bevor ich es vergesse: Wir teilen uns ein Zimmer!« Wenn es schon so war, sollte doch wenigstens einer daran Freude haben. Und auf Meral war Verlass. Sie lachte so sehr, dass sie schon wieder grunzte dabei.

»Woohooo, und sie wird doch einen Baby-Justin mit nach Hause bringen!«

»Das wäre Inzest!«

»Dann halt einen inzestuösen Baby-Justin. Trotzdem geil. Hast du die Unterwäsche mitgenommen, die wir letztens gekauft haben?«

Ich rollte mit den Augen. Vermutlich würde ich diese schwarze Spitzenunterwäsche in meinem ganzen Leben nicht tragen. Ich hatte sie nur gekauft, damit Meral Ruhe gab, und dann hatte ich vergessen, sie zurückzubringen.

»Nein, ich habe vor, ihn mit meinen Pandahotpants zu verführen.«

»Mädchen, du machst mich fertig. Soll ich Max irgendwas sagen?«

»Über meine Pandahotpants?«

»Über die auch. Aber vielleicht erst mal, dass ihr lebt. Du und deine Pandas.«

Ich zwirbelte das Kabel des Telefons um meine Finger und verfluchte es dafür, dass es keine dreißig Zentimeter länger war, denn dann hätte ich mich während des Telefonats weiterschminken können. Telefone an der Schnur, kein Handyempfang, antike Holzvertäfelung … Wären hier nicht überall LED-Spots gewesen, hätte ich gesagt, dass wir aus Versehen in der Zeitmaschinen-Special-Edition-Boeing gelandet waren. Welcome to 1984!

»Hey, Lea, was ist nun mit Max? Soll ich ihn anrufen?«, riss Meral mich aus meinen Zeitreisefantasien.

»Besser, du schreibst ihm, dass mein Akku leer ist und wir gut angekommen sind. Ich hab ihm zwar gesagt, dass ich mich nur melde, wenn ich Geld brauche oder Verhütungsfragen habe, aber wahrscheinlich beruhigt es ihn trotzdem.«

Ich hörte Meral am anderen Ende aufstöhnen. »Du willst ihn umbringen, was?«

»Nein, nur ein bisschen quälen.«

»Hey, Cheesy, noch eine Frage, bevor du dich wieder um Justin kümmerst: Habt ihr ein Doppelbett?«

Ich hörte, wie Meral sich kringelte vor Lachen. Wirklich, unglaublich lustig.

»Ja, wir haben ein Doppelbett.«

»Oh mein Gott! Und es ist gar nichts passiert?«

Ich seufzte.

»In den dreißig Minuten, die wir schon hier im Zimmer verbracht haben? Nein, ich hatte extra Lipgloss auf meinem ganzen Körper verteilt. Dann bin ich auf ihn draufgesprungen und habe ihm meine Pandas gezeigt, aber irgendwie wollte er meiner Jungfräulichkeit kein Ende bereiten. Ganz komisch.«

»Hm, dann kann man dir keinen Vorwurf machen. Du hast wirklich alles gegeben.«

»Auf jeden Fall! So, ich muss Schluss machen. Gleich gibt es Essen. Grüß Max von mir.« Ich schmatzte einen dicken Kuss in den Hörer. Dann legte ich auf, drehte meine Haare schnell zu einem Dutt und ging zurück ins Zimmer. Nico stand schon an der Tür.

»Bereit?«

Ich nickte und spürte im selben Moment, dass ich kein bisschen bereit war, unten im Speisesaal vor Hazel und den anderen Nico wieder dabei zuzusehen, wie er so tat, als habe er mich gern. Als habe er überhaupt irgendjemanden gern. Ich wollte wieder ins Bad zurück und Merals Stimme hören. Mit Meral zusammen schien alles nur halb so schlimm. Ach, Mann. Warum zum Teufel konnte ich ihm gegenüber nicht so gleichgültig sein, wie ich es vor ihr behauptet hatte?

Eine halbe Stunde später nahm ich immer zwei Stufen auf einmal in den zweiten Stock. War ich froh, dass Nico nicht mit aufs Zimmer kommen wollte nach dem Abendessen. Ich hätte ihn gerade keine Minute mehr ertragen. Seinen Arm auf meiner Schulter, sein Lachen und dieses Gefühl, das sich in mir ausbreitete, wenn er mich zum Spaß in die Seite zwickte. Obwohl das alles ja gar nicht passierte, wenn wir alleine waren. Es hätte nur einen Haufen Ignoranz von ihm gegeben, was sich aber im Grunde noch schlimmer anfühlte. Ich steckte den Schlüssel ins Schloss und betrat den dunklen Raum. Vor mir lag wieder die schneebedeckte Landschaft, unwirklich wie ein Weihnachtsgrußkartenmotiv.

Das Abendessen lag mir schwer im Magen, obwohl ich nur ein bisschen gepickt und nach dem ersten Gang aufgegeben hatte. Dieses ganze Wochenende war aufregender, als mein Magen es vertrug. Ich legte mich auf das Sofa und schloss die Augen. Kurz überlegte ich, ob ich die Zeit nutzen und noch mal bei Meral oder bei Max anrufen sollte. Aber meine Beine waren so schwer, dass ich mich nicht überwinden konnte, sie wieder auf den Boden zu setzen. Ich kramte in meiner Hosentasche nach meinem Handy und den Ohrhörern. Ach verdammt, ich hatte vergessen, mir den WLAN-Code zu holen, und ohne Internet konnte ich nicht mal Musik streamen. Blieb nur die wenige Musik, die ich runtergeladen hatte. Birdy und das Album von Nico. Die Entscheidung war leicht. Nur ein Ton von Nico und auf meinem Totenschein hätte »Überdosis« gestanden. Birdys Stimme hingegen erfüllte meinen Kopf, sodass ich mit geschlossenen Augen nicht mal mehr daran dachte, wo ich war.

Ich sank immer tiefer, und meine Augen wurden immer schwerer.

Warm spürte ich seinen Atem an meiner Haut und musste lächeln, als ich mich an seinen Duft erinnerte. Seine Stimme, die meinen Namen sagte. Sanft, unendlich sanft. Er strich meine Haare aus meinem Gesicht und lachte leise. Dann zog er die Kopfhörer vorsichtig aus meinen Ohren.

»Lea?«

Oh Gott, das war alles gar kein Traum! Ich riss die Augen auf und schreckte hoch.

»Shhhh, alles gut, das bin nur ich!«

Nico kniete im Halbdunkeln vor mir auf dem Sofa. Sein Duft war keine Erinnerung, seine Hände auf meinem Gesicht kein Traum gewesen. Was tat er da zum Teufel? Verwirrt starrte ich ihn an.

»Du bist wohl eingeschlafen. Zum Glück hatte der Portier noch einen Schlüssel.«

Er ließ ein weiteres Stück Treibholz vor meinen Augen baumeln. Langsam kam ich wieder zu mir und rieb mir die Augen. Das hätte ich besser gelassen. Als ich die schwarze Farbe auf meiner Hand sah, war es nicht schwer zu erraten, wie ich jetzt ungefähr um die Augen aussehen musste. Nicos Schmunzeln bestätigte meinen Verdacht. Es war sein Bruderschmunzeln. Ach fuck. Ich brauchte mich nur ein paar Zentimeter zur Seite zu drehen, um Gewissheit zu haben. Andrew stand nur einen Meter neben uns. Das diffuse Licht auf Nicos Gesicht kam von seiner Kamera.

»Boah, ihr seid doch völlig krank!«, murmelte ich und drehte mich so, dass weder Andrews Kamera noch Nico mein Gesicht sehen konnten.

Nico wuschelte mir durch die Haare und ließ mich dann alleine.

»Got what you need?«

Ich hörte Alex' Stimme wie durch einen Nebel.

»Okay, let her sleep.«

Stimmengemurmel und Schritte entfernten sich.

Die Tür klickte ins Schloss, und meine Augen fielen wieder zu. Das konnten die wirklich unmöglich ernst meinen …

Ich wachte auf von einem stechenden Schmerz im Nacken. Das Hotelzimmer war in gleißendes weißes Licht gehüllt. Tageslicht. Hatte ich etwa die ganze Nacht durchgepennt? Dumpf kämpften sich Erinnerungen an die nächtliche Filmaktion durch den Nebel in meinem Kopf. Ich hoffte wirklich, dass ich das nur geträumt hatte. Als ich das säuberlich zusammengerollte Kabel meiner Kopfhörer auf dem Tisch sah, wusste ich, dass es kein Traum gewesen war. Ich hätte das Kabel niemals so aufgerollt. Nico hatte mich geweckt, und sie hatten alles gefilmt. Unglaublich!

Apropos Nico. Wo war er überhaupt?

Auf dem Bett lag das Bettzeug unordentlich zusammengeknüllt, von Nico keine Spur. Ich erhob mich ächzend und massierte meinen stechenden Nacken auf dem Weg ins Badezimmer. Er war nicht hier. Oh Mann, wie spät war es eigentlich? Hier gab es wirklich alles, aber keine Uhr. Ich schwankte noch völlig verschlafen rüber zum Sofa und fand mein Handy ganz unten, eingeklemmt zwischen den dicken Kissen.

08.47 Uhr.

Bitte was?

Es war Viertel vor neun?

Mit einem Satz hastete ich zum Tisch, auf dem die Dispo lag.

08.30 Uhr Dreh Frühstück
09.00 Uhr Dreh Interview

Fuck, fuck, fuck!!! Ich riss beinahe die Stehlampe um, als ich zu meinem Koffer rannte, um mir schnell ein paar Klamotten zu greifen. Blaue Jeans und der senfgelbe alte Schlafpullover? Egal, keine Zeit zum Überlegen. Ich schnappte mir die Zahnbürste und versuchte, gleichzeitig Zähne zu putzen, meine enge Hose über die Beine zu ziehen und meinen Puls wieder unter zweihundert zu bringen. Warum hatte dieser Scheißkerl mich nicht geweckt? Schnell spuckte ich die Zahnpasta ins Waschbecken und klatschte mir Seife ins Gesicht. Besser gesagt, in die Augen. Das Brennen überdeckte sogar das Stechen in meinem Nacken. Das durfte doch alles nicht wahr sein! Panisch versuchte ich, das brennende Zeug aus meinen Augen zu waschen, was aber nicht wirklich klappte. Zeit für Make-up blieb nicht. Haargummi rein. Nein, das sah noch schlimmer aus. Mütze auf! Wo war die bloß? Ich durchwühlte meinen Koffer und fand sie ganz unten. Jetzt nur noch den Spiegel neben der Tür meiden. Und los!

Ich rannte die Treppe runter und stieß fast mit Nico zusammen, als ich um die Ecke zum Speiseraum stürzte. Er grinste.

»Na, ausgeschlafen?«

Für diese dämliche Frage bekam er von mir nicht mehr als einen giftigen Blick mit meinen vermutlich knallroten Seifenaugen. Hinter Nico tauchte Alex auf. Seinem Gesichtsausdruck nach zu urteilen, fand er meine Verspätung nicht ganz so lustig wie Nico. Entgeistert ließ er seinen Blick mehrmals über meinen Körper schweifen.

»Really?«

»Alex, es tut mir leid. Ich hab verschlafen. Mein Wecker hat …«

Alex winkte ungeduldig ab. »Hazel!«

Als hätte sie hinter der Ecke auf ihren Auftritt gewartet, schoss Hazel hinter der Wand hervor. Sie guckte mich ähnlich verstört an wie Alex. Was denn? Hatten die etwa noch nie jemanden gesehen, der vor zwei Minuten aufgestanden war? Ich fragte lieber nicht.

Nach kurzem Getuschel teilte mir Alex mit, dass das Interview auf den Nachmittag verschoben wurde. Ich sollte nach oben gehen, um mich »aufzufrischen«, wie Alex es nannte. Nico stand mit den Händen in den Hosentaschen neben uns und beobachtete die Szene sichtlich amüsiert. Ich fühlte mich wie ein kleines Mädchen, das ohne Essen in sein Zimmer geschickt wurde. Und obwohl ich wahrscheinlich eher zerknirscht sein sollte, war ich einfach nur wütend. Nico hätte mich wecken müssen! Und wenn sie mich nicht mitten in der Nacht mit der Kamera aus dem Schlaf gerissen hätten, wäre ich vielleicht auch nicht so müde gewesen. Wortlos drehte ich mich auf dem Absatz um und stapfte an Nico vorbei in Richtung Treppe. Er trug schon wieder neue Schuhe. Wieder waren sie weiß. Schneeweiß. Nagelneu. Warum zum Teufel brauchte dieser Typ jeden Tag neue Schuhe? Und dann auch noch weiße?

Am Nachmittag waren sie nicht mehr weiß. Sie waren matschig, grau, durchnässt und schäbig. Auch wenn ich meine Füße seit zwei Stunden nicht mehr spürte, war ich doch froh, dass sie wenigstens in Boots steckten und es einen Restschimmer Hoffnung gab, dass die Erfrierungen keine Amputation nach sich trugen. Nico hatte da definitiv schlechtere Karten.

»Hey, Nico, take off your jacket!«

Ungläubig sah ich Nico dabei zu, wie er anstandslos seine Jacke auszog und sie Alex zuwarf. Er hatte nur noch einen Kapuzenpulli, seine Mütze und den dicken Schal an, mit dem er sich vermummt hatte, als ich ihn letzte Woche vor dem Hotel zum ersten Mal gesehen hatte. Seit bestimmt vier Stunden liefen wir nun durch den Schnee. Ich spürte nicht mal mehr den Hunger, weil die Kälte alles in mir betäubt hatte. Nico und ich rannten Abhänge herunter, beschmissen uns mit Schneebällen und ließen uns lachend in den weichen Schnee fallen. Alles auf Kommando. Bruder und Schwester auf den Spuren ihrer gemeinsamen Kindheit. Auch wenn das zehn Minuten lang sogar ein bisschen Spaß gemacht hatte, jetzt, Stunden später, waren wir beide völlig fertig. Durchgefroren und geschafft. Nico ging es ähnlich wie mir, das sah ich ihm an. Und jetzt stand er hier ohne Jacke.

»Warum tust du alles, was er sagt?«, flüsterte ich.

»Weil es mein Job ist.«

Ich beobachtete ihn schweigend. Seine Lippen waren blau.

»Wie kann er so was von dir verlangen?«

»Weil das *sein* Job ist.«

Im gleichen Moment hatte ich wieder Schnee im Gesicht. Ich zwang mich, meine tauben Gesichtsmuskeln zu einem Lachen zu verziehen, und rannte los, um mich mit einer Ladung Schnee zu rächen an einem Jungen, der bereits gefährlich unterkühlt war. Denn das war offensichtlich mein Job, ob es mir gefiel oder nicht. Endlich hatte auch Alex bemerkt, dass das hier kein Spiel mehr war.

»Kommt rein, das muss reichen!«

Ich konnte nicht mal mehr Erleichterung spüren. Alles war taub. Mein Körper sowieso, aber die Kälte hatte sich auch tief in mich reingefressen. Alles war mir gleichgültig.

Im Foyer des Hotels bekamen wir Decken und eine Tasse mit dampfendem Glühwein. Alex sah Nico besorgt an. Ja, jetzt merkte er es wohl auch, dass das mit der Jacke – oder besser: ohne sie – eine Scheißidee war. Diese späte Einsicht machte mich wütend. Noch immer waren Nicos Lippen blau, und er gab sich sichtlich Mühe, nicht mit den Zähnen zu klappern. Hazel und die anderen besprachen sich, während Nico und ich schweigend in zwei riesigen Ohrensesseln vor dem Foyerkamin saßen und in das prasselnde Feuer sahen. Warum tat er sich das bloß an? So hatte ich mir das Leben als Superstar nicht vorgestellt. Eigentlich hatte ich mir überhaupt noch nie so richtig Gedanken darüber gemacht, wie es war, berühmt zu sein. Aber wenn ich es mir vorgestellt hätte, dann ganz bestimmt nicht so.

Obwohl ich Wein nicht leiden konnte, setzte ich die Tasse an meine prickelnden Lippen und nippte daran. Das heiße Getränk brannte in meinem Hals, aber es war ein gutes Brennen. Eines, das mich langsam von innen auftaute. Auch Nico trank. Wahrscheinlich vor allem, um seine zitternden Lippen vor uns zu verbergen, die sonst immer von diesem leicht spöttischen Grinsen umspielt wurden. Jetzt war in seinem Gesicht kein Anflug von Spott zu erkennen, und auch wenn es merkwürdig war, wünschte ich mir sogar ein bisschen, es wäre so.

Ein Hotelmitarbeiter stellte belegte kleine Brote vor uns auf den Beistelltisch aus antikem Holz. Ein Glück! Es war mittlerweile nach drei Uhr nachmittags, ich hatte noch keinen einzigen Bissen gegessen und sehnte mich nach Merals prall gefüllter Brotdose. Stattdessen spürte ich, wie der Glühwein nicht nur meinen Hals wärmte, sondern mir auch in den Kopf schoss – vermutlich lag es an meinem leeren Magen. Das tat gut, und ich trank auch den letzten Schluck noch aus, bevor ich mich über die Brote hermachte.

»Willst du gar nichts?«, fragte ich Nico kauend. Die Brote waren göttlich! Mit eingelegten Tomaten und frischen Kräutern. Megalecker und zugegebenermaßen noch besser als das Zeug, das Meral in ihrer Box hatte!

Nico schüttelte den Kopf und bestellte sich noch einen Glühwein. Der Kellner brachte mir auch einen. Ich schielte zu Nico rüber, der noch immer gedankenversunken in das Feuer starrte und mit seinen Fingern irgendeinen Takt auf seinem Bein klopfte, als würde er Musik hören, die sonst keiner wahrnahm.

Andrew, Hazel und der schüchterne Tonmann, der anscheinend Carlo hieß, hatten alles in Nicos und meinem Hotelzimmer aufgebaut. Hazel drehte den Monitor zu uns, sodass Nico und ich mitverfolgen konnten, wie sie das Bild einrichteten. Hinter uns sah man die Berge in der Dämmerung, und Hazel mahnte zur Eile, um das schöne Licht nicht zu verpassen.

Das Gute an der Anwesenheit des Filmteams war, dass Nico in den Familyguy-Modus wechseln musste, obwohl die Kamera noch nicht einmal lief. Immerhin war er klug genug, den Schwindel auch vor Hazel und den anderen nicht auffliegen zu lassen. Seine Lippen waren nicht mehr blau, sondern rot, und ich fragte mich, warum ich mir eben allen Ernstes gewünscht hatte, dieses spöttische Zucken um seine Mundwinkel wiederzusehen. Er half Tom dabei, mich zu verkabeln, und machte mit Andrew Witze über mein Outfit von heute Morgen. Ich verstand nicht alles, aber Nico berührte mich andauernd an der Schulter, was wohl den Funken Loyalität vorgaukeln sollte, den man noch haben sollte, wenn man über seine Schwester lästerte.

»Ready, Nico? Lea?«

Ich nickte und sah an mir runter. Hazel hatte Klamotten für mich besorgt, weil ihr und Alex nichts gefallen hatte, was sich in meinem Koffer fand. Das Kleid, das sie an meiner Hüfte mit einem Ledergürtel gerafft hatte, ließ mich mindestens fünf Jahre älter aussehen. Die Haare hatte sie mir hochgesteckt. Ich wusste, dass ich gut so aussah. Bloß nicht wie ich. Und ich spürte noch immer die Röte auf meinen Wangen, die der Wein mir ins Gesicht gezaubert hatte. Ich fühlte mich leicht und ein bisschen beschwipst.

»Would you translate the questions for her?«

»Sure!« Nico nickte.

»Das krieg ich grade noch so selber hin«, flüsterte ich und hätte gerne ein bisschen Zeit gehabt, um mich darüber aufzuregen, dass Hazel das für nötig hielt, denn ich fand, dass ich mich bisher ganz gut geschlagen hatte mit meinem Schulenglisch. Aber jetzt ging es los. Ich hatte mir zu allen Fragen irgendeinen unverfänglichen Scheiß überlegt, und der Alkohol in meinem Blut sorgte dafür, dass ich diesen Quatsch verdammt überzeugend rüberbrachte. Das fand ich zumindest.

Ich erzählte Hazel, dass ich sehr stolz auf Nico war. Darauf, dass er es schaffte, so viele Menschen mit seinem Humor für sich zu gewinnen, und noch viel stolzer darauf, dass seine Musik so viele Menschen berührte. Ich klaute mir Geschichten aus Merals Kindheit, vermischte sie mit den Große-Bruder-Geschichten, die ich selbst gerne erlebt hätte, und lachte über die erfundenen Erinnerungen, die ich in meinem Kopf wie einen Film vor mir sah. Nico ergänzte mich dann und wann mit total schwachsinnigen Details, was aber tatsächlich alles etwas glaubwürdiger machte. Wahrscheinlich war auch er ein bisschen betrunken, was seine Fantasie offensichtlich ebenso beflügelte wie meine. Ich glaubte uns unsere Geschichte beinahe selbst ein bisschen. Leider bemerkte Hazel nicht mal, wie brillant ich war. Erstens wusste sie gar nicht, dass wir logen, dass sich die Balken bogen, und zweitens verstand sie ja kein Wort Deutsch. Wenn ich redete, nickte sie zwar ununterbrochen, aber ihr leerer Blick war eindeutig.

Dann wurde Nico befragt.

»What do you miss the most of her?«

Nico dachte eine Weile nach.

»Ich vermisse ihre unbeschwerte Art, die Welt und die Menschen zu sehen. Ihr ist es scheißegal, wer du bist. Du kannst Justin Bieber sein oder irgendein Nerd aus Neukölln, sie würde beide gleich behandeln. Sie sagt dir, wenn du scheiße bist, und du kannst in ihren Augen sofort erkennen, wenn sie etwas mag. Ja, das vermisse ich. So sind die wenigsten Menschen, die ich kenne. Und sie hat ein paar wirklich liebenswerte Marotten. Besonders, wenn sie in Flugzeugen sitzt und sich dabei fast in die Hose macht.«

Er lächelte in meine Richtung und wiederholte alles noch mal auf Englisch. So war es abgesprochen. Nico sollte alles auf beide Sprachen sagen. Im Schnitt würden sie sich dann für eine Version entscheiden und alles Deutsche untertiteln.

»And then, she has some really adorable quirks, you know«, beendete Nico seine Übersetzung. Ich musste schlucken. Natürlich wusste ich, dass Nico eine Rolle spielte, aber trotzdem sprach er irgendwie über mich. Und das auf eine wirklich nette Art und Weise.

»Would you reveal one of those adorable quirks?«

Nico räusperte sich, und ich nahm mir zwei Gummibärchen aus der Schale, um nicht ganz so paralysiert vor der Kamera zu sitzen.

»Sie trägt Pandaunterhosen. Nur so ein Beispiel.«

Ich verschluckte mich an den Gummibärchen und hustete, bis ich ganz rot im Gesicht war. Alex eilte mit einem Glas Wasser herbei.

»Zu privat?«, fragte Nico mit einem unschuldigen Lächeln.

Ich schüttelte vehement den Kopf und betete um eine zufällige Übereinstimmung seiner merkwürdigen Fantasien und meiner Pandahöschenrealität. Ich schaute an mir runter und fragte mich, wann er das gesehen haben konnte. Heute sowieso nicht, die Unterhose hatte ich gestern getragen. Verdammt, wie peinlich war das denn bitte? Nico wiederholte seine Antwort noch einmal auf Englisch.

Nach außen versuchte ich, irgendwie cool zu bleiben, innerlich lief mein Gehirn auf Hochtouren. Was, wenn er das Gespräch zwischen Meral und mir mitgehört hatte? Aber das war Schwachsinn. Wie hätte er das mitbekommen sollen? Bei der Lautstärke von Kanye West war das ein Ding der Unmöglichkeit!

Hazel fragte mich, ob meine Freundinnen nicht auf ihn stünden. Ich riss mich zusammen, nicht weiter in Gedanken abzuschweifen. Dieses ganze Englisch-Deutsch-Ding war auch so schon anstrengend genug.

»Na ja, er ist ja nicht gerade oft zu Hause«, sagte ich entschuldigend. Dann dachte ich an Meral. Entfernung war kein gutes Argument. »Ja klar, ein paar würden ihn sicher gerne mal kennenlernen. Also etwas genauer kennenlernen.«

Ich stupste ihn mit meiner Schulter an und zwinkerte ihm zu.

»Aber denen sagt sie dann immer, dass ich furchtbar anstrengend bin und mein Äußeres nur eine Verschwendung von biologisch hochwertigem Genmaterial ist. Ist sie nicht charmant?«

Nico schlang beherzt seinen Arm um meine Schulter und drückte mich an sich, während mein Herz für einen

Schlag aussetzte. An dieser Stelle reichte auch mein spärliches Fachwissen über Wahrscheinlichkeitsrechnung aus, um mitzukriegen, dass meine Chancen auf einen Zufall gerade auf null abgesunken waren. Fuck! Er hatte alles mit angehört. In meinem Körper verselbstständigte sich mein steinzeitlicher Fluchtmechanismus. Meine Augen suchten panisch die Wand nach Notausgangsplänen ab, während jeder einzelne Muskel sich bereit machte, auf der Stelle zu verschwinden. Doch mir blieb nichts anderes übrig, als hier neben Nico sitzen zu bleiben. Ich wusste ja nicht mal, was ich da unterschrieben hatte. Wer konnte schon so genau sagen, ob mir nicht Vertragsstrafen drohten, wenn ich mich verdünnisieren würde.

Die einzige Alternative, die mir einfiel: Gegenangriff. Ich holte Luft und unterbrach Nico, der sein Genmaterial gerade verteidigte.

»Dazu muss man vielleicht wissen, dass Nico über ungefähr hundert verschiedene Persönlichkeiten verfügt. Etwa neunundneunzig davon sind wirklich unfassbar anstrengend. Ich biete übrigens Selbsthilfegruppen für Betroffene an. Und ich hänge gelegentlich Warnhinweise vor seiner Wohnungstür auf.«

Nico versuchte, nicht zu lachen. »She's sayin' that she wouldn't like to share me with other girls.« Er wandte sich wieder mir zu. »Right?«

»Natürlich nicht. Ich habe Exklusivrechte an ganz Hawaii. Wir sind unzertrennlich und haben keine Geheimnisse voreinander. So ist es doch, Bruderherz, nicht wahr?« Ich warf ihm einen giftigen Bick zu.

Hazel sah uns verwirrt an. »What about Hawaii?«

Nico ergriff schnell das Wort, bevor ich es tun konnte. Er erzählte ihr, dass wir mal auf Hawaii Urlaub gemacht hätten. Na sicher. Wir zwei auf Hawaii. Ich würde gerade lieber einen ganzen Winter in Sibirien ohne Nico verbringen als auch nur einen Tag mit ihm auf Hawaii. Dieser eingebildete Vollidiot! Wie auch immer er es angestellt hatte, das Telefonat mitzuhören, das ging eindeutig zu weit. Ich lächelte Hazel an und schmiedete derweil wilde Rachepläne. Ich würde mich nicht jetzt rächen, das wäre viel zu voreilig. Aber irgendwann an diesem Wochenende, wenn er nicht mehr damit rechnete, würde ich es tun. Keine Ahnung, wie, aber mir würde schon noch was einfallen.

Etwa zehn Fragen später klappte Hazel zufrieden ihre Kladde zu. Ich sah zu Alex rüber, der mit einer unangezündeten Zigarette im Mundwinkel am Türrahmen lehnte und mir mit einem hämischen Grinsen zuzwinkerte. Es ärgerte mich fast ein bisschen, dass er zufrieden mit mir war. Irgendwie hatten sie es beide nicht verdient, dass Alex' verlogener Plan aufging. Die Amerikaner würden ihre kleine Nico-Schwester bekommen. Nico würde als liebenswerter großer Bruder mit seinen Neckereien noch ein paar Herzen dazugewinnen, und keiner würde je erfahren, dass Nicos echte Schwester aus irgendeinem Grund lieber irgendwo anders saß als mit Nico hier vor der Kamera. Und schon gar nicht, warum, wenn selbst ich das nicht erfuhr, obwohl ich langsam eine Ahnung bekam.

Während Hazel, Andrew und Tom zusammenpackten, setzten sich Nico und Alex zusammen und besprachen irgendwelche Tourtermine. Ich ließ mich auf den Schreibtischstuhl fallen und schloss die Augen. Wo war ich hier bloß reingeraten? Nach ein paar tiefen Atemzügen riss ich mich zusammen und setzte mich wieder aufrecht hin. Ich hatte es ja beinahe geschafft! Nur noch eine Nacht und ein Tag, bis ich wieder zu Hause war. Mit fünftausend Euro in der Tasche!

Um mich abzulenken, ließ ich meinen Blick über den Schreibtisch wandern, auf dem Nicos Notenblätter lagen. Es waren nicht wirklich Noten, es waren eher Notizen und Gitarrengriffe, die er aufgeschrieben hatte. Unter einem anderen Blatt lugte ein kleines Stück einer Zeichnung raus. Möglichst unauffällig warf ich einen Blick über meine Schulter. Alex und Nico waren ganz vertieft in ihr Gespräch, und das Kamerateam hatte sich mitsamt der Technik bereits aus dem Staub gemacht. Mit einem Finger schob ich vorsichtig das Papier zur Seite, das die Zeichnung verdeckte. Und dann starrte ich darauf. Ich konnte meine Augen nicht mal abwenden, als ich hörte, dass Alex aufstand. Nico hatte ein Mädchen gezeichnet. Ein Mädchen mit Locken, das mit geschlossenen Augen auf einem Sofa lag.

Mich.

Mit dem Rücken gegen die Wand gelehnt saß ich mit angezogenen Beinen auf dem Boden und ließ meinen Finger über die eiskalte Panoramascheibe gleiten. Draußen wirbelte der Wind kleine Schneeflocken von den Ästen und ließ sie vor dem Fenster tanzen. Es sah beinahe so aus, als würde es schneien. Doch das tat es nicht.

Mein Magen knurrte leise. Beim Abendessen hatte ich wieder keinen Bissen runterbekommen. Ich hatte das Gefühl, wie Alice im Wunderland in einer anderen Welt festzusitzen, und meine Gedanken drehten sich so im Kreis, dass mir der Appetit vergangen war. Auch jetzt fühlte ich zwar definitiv Hunger, aber mir würde von jedem Bissen garantiert schlecht werden.

»Willst du drüber sprechen?«

Nico hatte sich mir gegenüber auch auf den Boden sinken lassen. Es war fast unmöglich, ihn nicht anzusehen. Krampfhaft versuchte ich trotzdem, es nicht zu tun, und schüttelte den Kopf, meinen Blick fest auf die tanzenden Flocken geheftet. Doch selbst dort konnte ich zumindest seinem Spiegelbild nicht entkommen. Seine Spiegelaugen fingen meine ein, und ich musste schlucken. Wollte ich drüber reden? Nein, ganz bestimmt nicht mit ihm. Tatsächlich wusste ich nicht mal, was er meinte. Mir fiel ein, dass ich vergessen hatte, das Papier wieder über die Zeichnung zu schieben. Er wusste also wahrscheinlich, dass ich sie gesehen hatte. Ob er glaubte, dass ich mir zu viel darauf einbildete? Ich war doch nicht bescheuert! Mir war schon klar, dass eine Zeichnung nicht bedeutete, dass er mir den nächsten Lovesong widmete.

Vielleicht ging es ihm auch um das Telefonat. Im Grunde war es auch egal, über was er meinte, mit mir reden zu müssen, denn ich war viel zu müde, um seinen provokanten Sprüchen Kontra zu geben. Meine Gehirnwindungen waren gerade ganz sicher nicht in der Lage, besonders schlagfertig zu antworten.

»Hör zu, ich dachte, du wärst eins von diesen Mädchen.«

Wir schwiegen. Es nervte mich, dass er so kryptisch sprach und dann schwieg. Seufzend stellte ich die Frage, auf die er wohl wartete.

»Was für ein Mädchen?«

Auch Nico malte mit seinem Finger unsichtbare Bilder auf die Glasscheibe. Ich zog meinen Finger zurück und legte meine Hände auf den Teppichboden, weil ich zu trotzig war, um dasselbe zu tun wie er.

»Na, halt eins von denen«, fuhr Nico fort. »Es gibt diese Mädchen, die alles dafür tun würden, um ein Hotelzimmer mit mir zu teilen. Ich dachte, das wäre Teil deines Deals mit Alex gewesen.«

»Bitte was?« Ungläubig drehte ich meinen Kopf in seine Richtung, als sein Spiegelbild auf den Boden schaute. »Du hast gedacht, dass ich Alex überredet habe, mich mit dir in ein Zimmer zu buchen?« Ich lachte heiser auf. Das war doch nicht zu fassen.

»Deshalb habe ich dein Telefonat belauscht.«

Er streckte mir das drahtlose Zimmertelefon entgegen. »Das ist mit dem im Badezimmer gekoppelt. Ich hab mich eingeklinkt, weil ich Angst hatte, dass du hier irgendeinen Scheiß abziehst.«

»Was für einen Scheiß?« Meine Stimme klang nicht im Ansatz so wütend, wie ich war. Eher ängstlich. Was zum Teufel unterstellte er mir da? Und warum konnte man einfach so Telefonate belauschen mit dem anderen Hörer? War das überhaupt legal?

»Keinen Plan, ich dachte, du gibst Infos an die Presse weiter oder so. Oder du prahlst damit, dass was zwischen uns laufen würde oder so, und machst Fotos, wenn ich schlafe. Ach, keine Ahnung. Ich dachte es einfach.«

Auf dem Gang rannten lachende Kinder hin und her. Mir fiel nichts ein, was ich dazu sagen sollte. Merkte er nicht mal, wie eingebildet er klang?

»Du dachtest, ich prahle damit, dass was zwischen uns läuft? Deshalb hast du mich belauscht? Ist das jetzt 'ne Art Entschuldigung? Das wäre irgendwie ein bisschen platt.«

»Nein.«

»Nein? Du meinst, das war nicht mal 'ne Entschuldigung?«

»Nein.«

Mehr sagte er nicht. Er stand aus dem Schneidersitz auf, ohne sich mit den Händen abzustützen, und lehnte sich lässig gegen die Glasscheibe.

»Ich glaube nicht, dass verwöhnte Vollidioten so gut darin sind, sich zu entschuldigen. Aber schön, dass du wenigstens so ehrlich warst, zuzugeben, dass ich kein Interesse an deinem mit Lipgloss bedeckten Körper habe.«

Ich spürte, wie ich rot anlief. Richtig. Das hatte ich gesagt.

»Dann hast du sicher auch gehört, wie ich sagte, dass ich genauso wenig Interesse an *deinem* Körper habe.«

»Ist das so? Das hab ich ein bisschen anders verstanden. Schließlich rieche ich wie ein junger Gott. Das Problem ist ja eher der Charakter, wenn ich das richtig mitgeschnitten habe.« Wieder zuckten seine Mundwinkel, doch er lächelte nicht. »Morgen bist du Mister Arschloch ja dann endlich los.«

Mit diesen Worten drehte er sich um und ging ins Badezimmer. Das Einrasten des Schlosses spürte ich in meinem ganzen Körper. Oh Mann! Hatte ich ihn wirklich »Mister Arschloch« genannt? Vermutlich. Das klang jedenfalls leider ganz nach mir. Stöhnend ließ ich meinen Kopf auf den Teppichboden sinken und ging das Telefonat noch einmal Wort für Wort durch.

Oh nein! Ich erinnerte mich vage, auch von meiner Jungfräulichkeit geredet zu haben. Eine Information, die ich ganz bestimmt nicht mit ihm hatte teilen wollen!

Obwohl ich mir nicht mal sicher war, ob das überhaupt der Tiefpunkt des Gesprächs war oder ob da nicht noch Abgründigeres dabei war. Das mit dem jungen Gott spielte auf jeden Fall auch ganz weit vorne mit, was die Liste der Peinlichkeiten betraf.

Ich war froh, dass ich mir aus Langeweile schon die Zähne geputzt hatte, während ich mich nach dem Interview im Bad verbarrikadieren musste, um nicht auf der Stelle im Boden zu versinken. So brauchte ich gar nicht mehr ins Bad gehen, wenn Nico rauskam. Ich fand zum Glück noch Abschminktücher in meinem Koffer und zog mir rasch meinen Schlafanzug über. Wenigstens waren darauf keine Pandas. Nur Regenbogen und Einhörner. Ganz großartig, Lea! Genervt ließ ich den Kopf auf meinen Koffer sinken. Ich wollte einfach nur noch schlafen. Bloß nicht mehr reden müssen! Nicht über junge Götter oder meine Unbefleckheit und schon gar nicht über meine nicht ganz altersgemäße Schwäche für Einhörner. Nebenan hörte ich, dass der Wasserhahn ausging.

Schnell huschte ich zum Bett rüber und löschte das Licht. Nur die gedimmten kleinen Spots am Fenster ließ ich an, damit Nico nicht hinfiel, wenn er aus dem Bad kam. Wer konnte schon so genau sagen, was sein Superstarhintern wert war und wie viel es kostete, für einen blauen Fleck darauf verantwortlich zu sein.

Die Vorstellung, dass er sich gleich wenige Zentimeter von mir entfernt auf dieselbe Matratze legen würde, jagte mir einen Schauer über den Rücken. Hoffentlich würde er sich wirklich wie angekündigt auf das Sofa legen! Ich schloss die Augen, denn es gab nur eine Lösung gegen dieses Gefühl, und das war, auf der Stelle einzuschlafen. Doch auch mit geschlossenen Augen sah ich Nico. Nico, wie er mich angrinste. Nico, wie er mich ignorierte. Nico, wie er mich zeichnete.

Die Badezimmertür wurde entriegelt, und ich konnte selbst durch die geschlossenen Augenlider sehen, wie das Licht den Raum erhellte. Mit klopfendem Herzen wartete ich darauf, was Nico tun würde. Würde er ins Bett kommen? Ich war mir nicht sicher, ob mein konfuser Kopf gerade noch seinen Geruch ertragen würde, ohne endgültig wahnsinnig zu werden. Nicos Schritte kamen näher, dann hörte ich den Lichtschalter. Es war jetzt stockdunkel. Ich hörte seinen Atem, als er sich neben mich legte. Na großartig! Mein Herz pochte heftig gegen meine Brust. Ich war mir fast sicher, dass er es hören musste. Seine Bettdecke raschelte, und er räusperte sich. Wieder sein Geruch. Mit offenen Augen starrte ich in die Dunkelheit und wartete darauf, dass sein Atem endlich gleichmäßig wurde und er sich nicht mehr bewegte. Ich wusste, dass ich es nicht schaffen würde, einzuschlafen, bevor er es nicht tat.

BING.

Hä? Wie war das möglich? Wie konnte mein Handy Geräusche machen, wenn ich doch gar keinen Empfang hatte? Ich bewegte mich nicht.

BING.

Möglichst geräuschlos streckte ich meinen mit Einhörnern bedeckten Arm unter der Decke hervor und nahm mein Handy vom Nachttisch.

Zwei Bluetooth-Nachrichten. Bluetooth-Nachrichten? Ich hatte noch niemals eine Bluetooth-Nachricht bekommen. Wie oldschool war das denn bitte? Mit einem Finger tippte ich darauf, um sie zu öffnen. Sie kam von einem Handy namens »Alex4president«.

Hi.

Schläfst du schon?

Wieso schrieb Alex mir bitte per Bluetooth? Na ja, nicht ganz dumm von ihm. Auch er konnte mich hier ja nicht unter meiner Nummer erreichen, und da er im Zimmer nebenan schlief, konnte er Bluetooth nutzen. Der Fuchs! Was wollte er bloß um diese Uhrzeit? War es sinnvoll, überhaupt zu antworten? Nicht, dass er diesmal wollte, dass ich mich für Selena Gomez' Mutter oder Shawn Mendes'

Oma ausgab, wo wir doch gerade so schön dabei waren, so zu tun, als sei ich die poplige Verwandtschaft irgendwelcher Popsternchen. Nico drehte sich um und schloss seine Kopfhörer an sein Handy an. Er hörte anscheinend irgendeine US-Hip-Hop-Mucke.

Meine Neugierde siegte, und ich entschied mich, Alex zu antworten.

Wie glaubwürdig fändest du es, wenn ich »Ja« antworten würde?

Die Antwort kam wenige Sekunden später.

So halb.

Was willst du, Alex?

Weißt du doch. Deine Seele

Ich wurde misstrauisch. Das war niemals Alex.

Wer bist du?

Mister Arschloch, aka verwöhnter Vollidiot, aka der Typ mit dem Pandafetisch.

Oh bitte. Nicht wirklich jetzt, oder?

Ernsthaft? Du überbrückst die zwanzig Zentimeter zwischen uns mit Bluetooth?

Siehst du, jetzt sagst du also doch, dass da was zwischen uns ist. Ich wusste es!

Ich gab mir alle Mühe, nicht zu lachen. Neben mir blieb es ruhig. Nur die leise dumpfe Musik war zu hören.

Ja, zwanzig Zentimeter, blaue Schallwellen und eine Menge Vorurteile.

Jetzt hörte ich es doch. Nico tippte.

Nicht Schallwellen. Bluetooth funktioniert ja über Funkwellen.

Ich verdrehte die Augen.

Ist den Medien bekannt, was du für ein Klugscheißer bist? Falls nicht, hätte ich endlich die Story, nach der ich hier für die Presse suche. Ich werde reich! Whooohooo!

Jetzt spürte ich auf der Matratze, dass auch Nico stumm lachte.

Ich denke auch. Mission accomplished, congrats!

Ja, jetzt, wo es zwischen uns gefunkt hat und ich endlich meine Story hab, würde ich dann gerne schlafen.

»Ist das so?«

Nicos Stimme ließ mich zusammenzucken. Ich drehte mich langsam zu ihm um und sah ihm direkt in die Augen. Es war zwar dunkel, aber der Schnee reflektierte die Lichter des Hotels, sodass ich Nicos feine Gesichtszüge erkennen konnte. Ich spürte, wie es in meinem ganzen Körper zu kribbeln begann. Sosehr ich mich auch dagegen wehrte, gegen die Charmeoffensive dieses Kerls hatte ich offenbar keine Chance. Ich schwor mir, dass er das auf keinen Fall merken durfte.

»Ob es so ist, dass ich schlafen will? Definitiv.« Ich gab mir Mühe, überzeugt zu klingen.

Dabei war ich mir da gar nicht mehr so sicher. Ich wusste zwar beim besten Willen nicht, wo das hier hinführen sollte, aber jetzt einzuschlafen, würde bedeuten, dass der nächste Tag genauso merkwürdig beginnen würde, wie dieser hier gerade endete.

»Na dann, gute Nacht, Cheesy«, murmelte Nico und schloss die Augen demonstrativ.

»Cheesy??? Woher weißt du das? Langsam glaube ich,

du spionierst *mir* hinterher und nicht andersrum. Woher kennst du diesen Namen?«

Ich setzte mich hin und funkelte ihn wütend an. Aber Nico legte nur einen Arm über seinen Kopf und lachte herzlich. Dabei rutschte seine Decke ein Stück nach unten und gab die Sicht auf seinen durchtrainierten und sicher mit modernster Superstar-Technik völlig haarfrei gelaserten, unverschämt braun gebrannten Oberkörper frei. Holy shit.

»Ist es wirklich nötig, dass du ohne T-Shirt neben mir schläfst?«

Nico grinste mich an. »Mein Einhornpyjama war grad nicht zur Hand, Cheesy!«

Ich verengte meine Augen zu engen Schlitzen.

»Vielleicht solltest du deinem Handy einen anderen Namen geben, wenn ›Cheesy‹ so wahnsinnig geheim ist.«

»Mein Handy heißt nicht Cheesy.«

»Richtig. Cheesy heißt es nicht. Es heißt: Nennmich-Cheesy.«

Stöhnend ließ ich mich wieder in das riesige Federkissen fallen. »Hier ist ein kostenfreier Tipp für dein Leben: Falls du Meral jemals wieder begegnen solltest: Lass sie niemals mit deinem Handy allein. Danach hat es komische Namen. Oh, da fällt mir ein, dass deines ›Alex4president‹ heißt. Vergiss den Tipp. Sie könnte es nicht schlimmer machen.«

»Wer ist Meral?«

Natürlich. Wieso sollte sich Herr Superwichtig auch daran erinnern?

»Vergiss es.«

»Alles klar, Cheesy. Gute Nacht.«

Die Ruhe nach seinem »Gute Nacht« kam plötzlich. Im Grunde war es nicht einmal wirklich ruhig, aber es fühlte sich so an. Nicos Kopfhörer lagen zwischen uns, und ich erkannte »Gravity« von John Mayer. Die Geschwindigkeit meines Herzschlags überholte das regelmäßige leise Ticken des gedämpften Schlagzeugs. Nicos Blick war noch immer auf mich gerichtet, und die Linien auf seinem Gesicht sahen im schwachen Licht noch klarer aus als im Hellen, seine dunklen Augen noch schwärzer, noch durchdringender als am Tag. Ich schloss meine Augen, um ihnen zu entkommen, aber ich spürte Nicos Nähe. Meine Brust wurde eng, und mein Herz hörte einfach nicht auf, viel zu schnell zu pochen. Ich hoffte, dass auch er die Augen wieder schloss und dieser Moment einfach nur vorüberging, denn ich hielt die Spannung zwischen uns kaum aus. Ob er das auch spürte? Das hier, was auch immer das gerade zwischen uns war, kam so plötzlich. Eben noch hatte ich gehofft, er würde auf dem Sofa schlafen, und jetzt schienen selbst die wenigen Zentimeter zwischen uns unerträglich. War es wegen John Mayer? War es dieser durchdringende Blick oder die Sorge um ihn im Schnee? Vielleicht auch sein provokantes Lachen?

Ich konnte es nicht sagen, aber ich fühlte mich zu Nico hingezogen wie ein Magnet zu seinem Gegenpol. Lucifer, dachte ich. Er ist wie Lucifer, und ich sollte hier so schnell wie möglich verschwinden. Aufs Sofa. Ich sollte wieder aufs Sofa gehen.

In diesem Moment fühlte ich plötzlich seinen warmen Atem auf meiner Haut und seine Hand, die sich vorsichtig in meine Haare grub. Die Welt drehte sich schneller, und mein Bauch kribbelte, als würde ich auf einer steilen Rutsche in Richtung Abgrund schlittern. Nico kam immer näher. Seine Lippen fühlten sich weich und warm an. Weich, warm und drängend. Ohne dass ich etwas tat, verschmolzen sie mit meinen. Unter meinem Arm spürte ich die Kopfhörer und hörte wie von Weitem Adele, wie sie begann, »When we were young« zu singen. Nicos Hand hielt mich fest. Warum hörte jemand wie Nico Adele? Ich sollte jetzt sofort aufs Sofa gehen. Ich hätte gehen sollen, bevor er, bevor ich ... Zaghaft legte ich meine Hand auf Nicos Rücken und spürte, wie seine Muskeln sich unter meiner Berührung zusammenzogen. Es fühlte sich so an, als würden wir uns drehen, während die Welt um uns in Zeitlupe einfror. In meinem Kopf explodierten tausend Gedanken, dann kehrte endlich Stille ein, bis Nicos Lippen sich zögernd von meinen lösten und ich die Augen öffnete. Sein Gesicht war nur wenige Zentimeter von meinem entfernt, und ich konnte den Blick nicht von seinem vollen Mund abwenden. Seine schön geschwungenen, leicht geöffneten Lippen, die mich gerade einfach so geküsst hatten und den Anschein erweckten, als würden sie sich jeden Moment wieder auf meine pressen.

Aber das taten sie nicht.

Stattdessen flüsterten sie: »Entschuldige bitte.«

Es war noch dämmrig, als ich aufwachte, und es dauerte einen Moment, bis ich begriff, was gestern passiert war. Die Nachrichten, John Mayer, Adele und der Kuss. Nico Simon hatte mich geküsst! Unwirklich wie ein Traum kehrte die Erinnerung nur langsam in mein verschlafenes Gehirn zurück. Und dann wusste ich es plötzlich wieder. Er hatte sich entschuldigt. Entschuldigt für den schönsten Kuss, den ich in meinem ganzen Leben je bekommen habe. Und auch wenn ich selbst nicht erklären konnte, wie das hatte passieren können, eine Entschuldigung war das Letzte gewesen, was ich danach hatte hören wollen. Entschuldigungen folgten auf Fehler. Und Nico war niemand, der sich für kleine Fehler entschuldigte.

Wo war er überhaupt schon wieder? Mir fiel mein Einhornpyjama ein. Nach allem, was heute Nacht passiert war, wollte ich noch viel weniger, dass er ihn sah. Zu meinem Koffer waren es nur ein paar Schritte und dann noch ein paar Meter zum Badezimmer. Und wenn er dort im Badezimmer war? Ich drehte mich vorsichtig um.

Er war nicht im Bad. Er lag noch immer neben mir, die Augen geschlossen, die dunklen wilden Locken auf dem weißen Stoff des Kopfkissens. Ich starrte auf seine Lippen und gab mich für einen Moment der Erinnerung an ihren Geschmack hin. Gott, das durfte nicht sein. Nico hatte recht. Es war ein Fehler! Gestern war er für einen Moment einfach nur ein Junge gewesen. Zwar einer, den ich nicht verstand und der ganz sicher eine Spur zu arrogant und undurchschaubar war, aber jetzt, hier im Licht, traf mich sein Anblick wie ein Schlag. Die ganzen Tage hatte es mich nicht interessiert, wer er in den USA war. Dabei hatte ich genug Videos auf YouTube gesehen, um zu wissen, dass er recht gehabt hatte, als er von den Mädchen gesprochen hatte, die alles geben würden, um mit ihm hier zu sein. Wieso hatte ich ihn für eingebildet gehalten? Er hatte sich nichts eingebildet. Es war die Wahrheit. Während sich für mich maximal ein Spargeltarzan wie Steffen interessierte, träumten sich Tausende Mädchen in genau diesem Moment neben Nico, in dieses Bett. Diese Erkenntnis traf mich wie ein Fausthieb in die Magengrube. Bewegungslos lag ich neben ihm, starrte ihn an und wusste plötzlich, wofür er sich entschuldigt hatte. Im Gegensatz zu mir war ihm wohl klar gewesen, wie es sich für mich anfühlen würde am nächsten Morgen.

Ganz leise und vorsichtig flüchtete ich aus dem Bett und schlich auf Zehenspitzen zu meinem Koffer, auf den Hazel eine Leggins aus Lederimitat und ein langes Oberteil gelegt hatte. Daneben standen halbhohe Wildlederstiefel mit einem Keilabsatz.

Seufzend schnappte ich die Sachen und trippelte mit ihnen ins Badezimmer.

Als ich in den engen Leggins, den hohen Schuhen und mit einer Hochsteckfrisur aus dem Bad kam, war Nico weg. Auch seine Kosmetiktasche, die eben noch auf dem Nachttisch gestanden hatte, fehlte. Wahrscheinlich war er in den Spa-Bereich geflohen, und ich konnte wirklich nicht sagen, ob ich erleichtert oder enttäuscht war.

Es war schon nach acht. Der Flieger würde um elf starten. Konzentriert sammelte ich all meine ungetragenen Klamotten auf, die ich gestern aus meinem Koffer geschmissen hatte, und fragte mich, ob ich die neuen Kleider, die Hazel mir gekauft hatte, eigentlich behalten durfte. Sie waren traumhaft und bestimmt sündhaft teuer gewesen. Auch wenn ich mir in ihnen nicht gefiel, Meral würde ausflippen, wenn ich sie ihr schenken würde.

Pyjama, Kosmetiktasche, Shampoo in der Dusche, die drei Haarnadeln auf dem Nachttisch. Ich lief kreuz und quer durch den Raum und las all die Dinge auf, die ich hier verteilt hatte. Dabei versuchte ich, nicht nachzudenken, und ignorierte den Drang, das Bild auf dem Schreibtisch zu betrachten, das Nico von mir gemalt hatte. Es lag noch immer offen dort.

Ich zählte alle Gegenstände, die ich einpackte, auf. Die Ablenkung funktionierte. Nur manchmal, wenn meine Gedanken sich doch für einen Augenblick verselbstständigten, erschauderte ich kurz. Nein, ich wollte wirklich nicht darüber nachgrübeln, wie es gleich sein würde, im Flugzeug, neben Nico. Nur er und ich und zwischen uns dieser Kuss, den ich nicht hatte kommen sehen. Und den ich auch jetzt noch nicht verstand.

Irgendwann hatte ich alles in meinem Koffer verstaut. Die neuen Sachen hatte ich in einen Stoffbeutel gepackt. So könnte ich sie zurückgeben, wenn sie das erwarteten. Die Leggins und das Oberteil, die ich gerade trug, würde ich dann wohl schicken müssen, denn Hazel wollte die Fake-Abschiedsszene auf keinen Fall in meiner Jeans drehen. Ihr Naserümpfen hatte mehr darüber ausgesagt, was sie von meinen Klamotten hielt, als es jeder Kommentar hätte tun können. Bevor ich das Zimmer verließ, in dem überall verstreut noch Hoodies, Hosen, Schuhe und Zettel von Nico rumlagen, blieb ich kurz stehen und sah aus dem riesigen Fenster. War es nicht verrückt, dass man sich an die Schönheit dieses Anblicks einfach gewöhnte? Ich ging zu dem kleinen Fenster, das man öffnen konnte, und legte den Griff quer. Eiskalte Luft und der Geruch von frischem Schnee schlugen mir entgegen. Heute Nacht hatte es geschneit, nur ein paar neue Fußstapfen waren zu sehen, es glitzerte in allen Farben, und das reflektierte Licht blendete meine Augen. Das hier war wirklich unglaublich! Mit meinem Handy machte ich ein Selfie von mir und den weißen Bergen im Hintergrund. Auch wenn ich das Bild nicht jetzt losschicken konnte, vom Flughafen aus könnte es klappen, und Meral würde sich sicher freuen. Ich atmete noch einmal tief ein, schloss dann das Fenster und verließ unser gemütlich warmes Zimmer.

Es war so merkwürdig. Obwohl ich gerade erst anfing, mich an Nicos Welt zu gewöhnen, war dies schon das Ende unserer gemeinsamen Zeit. Ab morgen würde ich seine Stimme nur noch im Radio hören. Und ich würde mich sicher weiter fragen, warum er das getan hatte.

Ich setzte mich mit einem Brötchen, Nutella und einem Orangensaft vom Büfett zu Hazel, Alex und den Jungs an den Frühstückstisch. Hazel nickte mir nur einmal zu und unterhielt sich weiter mit Andrew. Mit Menschen wie mir gab sie sich vermutlich nur ab, wenn sie es musste. Oder wenn Nico in der Nähe war.

Alex hing schon wieder am Telefon und sprach auf jemanden am anderen Ende ein, bis dieser sich offensichtlich geschlagen gab und Alex seinen Willen bekam. So ein Mensch war Alex. Einer, der bekam, was er wollte, weil er begriff, wie man die anderen am besten manipulierte. Bei mir war es Geld gewesen, das mich dazu gebracht hatte, zu tun, was er wollte. So armselig das auch war.

»Hey, wo ist Nico?«, fragte Alex, nachdem er aufgelegt und sich selbstzufrieden nach hinten gelehnt hatte.

»Ich weiß es nicht.«

Mein Gott, warum guckte er so erwartungsvoll? War ich etwa Nicos Babysitter?

»Er ist nicht im Zimmer?«

Weil ich gerade ein Stück Brötchen abgebissen hatte, antwortete ich mit einem Kopfschütteln. Alex sah hinter mir zum Büfett, und sein Gesicht entspannte sich. Ach verdammt, das konnte nur eines heißen. Ich spürte, wie ich schon errötete, ohne dass ich ihn sah. Das Wissen um seine Anwesenheit reichte aus, um mich völlig aus dem Konzept zu bringen. Auch wenn mein Konzept im Grunde nur darin bestand, ein Brötchen zu zermalmen und dabei nicht nachzudenken.

NICO

Ich konnte ihr nicht komplett aus dem Weg gehen. Mir war schon klar, dass ich mich noch von ihr verabschieden musste, aber auf diesen Punkt in der Tagesordnung hätte ich auch gut verzichten können. Ich war auf jeden Fall froh, dass Alex meinen Flug umgebucht hatte und ich nicht mit ihr nach Hamburg, sondern für einen Dreh nach Köln flog. Ob sie es wusste? Also, dass sie alleine fliegen würde? Das gefiel ihr bestimmt nicht, so verkrampft, wie sie auf dem Hinflug in ihrem Sessel gesessen hatte. Ich schaufelte mir Proteinbomben auf meinen Teller und vermied es, mich nach ihr umzusehen. Lachs, Hähnchenbrust, Rührei. Bestimmt saß sie längst irgendwo hier. Neben das Rührei legte ich Obst. Melonen im Herbst. Bestimmt ekelhaft. Aber das war keine Frage der Lust, sondern eine Frage der Disziplin. Ich musste fünf Mal die Woche Krafttraining machen, und mein Fettanteil durfte nicht über acht Prozent steigen, so stand es im Vertrag. Das hatte zwar noch nie jemand nachgeprüft, aber eigentlich war es ja auch nicht schlecht, diesen Anreiz zu haben, sich nicht sinnlos mit Kohlenhydraten vollzustopfen. Mein Körper gefiel mir, und mir gefiel seine Wirkung auf andere.

Ohne dass ich sie sah, spürte ich Leas Anwesenheit. Ein Mädchen, das von mir erwartete, dass ich irgendetwas sagte oder tat, weil es nicht wusste, was das zwischen uns bedeuten sollte. So gut ich diese Situation auch kannte, sie nervte immer wieder. Die Frage, die unsichtbar im Raum stand, hatte eine einfache Antwort, die ich so aber niemals gab: Nichts hatte das zu bedeuten. Gar nichts. Oder allerhöchstens, dass es einen Moment gab, in dem mich irgendetwas interessiert hatte. Zum Beispiel, wie es sich anfühlen würde. Oder wie sie reagieren würde. Enttäuschenderweise fühlte es sich meist gleich an. Und sie reagierten auch alle gleich. Mit einem Schaudern, einem ergebenen Lächeln und diesem Blick, in dem ein fragender Ausdruck mitschwang. Immer derselbe. Auch in Leas Augen war er gestern aufgeblitzt, was mich ehrlich gesagt ein bisschen ernüchtert hatte. Irgendwie hatte ich was anderes erwartet. Vermutlich hatte ich nicht mal gedacht, dass sie es zulassen würde. Das war wohl auch der Reiz gewesen, es zu versuchen. Es war schon lange her, dass ich mir mal nicht sicher gewesen war. Ich knutschte ziemlich häufig mit irgendwelchen Mädels. Meist auf Partys, und es war immer schon vorher klar, dass sie es auch wollten, was auf Dauer etwas langweilig wurde. Bei Lea war ich mir tatsächlich nicht sicher gewesen. Sie hatte meine Theorie über die Berechenbarkeit von Frauen kurzzeitig auf den Kopf gestellt. Und das wäre auch so geblieben, wenn sie mich nicht so angesehen hätte. Eine Ohrfeige hätte mich auf jeden Fall mehr beeindruckt als dieser Blick. Ehrlich mal, was dachte sie sich? Dachte sie wirklich, dass wir heute aufwachen und erst mal ’ne Runde kuscheln würden? Ganz bestimmt nicht.

Ich war lange vor ihr wach gewesen und hatte mich schlafend gestellt, als sie aufwachte. Nachdem sie sich ins Badezimmer verkrümelt hatte, war ich mit meinen Sportsachen aus dem Zimmer geschlichen, hatte mir an der Rezeption eine Zahnbürste geholt und war raus in den Schnee joggen gegangen. So, und jetzt war also der Moment da, in dem wir uns nicht mehr aus dem Weg gehen konnten. Ich drehte mich um und sah Alex winken. Lea hob den Kopf, wendete sich aber nicht zu mir um. Ich sah schon ihrer Frisur an, dass sie sich keine große Mühe gegeben hatte heute Morgen. So war das also. Sie wollte mich ignorieren? Das wollten wir doch mal sehen. Ich schlenderte auf sie zu und beugte mich zu ihr herunter, bis mein Gesicht ihres berührte.

»Good morning, little sis.«

Ich hauchte ihr einen Kuss auf die Wange, und ihr Nacken versteifte sich unter meiner Hand. Sie erwiderte meinen Gruß höflich und wand sich, bis ich von ihr abließ.

»Na, was Schönes geträumt?«, fragte ich und ließ meinen Blick auf ihr ruhen. Sie errötete sichtlich, verzog ihr Gesicht zu einer genervten Grimasse und warf Alex einen verunsicherten Blick zu. Der war aber zu beschäftigt mit seinem Handy, um irgendwas mitzukriegen. Dann sah Lea sich angewidert meinen Teller an.

»Modelfrühstück, oder was?«, fragte sie. Offensichtlich hatte sie ihre Fassung zurück. Wollten wir doch mal sehen, wie lange.

»Klar. Und du so?« Ich deutete auf ihren Teller, auf dem noch ein halbes Weizenbrötchen mit Nutella lag.

»Ich bevorzuge Frühstück, das schmeckt.« Sie nahm einen kräftigen Biss und schloss genüsslich die Augen.

»Na ja, die kleinen Speckbäckchen stehen dir ja auch irgendwie«, sagte ich und knuffte ihr in die Wange. Da war es wieder, das kurze Zucken. Es waren meine Berührungen, die sie durcheinanderbrachten. Gott, warum reizte es mich so sehr, mit diesem Mädchen zu spielen?

»Speckbäckchen, ja?«, antwortete sie, als sie aufgekaut hatte. »Sagt der Mann, der in seiner Umkleide eine Jahresration Gummibärchen hortet.«

Da hatte sie nicht ganz unrecht. Egal, wo ich war, in fast jeder Garderobe legte man mir massenweise Süßigkeiten hin. Meist rührte ich das Zeug aber nicht an.

»So, hast du gepackt?« Alex sah nicht mal von seinem Handy auf und tippte weiter, während er Lea fragte.

»Nein, ich … Jetzt schon?«

»Ja, na sicher jetzt schon, das Taxi steht schon draußen und wartet.«

Lea riss fast ihren Stuhl um, als sie aufsprang.

»Aber Nico. Was ist mit Nico? Seine Sachen sind noch alle …«

»Nico fliegt nicht mit. Keiner von uns fliegt mit. Wir müssen nach Köln.«

Lea sah mich an, so als erwartete sie, dass ich Alex widersprach. Mir blieb nichts anderes übrig, als mit den Schultern zu zucken. Ich konnte nichts tun, und ganz ehrlich, ich war ja wohl auch echt nicht dafür verantwortlich, dass sie mit ihrer Flugangst klarkam. Ernsthaft, ich hatte sie sogar gewarnt. Ich hatte ihr gesagt, dass sie nicht herkommen sollte. Sie hatte es doch getan, und jetzt erwartete sie, dass ich ihr Händchen hielt auf einem gerade mal zweistündigen

Inlandsflug? Die Enttäuschung in ihren Augen war unübersehbar. Genau wie der Moment, in dem sie wütend wurde.

»Ihr merkt gar nicht mehr, wie krank das alles ist. Ihr merkt gar nichts mehr!«, schleuderte sie uns entgegen, und ihre Wangen wurden ganz rot. Kurz sah es so aus, als ob sie gehen wollte, aber dann machte sie einen Schritt auf mich zu. Ohne es zu wollen, wich ich ein paar Zentimeter zurück. Wütende Frauen sollte man nicht unterschätzen. Schon gar nicht, wenn man ihnen zu nah gekommen war, denn das schien sie noch unberechenbarer zu machen. So viel hatte ich in meinen achtzehn Jahren Lebenserfahrung gelernt.

»Können wir kurz alleine sprechen?«

Ich nickte widerwillig. Alter, wie ich diese Unterhaltungen hasste. In meinem Kopf legte ich mir die vertrauten Worte zurecht: *Ich wünschte, ich könnte dich näher kennenlernen. Leider lässt das mein Job nicht zu. Ich muss mich an Verträge halten. Du wärst es wert, aber ich kann nicht.* Blabla, Herzschmerz und Bla.

Wir gingen ein Stück zur Seite, und ich spürte Alex' Blick. Er ahnte sicher, dass etwas zwischen uns gelaufen war, und das hieß er bestimmt nicht gut. Wäre Lea die Cousine von Beyoncé oder die uneheliche Tochter von Arnold Schwarzenegger, wäre er voll dabei gewesen. Alex hatte nichts gegen Medienskandale, im Gegenteil, er liebte es, sie wie unaufhaltsame Tsunamiwellen auf sich zurollen zu sehen und sie dann so zu dirigieren, dass ich in ihrem zwielichtigen Schatten am Ende besser aussah als je zuvor. Das war sein Talent, darauf verließ er sich, und ich auch.

Aber meine eigene Schwester – das war schätzungsweise sogar für Alex eine Nummer zu groß. Daran hatte ich gestern ehrlich gesagt nicht gedacht.

Lea stand vor mir und rang nach Worten. Ich wartete, bis sie so weit war, meine Hände tief in die Taschen meiner Jogginghose gegraben.

»Ich weiß, wer den Brief geschrieben hat!«

Ich musterte sie stumm und ausdruckslos, um Zeit zu gewinnen. Kurz überlegte ich, ihr die Wahrheit zu sagen. Aber irgendetwas hielt mich davon ab. Ich lehnte mich mit dem Rücken an die Wand und verschränkte die Arme vor der Brust. Dann lächelte ich sie an. Im Grunde war es egal, was ich sagte. In ein paar Minuten war sie verschwunden, und ich würde sie nie wieder sehen.

»Ich weiß nicht, von welchem Brief du sprichst. Und jetzt solltest du dich beeilen, Schwesterchen.«

Ihre Augen flackerten mich wütend an. Sie schien zu überlegen, was sie darauf antworten sollte, doch ihr schien nichts einzufallen. Vielleicht hatte sie auch Angst, den Flieger zu verpassen.

Lea holte tief Luft und blies sich wütend eine Strähne aus dem Gesicht.

»Weißt du was? Du bist schön, ja, das bist du. Aber es ist ziemlich kurz gedacht, sich nur darauf zu verlassen. Ich hatte wirklich gehofft, dass du ihn geschrieben hast. Denn wenn ich ehrlich sein darf, war dieser Brief das Einzige an dir, was ich mochte.«

Ohne sich zu verabschieden, drehte Lea sich auf dem Absatz um und lief den Gang hinunter.

»Zicke«, stöhnte Alex.

Ich schaute ihr hinterher und hatte große Lust, Alex eine zu zimmern.

»Shut up, Alex«, knurrte ich und ging dann nach draußen, um eine zu rauchen.

LEA

Die sechzehn Grad, die mir in Hamburg beim Aussteigen entgegenschlugen, kamen mir total unwirklich vor. Knappe drei Tage hatten gereicht, um mich an den Winter zu gewöhnen. Jetzt stand ich hier, und was mir vor ein paar Tagen noch viel zu kalt erschien, fühlte sich auf der Haut nach Frühling an. Die Sonne stand tief und blendete mich. Ich hatte am Flughafen noch eine Weile im Café gesessen. Nicht lange, aber doch lange genug, um mich so verrückt zu machen wegen des Fluges, dass ich schon zitternd eingestiegen war.

Erst war ich wütend gewesen auf Nico. Ich hatte meine Hände in die Armlehne gekrallt und ihn in Gedanken zerlöchert wie eine besonders bemitleidenswerte Voodoopuppe. Aber dann hatte ich an seine Jacke gedacht, die er im Schnee ausgezogen hatte. An sein armseliges Frühstück. An Alex' Befehlston. Es war im Grunde eher traurig als ärgerlich, zu sehen, was für ein Leben er hatte und wie wenig Einfluss er darauf eigentlich nahm. Nico machte anscheinend immer, was Alex ihm sagte.

War es nicht absurd?

Ein Haufen Mädels wünschte sich an die Seite eines Kerls, der letzten Endes nicht mehr war als die Marionette eines Verrückten. Einer, der Alex' Anweisungen immer wichtiger nahm als seine eigenen Dinge. Wichtiger als seine echte Schwester, wichtiger als seine Gesundheit. Er war im Grunde ein profilloser Niemand in schneeweißen Sneakers.

Allerdings ein Niemand, der so küsste, dass man die Welt vergaß … Der Briefe schrieb, die einen mitten ins Herz trafen …

Der Gedanke zwängte sich schon wieder in mein müdes Hirn, und ich spürte sofort, wie mir heiß wurde. Gott verdammt, warum hatte er das mit dem Kuss bloß machen müssen?

Noch ganz benommen von der Panik, die sich bei der Landung in mir ausgebreitet hatte, folgte ich gemeinsam mit einem Menschenstrom den Schildern, die mich zum Gepäckband führten. Es war wirklich nicht schwer, zu fliegen. Wenn man tat, was alle anderen taten, konnte man eigentlich nicht falschliegen. Auf jeden Fall war es leichter, als sich mit einer Popsternchen-Marionette und seinem überheblichen Puppenspieler abzugeben. Ich versuchte, mich von dem Gedanken an Nico abzulenken, indem ich Meral das Schneeselfie von mir schickte. Ruckelnd setzte sich neben mir das Gepäckband in Gang und spuckte einen Koffer nach dem anderen aus. Meiner war zum Glück einer der ersten.

Ich sah Max im Foyer stehen, bevor er mich entdeckt hatte. Er hatte sich hinter der riesigen milchigen Glasscheibe postiert, die Hände in den Jackentaschen, und wippte mit seinen Füßen hin und her. Oh shit, was machte der denn hier? Warum hatte er mir nicht Bescheid gesagt? Mir blieben nur wenige Sekunden, um über eine Erklärung nachzudenken, warum Meral nicht bei mir war und warum ich Klamotten trug, die man mir unter normalen Umständen nicht einmal unter Todesdrohungen hätte aufzwingen können. Natürlich fiel mir rein gar nichts ein. Dann sah er mich schon. Sein Strahlen traf mich wie ein strafender Blitz mitten ins Herz. Es war furchtbar: Er lachte mich glücklich an, und ich wünschte, er wäre nicht gekommen. Ich war noch nicht bereit, ihm die Wahrheit zu sagen. Nicht jetzt, nicht direkt nach diesem Wochenende.

Mit klopfendem Herzen ging ich durch die Schiebetür und auf ihn zu. Dabei gab ich mir große Mühe, meine Nervosität zu verbergen.

»Überraschung!«, rief Max und posierte, als sei er Kim Kardashian auf einem roten Teppich. Das sah so bescheuert aus, dass auch ich lachen musste.

»Du bist peinlich, Papa!«

Max nickte zufrieden. »Na, das ist ja auch meine primäre Aufgabe als Vater einer Sechzehnjährigen, oder hab ich da was falsch verstanden?«

»Nein, du liegst genau richtig«, gab ich seufzend zurück und setzte mich mit meinem Rollkoffer in Bewegung. Ich musste Max unbedingt ablenken, bevor ihm auffiel, dass Meral fehlte. »Papa, wusstest du, dass Heiraten gefährlicher ist als Fliegen? Die Wahrscheinlichkeit, vom eigenen Ehepartner ermordet zu werden, ist viel höher als die, bei einem Flugzeugabsturz zu sterben. Krass, oder?«

»Na, dann hab ich ja alles richtig gemacht!«, sagte Max trocken. Ich konnte nicht sagen, ob in seiner Stimme tatsächlich ein bisschen Traurigkeit mitschwang oder ob ich es mir nur einbildete.

Abrupt blieb Max stehen. Natürlich hatte er es bemerkt. Für dumm verkaufen konnte man Max nicht.

»Sag mal, willst du nicht auf Meral warten?«

»Hmm?«

Meine Hirnwindungen liefen auf Hochtouren.

»Na, du wirst ja wohl nicht alleine in die Alpen geflogen sein.« Max lachte. »Ich kann Meral natürlich auch nach Hause bringen. Wo steckt sie denn?«

»Ach so, Meral, klar«, stotterte ich. »Hast du die nicht gesehen? Die ist doch vor mir raus, wegen der Bahn.«

Max musterte mich misstrauisch. Ich musste weiterreden, bevor er den Schwachsinn hinterfragte.

»Na, also, sie wollte schon vorfahren, weil mein Koffer so lange gebraucht hat und ihre Eltern sich bestimmt Sorgen machen und weil ich auch noch auf Toilette muss...«

Meine Eile, eine Toilette finden zu müssen, musste ich nicht mal spielen. Wenn ich jetzt nicht schnell von Max wegkam und mir in Ruhe irgendein Thema zum Ablenken überlegen konnte, dann flog mit diesem Gestotter alles auf. Ich schob Max meinen Rollkoffer zu, trabte los in die Richtung, die ein großes Schild anzeigte, und drückte die Tür zu den unzähligen kleinen Toilettenkabinen auf. Ich eilte in die erstbeste Kabine und schloss die Tür hinter mir ab. Dann ließ ich mich auf den runtergeklappten Klodeckel sinken, der nach Desinfektionsmittel roch, und schloss die Augen. Der Geruch erinnerte mich an die Hoteltoilette, auf der ich mit Meral telefoniert hatte. Das war es also, was ich dieses Wochenende an Lebensweisheit mitnahm: Wenn man auf geschlossenen Klodeckeln saß, bedeutete das nichts Gutes. Letztes Mal war es das abgehörte Telefonat, und diesmal hatte ich mich so tief in Lügen verstrickt, dass die Schuld auf meinen Schultern mich zu erdrücken drohte. Ich fühlte mich erbärmlich. Max stand da draußen und wartete auf mich. Und vermutlich nutzte er die Zeit, um sich noch mehr Fragen auszudenken, die ich nicht beantworten konnte, denn Max war ein Meister im Fragen. Ihn anzulügen war irgendwas zwischen mutig und verdammt dämlich. Die Geschichte, die man ihm auftischte, dann nicht einmal ordentlich zu durchdenken, grenzte an absolute Dummheit. Ach verdammt. Das grenzte nicht nur an Dummheit, es übertraf alle Dummheiten, die ich mir je erlaubt hatte. Und das nur wegen dieses beschissenen Geldes. Wo hatte ich mich da bloß reingeritten?

Ich hatte Glück. Max hatte sich keine Fragen ausgedacht, sondern die echte Überraschung vor der Toilette drapiert. Als ich mich endlich dazu aufraffen konnte, wieder in die Ankunftshalle zu gehen, stand Max nicht mehr allein dort. Neben ihm warteten Oma und Opa auf das Ende meiner Klokrise. Ich fühlte, wie Tränen der Freude in meine Augen schossen, und rannte meiner Oma in ihre geöffneten Arme. Lange sog ich ihren so vertrauten Duft nach Niveacreme und gelagertem Brennholz ein und hielt sie so fest, wie ich nur konnte.

»Ich hab dich so vermisst, Oma«, schniefte ich in ihren Seidenschal. Es fühlte sich so gut an, jemandem in den Armen zu liegen, den ich nicht belogen hatte.

Die Fahrt über wollte mein Opa alles über die Schneeverhältnisse im Allgäu wissen. Während Max und meine Oma sich am liebsten über zwischenmenschliche Beziehungen unterhielten und Menschen analysierten, genoss mein Opa, dass er sich mit mir stundenlang über Belangloses unterhalten konnte. Wir sprachen über Höhenunterschiede und Druckausgleich, über Schneebeschaffenheit und die unterschätzte Sonnenbrandgefahr in den Bergen. Dann schimpfte Opa über idiotische Skifahrer, die Kopf und Kragen riskierten, über eitle Häschen, die sich mehr um die Farbe der Winterjacke scherten als um ihre Funktionalität und dann völlig verfroren schon mittags bibbernd in der Sauna saßen. Er hatte sich mit mir nach hinten gesetzt, und wir verdrehten die Augen, als wir hörten, wie Oma und Papa vorne über große Altersunterschiede in Beziehungen philosophierten. Ich war froh, dass sie mich nicht darüber ausfragten, wie es mit Meral gewesen war.

»Oh Gott«, stöhnte Meral wenig später in den Hörer, als ich ihr davon berichtete, dass Nico unser Telefonat mitgehört hatte. »Das ist ja wohl der Horror!« Sie konnte nicht aufhören zu lachen. »Mein Gott, was für ein Spacko!«

»So isses«, bestätigte ich sie und merkte, dass ich einfach nur auflegen wollte ... Normalerweise hätte ich jetzt den Spaziergang im Schnee in den schönsten Farben ausgemalt. Ich hätte ihr erzählt, wie assig Alex sich verhalten hatte und wie ich auf Nicos Anspielungen während des Interviews reagiert hatte. Und dann war da ja auch noch der Kuss ...

Sie hätte jeden einzelnen Satz davon gefeiert. Meral liebte Geschichten. Und ich liebte es, sie ihr zu erzählen.

Unsere Redezeit war meist ziemlich ungerecht aufgeteilt, was daran lag, dass sich in Merals Leben nicht so viele Dramen ereigneten wie in meinem. Gefühlt gab es bei ihr nur einen Gemütszustand, den man vielleicht optimistisch-zufrieden nennen konnte. Es gab Facetten davon, aber große Abweichungen hatte ich nur selten erlebt. Die Heulend-anrufen-Quote führte ich jedenfalls mit guten neunundneunzig Prozentpunkten an. Aber jetzt, in diesem Moment, wollte ich weder mit ihr feiern, dass ich das Geld zusammenhatte, noch wollte ich weiter mit ihr über dieses Wochenende sprechen. Ich konnte nicht sagen, wieso, aber ich war einfach unglaublich schlecht drauf.

»Hör zu, ich muss mal auflegen«, sagte ich, obwohl es eigentlich keinen Grund dafür gab, außer, dass ich es wollte. Oma und Opa hatten ihren Diaprojektor aus dem letzten Jahrtausend mitgebracht. Sie saßen mit Max im Wohnzimmer und zeigten damit Dias von ihrem letzten Spanienurlaub. Keiner erwartete, dass ich mir die ansah. Das hatte ich schon als Kleinkind gehasst, und die Aversion gegen die Winter'schen Diaabende hatte sich nie aufgelöst. Allein die Tatsache, dass sie heutzutage noch Dias entwickeln ließen! Und dass Oma und Opa seit Jahren immer wieder in dasselbe Haus im selben Ort zur selben Zeit fuhren, machte die Sache nicht gerade spannender. Trotzdem war es schön, zu wissen, dass sie da waren und genau das machten, was sie immer gemacht hatten. So wie früher. Ich spürte ihre Anwesenheit durch zwei geschlossene Türen hindurch. Aber das reichte dann auch.

Nach dem Auflegen setzte ich mich an den Rechner. Kurz

hatte ich den Impuls, mich selbst davon abzuhalten. Es war weder logisch noch vernünftig, aber ich konnte nicht anders. Ich öffnete YouTube, klickte einfach das nächstbeste Video an und starrte ihm auf die Lippen. Als er lachte und seine dunklen Augen mich direkt ansahen, konnte ich es nicht mehr ignorieren. Ich vermisste ihn. Und ich konnte das Gefühl seiner Lippen auf meinen einfach nicht vergessen. Ich hatte ihn die ganze Zeit schon heiß gefunden, wahrscheinlich gab es keine Frau in diesem Universum, die seinem Charme nicht erlegen wäre, aber jetzt fühlte es sich anders an. Es reichte mir nicht mehr, ihn auf YouTube anzusehen, um mich an seiner absurden Schönheit zu erfreuen. Ich vermisste ihn wirklich. Und ich wollte nicht wahrhaben, dass ich ihn niemals wiedersehen würde, wenn ich nicht gerade Konzerttickets kaufte oder ihm wie all diese Groupies auflauerte. Ich hatte nicht mal seine Handynummer. Ich wusste nur, dass sein Handy »Alex4president« hieß, aber das nutzte mir herzlich wenig, wenn er nicht direkt neben mir lag und wir über Bluetooth schreiben konnten. Und selbst wenn ich seine Nummer gehabt hätte, wäre da immer noch das kleine Detail, dass er ein Arschloch war, dass er mich angelogen hatte und sein Kuss für ihn nicht mehr als einen Irrtum darstellte.

Seufzend ließ ich mich auf die Schreibtischplatte sinken, während Nico im Video einer quietschenden Brünetten, die nur einen Bikini trug, hinterherjagte und dann einen Eimer eiskaltes Wasser über sie goss. Ich hasste sie. Und dafür gab es nur eine einzige Erklärung.

Ich hatte mich verliebt.

Natürlich habe ich es ihr am Ende doch erzählt. Ich musste, denn erstens wäre sie sonst wirklich sauer gewesen, und zweitens war es nicht so einfach, mir Nico aus dem Kopf zu schlagen. Ich brauchte Meral. Es war wie ein Spuk. Nico schien mich auf Schritt und Tritt zu verfolgen. Drei Tage nach dem Wochenende fing es mit einem Plakat vor REWE an. Nicos Gesicht grinste mich im wahrsten Sinne des Wortes von oben herab an. Sogar die selbstgefälligen kleinen Grübchen, die mir so vertraut waren, gab es gratis zu seiner überdimensionalen Visage dazu. Allerdings war jedes dieser Grübchen ungefähr so groß wie mein Unterarm. Fantastisch! Auch der Fakt, dass Nico ziemlich platt gedrückt auf einer Litfaßsäule klebte und derjenige, der ihn angeklebt hatte, die beiden Teile ein bisschen versetzt aneinandergeklatscht hatte, konnte mich nicht daran hindern, unter Nicos schiefem Blick rot zu werden. Selbst falsch zusammengeklebt sah dieser Mistkerl noch schön aus.

Das Plakat läutete eine ganze Verfolgungsserie ein. Ich sah ihn in der Zeitung, die Max auf dem Tisch hatte liegen lassen – *Hamburgs heißester Export ist zurück!* –, auf Werbeplakaten in der U-Bahnstation – *Nico Simon live in Hamburg* – und ich hörte seinen Namen in den Veranstaltungstipps von Radio Hamburg. Er sang in Max' Auto, im Café, im Supermarkt. Ja, Hamburg war stolz auf den norddeutschen Stern am US-Pop-Himmel, das war mittlerweile bei jedem Einwohner Hamburgs inklusive des Speckgürtels angekommen. Yay.

Ich hatte das Gefühl, keinem anderen fiel auf, dass man kaum aus dem Haus gehen konnte, ohne über seinen Blick oder seine Stimme zu stolpern. Ich aber merkte es deutlicher, als mir lieb war. Jedes Mal, wenn er mir begegnete, zog sich mein Magen zusammen, und es fühlte sich so an, als wäre er wirklich da. Natürlich war das Schwachsinn, das war mir schon klar, aber mit Popstars hatte mein Gehirn noch zu wenig Erfahrung, um schnell genug zu schalten. Es war aussichtslos, meinem Nervensystem den Unterschied zwischen dem echten Nico und dem Litfaßsäulen- und Radio-Nico beizubringen. Zu allem Überfluss hatten Carina, Janne und Sophie aus meiner Klasse Nico für sich entdeckt. Mike Singer schien über Nacht uninteressant geworden zu sein. Ich hatte diesen Starhype nie wirklich verstanden. Und jetzt? Jetzt ertappte ich mich manchmal dabei, wie ich in die Nähe der drei schlenderte, um wie zufällig ihre Gespräche über Nico zu verfolgen. Meral war auch keine große Hilfe im Kampf gegen meine eigene Besessenheit, denn sie war kaum besser als ich. Sie wollte nicht einsehen, dass Nico diesen Kuss mit Sicherheit längst vergessen hatte. In ihren Augen war ich der Traum seiner schlaflosen Nächte. Für Nicos beschissene Aktionen hatte sie hunderttausend Ausreden, und ich hatte fast den Eindruck, dass sie ein bisschen neidisch war auf das, was ich erlebt hatte.

Ich selbst hätte, um ehrlich zu sein, darauf verzichten können. Zwar hatte ich jetzt das Geld zusammen, um Charly zu suchen, aber ich hatte bisher noch immer nicht mit Max geredet. Die große Beichte stand mir noch bevor.

Und auch wenn mein Kontostand mich in einen kurzen Taumel versetzt hatte, so richtig darüber freuen konnte ich mich nicht mehr. Es war stinkendes Geld. Stinkendes Geld, das ich erst einmal erklären musste. Je länger ich das Gespräch vor mir herschob, desto mehr bezweifelte ich, dass ich es überhaupt behalten durfte. Und als ob das nicht alles genug wäre, gelang es mir auch einfach nicht, einen einzigen Abend einzuschlafen, ohne an ihn zu denken. An ihn und Charly.

Es war mittlerweile auch hier in Hamburg schweinekalt geworden. Kalt, nass, stürmisch und ungemütlich. Seit ich nicht mehr arbeitete, hatte ich endlich mehr Zeit, mich wieder um meine Schulsachen zu kümmern oder mit Meral und Payam abzuhängen. Heute hatte ich nichts auf, und draußen stürmte es so abartig, dass ich keine Lust hatte, zu Meral zu laufen. Ich machte die Glotze an, mummelte mich mit einem Kakao auf dem Sofa ein und schaute die nächste Folge von »Lucifer«.

Mein Handy klingelte in meinem Zimmer. Ich dachte kurz darüber nach, es zu ignorieren, aber dann stoppte ich lieber doch die Folge und rannte hin.

»Winter, Brustimplantate vom Fachmann, was kann ich für Sie tun?«

Meral und ich meldeten uns immer bescheuert am Telefon. Aber heute lachte sie nicht.

»Geh sofort zum Fernseher und mach RTL an. Sofort, hörst du?«

»Gott, krieg dich mal wieder ein«, sagte ich gereizt, weil

Merals Tonfall nichts Gutes verhieß. Sie klang, als würde die Welt untergehen. Ich hoffte, dass sie übertrieb, und war gleichzeitig schon jetzt sauer, dass sie mich mit dieser Stimme so erschreckte. Ich sah in meinem Kopf schon mindestens dreiundzwanzig Kometen auf die Erde zurasen.

»Wir werden ja gleich sehen, wer sich wieder einkriegen muss«, gab Meral zurück, aber sie wirkte eher besorgt als kampfeslustig, was mich nun wirklich beunruhigte.

Was um Himmels willen ging es mich an, was auf RTL lief? Auf diese Frage gab es außer den Kometen im Grunde nur eine Antwort: Nico. Ich schluckte den Kloß herunter, der mir die Kehle zuschnürte, und hoffte, dass ich mit meiner Vermutung falschlag, gleich Nico mit einem anderen Mädchen zu sehen. Das war zwar besser als die Kometenalternative, aber trotzdem gefiel sie mir ganz und gar nicht. Natürlich wusste ich, dass es andere Mädchen in Nicos Leben gab, doch ich wollte sie nicht sehen. Und ich dachte eigentlich, Meral wüsste das. Mich anzurufen, war also ziemlich rücksichtslos. Zögernd schaltete ich von Netflix auf TV und dann RTL ein, so wie Meral es mir gesagt hatte.

Sprachlos starrte ich auf den Bildschirm. Ich hatte richtiggelegen, als ich an Nico gedacht hatte. Ich hatte auch richtiggelegen mit der Vermutung, ihn mit einem Mädchen an seiner Seite zu sehen. Doch in diesem Moment wünschte ich mir, das wäre alles gewesen. Ich wäre eifersüchtig gewesen, hätte mir sein Album angehört und vielleicht ein paar Wuttränen verdrückt. Aber dann wäre mir wieder eingefallen, dass Nico ein Vollidiot war. Ein Vollidiot mit wunderschönen Lippen, einer Stimme zum Dahinschmelzen. Trotzdem ein Vollidiot.

Doch das konnte mir in diesem Fall auch nicht helfen. Das Mädchen an Nicos Seite war mein kleinstes Problem. Was wirklich schlimm war, war, dass es sich bei diesem Mädchen um mich handelte!

Das Herz klopfte mir bis zum Hals, als ich Nico und mir dabei zusah, wie wir uns Schneebälle ins Gesicht warfen. Uns umarmten. In den Tiefschnee fallen ließen. Und wir lachten. Die ganze Zeit. Jetzt war mir so gar nicht mehr zum Lachen zumute. Denn das hier war RTL. Und nicht wie eigentlich geplant irgendein amerikanischer Sender, den wir hier nicht empfangen konnten.

Meral hatte es auch die Sprache verschlagen. Sie raunte nur ein fast lautloses »Wow«, als sie die Aussicht aus unserem Zimmer zeigten. Mit glühenden Wangen schaute ich Nico dabei zu, wie er sich in das dunkle Zimmer schlich und mir sanft über die Haare strich, bis ich aufwachte und mir die Wimperntusche verrieb. Ohne dass ich es wollte, zogen sich die Muskeln in meinem Gesicht zusammen, und ich erschauderte bei der Erinnerung an seine Hände auf meiner Haut, während mein Fernseh-Ich langsam erwachte. Eine Stimme aus dem Off erzählte, dass in den USA Bilder von Nicos geheimnisvoller Schwester aus Deutschland aufgetaucht waren. Man wusste nichts weiter über sie, außer dass sie Lea hieß und vermutlich im Allgäu wohnte. Ich schnaubte auf, als sie die Szene zeigten, in der ich unten an der Flugzeugtreppe auf Nico wartete. Alex'

Plan war also aufgegangen. Sie dachten wirklich, dass ich ihn dort abgeholt hatte.

Zum Schluss sah man Nico mit hochgezogenen Schultern wortlos am Kamerateam vorbeigehen. Er sah genervt aus und hielt eine Hand vor sein Gesicht. Die Aufnahme musste frisch sein, denn Nicos Haare waren raspelkurz. Keine Locken mehr.

»Eine offizielle Stellungnahme von Nico Simon und seinem Management gibt es noch nicht zu seiner hübschen kleinen Schwester. Wollen wir mal hoffen, dass es sich tatsächlich um seine Schwester handelt und sexy Nico weiterhin auf dem Markt ist. Eine ganze Woche haben die deutschen Mädels übrigens noch Zeit, das Herz des Sunnyboys für sich zu gewinnen. Dann geht es für ihn wieder zurück ins warme Florida.«

Wie in Trance drückte ich auf den Ausknopf der Fernbedienung und presste noch immer den Hörer auf mein Ohr. Auch Meral sagte nichts. Nachdem ich meinen Gedanken eine Weile dabei zugehört hatte, wie sie wild durcheinanderbrüllten, brach ich schließlich das Schweigen.

»Oh Gott. Max!«, murmelte ich und hoffte, dass Meral einfach schnell wieder Worte fand. Es gab wenige Dinge, die mich mehr gruselten als eine sprachlose Meral. Das kam zum Glück selten vor, aber diesmal hatte sie allen Grund dazu: Denn es gab einfach nichts zu sagen, was es wirklich besser machen würde.

Also sprach ich aus, was wir wohl beide dachten:»Meral, ich bin am Arsch.«

Ich hörte, wie Meral am anderen Ende laut ausatmete, bevor sie antwortete.

»Richtig. Du bist am Arsch.«

Es dauerte keine Minuten, bis im Klassenchat die Hölle los war. Natürlich hatten Carina, Janne und Sophie den Beitrag gesehen. Es gab nichts, was sie auf RTL nicht sahen. Und schon gar nicht, wenn es um Nico ging. Niemand fragte mich, ob es wahr sei. Sie alle waren zu verliebt in die Vorstellung, mit der Schwester eines internationalen Stars in eine Klasse zu gehen. Es war, als wäre ich aus Versehen in einen chinesischen Film ohne Untertitel geraten. Die Welt stand kopf, und aus irgendeinem Grund spielte ich plötzlich die Hauptrolle darin. Gestern noch hatte sich kein Einziger von denen für mich interessiert. Keiner, bis auf Meral. Niemand hatte sich interessiert und niemand hatte ein Problem mit mir gehabt. Das beruhte auf Gegenseitigkeit und lag vor allem daran, dass wir uns egal waren. Bis heute.

Mit Erleichterung sah ich, dass Meral das Antworten für mich übernahm. Sie schrieb, dass es sich um einen Irrtum handelte und dass ich nicht seine Schwester war. Doch das machte die Sache nicht besser.

Janne: Wow, Lea, und du tust immer so voll auf unschuldig.
Meral: Lass sie in Ruhe.
Sophie: Ist er dein Freund?
Janne: Hallo? Geht's noch? Die? Ganz bestimmt nicht. Bist du bescheuert?

Sophie: Ich hab nicht dich gefragt. Dass du nicht seine Freundin bist, ist mir klar :-P
Janne: Fuck you.
Meral: Endlich mal ein Statement nach meinem Geschmack.

Entnervt stellte ich auf lautlos und lief den Flur auf und ab. Ich hatte grade größere Probleme als den Klassenchat. Dieses Video war auf RTL gezeigt worden. Und ich fragte mich, wie wahrscheinlich es war, dass es jemand gesehen hatte, der Max kannte und es ihm erzählen konnte. Verdammt. Max durfte das auf keinen Fall erfahren, ehe ich mit ihm über das Wochenende geredet hatte. Wenn ich erst damit rauskam, wenn er es schon wusste, dann würde er mir niemals glauben, dass ich es ihm so und so hatte erzählen wollen. Obwohl ich es mir vor Jahren abgewöhnt hatte, knabberte ich an meinen Fingernägeln. Ich merkte es nur, weil plötzlich bittere Nagellackbröckchen auf meiner Zunge lagen. Immer wieder schlich ich am Telefon vorbei und überlegte, ob ich ihn in der Praxis anrufen sollte. Aber was sollte ich sagen? Das war nichts, was man am Telefon klärte. Ich würde mich gedulden müssen, bis er nach Hause kam. Das könnte jetzt sein oder in zwei Stunden. Meine Knie waren so zittrig, dass ich mich im halbdunklen Flur neben die kleine Kommode setzte, auf der das Telefon stand. Es klingelte ein paarmal, aber ich ging nicht ran. Und dann endlich, nach einer gefühlten Ewigkeit, drehte sich der Schlüssel im Schloss um.

Es war wirklich nicht gerade hell hier im Flur, aber ich

brauchte kein Licht, um sofort zu erkennen, dass Max es bereits wusste. Über seinen Augen sah ich eine tiefe Sorgenfalte. Er sah abgeschlagen und ratlos aus.

»Hey«, sagte ich.

Max erschrak, er hatte mich nicht gesehen. Er ging einen Schritt auf mich zu, während er seine Jacke auszog und sichtlich um Fassung rang. Dann erst sprach er. »Lea.«

Wieder wurde es still um uns. Max musterte mich nachdenklich und setzte sich vor mich auf den Boden. Er gab sich große Mühe, ruhig zu bleiben. Ich spürte, wie er sich zusammenriss, mich nicht einfach anzubrüllen. Dabei war diese Ruhe weitaus schlimmer als jedes Gebrüll dieser Welt.

»Hast du eine Erklärung?«

Ich konzentrierte mich auf meinen Atem, um mich zu beruhigen. Das Schluchzen, das ich versuchte zu unterdrücken, lag wie eine enge Rüstung um meinen Brustkorb. Ich durfte jetzt bloß nicht heulen.

»Du hast es gesehen?«

»Was hab ich gesehen?« Max verlor die Beherrschung. »Was, Lea, hä? Du meinst die drei Fotografen vor unserer Haustür, die mir mit Fotos meiner eigenen Tochter vor der Nase rumwedeln und mich fragen, ob ich die Schwester von irgendeinem Nico kenne?« Max zeigte zur Wohnungstür, und ich hatte das Gefühl, zu fallen. Seine Stimme dröhnte in meinen Ohren. »Ernsthaft, Lea, ich versteh hier grad gar nichts mehr. Du erklärst mir jetzt auf der Stelle, was hier gespielt wird, hast du mich verstanden?«

Ich hatte Max selten so wütend erlebt, und ich wünschte mir, er würde stehen. So im Sitzen war er mir näher, als ich es gerade ertragen konnte. Nur langsam drang der Sinn seiner Worte zu mir durch. Drei Fotografen vor unserer Haustür.

»Was hast du ihnen gesagt?«

Ich ballte meine Hände zu Fäusten und hoffte inständig, dass er es wie Nico gemacht hatte. Kein Kommentar. Fertig.

»Was ich gesagt habe? Dein einziges Problem ist, was ich gesagt habe?«

Ich schüttelte den Kopf. Das war ganz bestimmt nicht mein einziges Problem. Aber jeglicher Kommentar von ihm würde ein paar weitere Probleme aufwerfen. Und die konnte ich gerade wirklich nicht gebrauchen, weil ich bis zum Hals in der Scheiße steckte. Max fuhr sich durch die Haare, legte den Kopf in den Nacken und atmete nach Fassung ringend tief aus.

»Na, was soll ich gesagt haben? Ich hab gesagt, dass du meine Tochter bist und dass ich nicht weiß, wovon sie reden. Also könntest du mir jetzt endlich mal erklären …«

Max hörte gar nicht mehr auf, und seine Stimme wurde immer lauter und ungehaltener. Ich hörte nicht weiter zu und ließ den Kopf in die Hände sinken. Das, was er gesagt hatte, war unter allen Möglichkeiten die schlimmste. Max hatte denen gesagt, dass er mein Vater war. Damit hatte er sich reingeritten. Nein, ich hatte ihn reingeritten. Er hatte einfach nur das gemacht, was er immer tat: Er hatte die Wahrheit gesagt.

Der Kloß in meinem Hals ließ sich nicht mehr aufhalten, und ich brach in Tränen aus. Was hatte ich da bloß getan? Erschrocken rutschte Max ein Stück auf mich zu, doch er umarmte mich nicht, wie er es sonst immer tat, wenn ich weinte. Er hob mit einer Hand mein Kinn an und zwang mich, ihn anzusehen.

»Was hat das zu bedeuten, Lea?«

Sein Ton und sein Blick ließen keine weitere Sekunde des Schweigens zu.

Ich wand mich, bis er mein Kinn losließ und ich wieder auf den Boden starren konnte.

»Ich habe Scheiße gebaut.«

Meine Stimme überschlug sich, und ein lautes Schluchzen folgte dem Satz, ohne dass ich es wollte. Ich wusste, dass ich es nicht aufschieben konnte. Ich musste es ihm sagen. Alles.

»Es war wegen Charly ...«

Max sah mich erstaunt an. »Wegen Charly?«

Ich nickte. »Ich wollte Charly sehen. Sie ist meine Mutter! Ich dachte, wenn du mir das Geld für Australien nicht geben kannst, dann muss ich es eben selbst verdienen. Aber das war gar nicht so einfach ...«

Ich sah, wie sich Max' Augen ängstlich weiteten. »Wir reden über achttausend Euro, Lea!«

Wieder nickte ich. Immer wieder wurde ich von einem heftigen Schluchzen geschüttelt, das ich nicht unterdrücken konnte.

»Ich weiß. Dreitausend Euro hatten Oma und Opa schon gespart für den Führerschein. Aber der Führerschein ist mir völlig egal. Und dann habe ich gearbeitet. Ich habe Sandwiches geschmiert und Eis verkauft, und manchmal habe ich auf Merals Cousine aufgepasst.«

Ich hob den Kopf, um Max' Reaktion zu sehen. Aber er sah wie versteinert aus.

»Und dann kam dieser Brief aus Australien. Und ich habe rausgefunden, wer ihn geschrieben hat. Dieser Nico, dieser Sänger. Du weißt, wer, oder?«

Ich wartete vergeblich auf ein Kopfnicken.

»Jedenfalls bin ich zu ihm gefahren, und dann hab ich meinen Job mit den Sandwiches verloren, und ich brauchte doch das Geld und ...«

»Stopp!«

Noch nie hatte ich Max so laut brüllen hören. Er stand auf und sah mit einer Kälte in den Augen auf mich herab, dass mir eisig wurde.

»Du belügst mich seit Monaten?«

Wieder bahnten sich ganze Bäche ihren Weg über mein Gesicht. Mir blieb nichts anderes übrig, als es zuzugeben. Er hatte recht.

»Ja, ich hab dich angelogen. Aber doch nur, weil ich Charly sehen wollte.«

Max stützte sich mit beiden Händen auf der Kommode ab, als würde auch er fürchten, gleich ins Nichts zu fallen.

»Und warum stehen jetzt Reporter vor unserer Tür?«

»Weil ich nicht mit Meral, sondern mit Nico im Allgäu war. Wir haben dort einen Fernsehbeitrag gedreht. Ich sollte seine Schwester spielen, aber das war nur für das amerikanische Fernsehen. Nicos Manager hat mir dafür fünftausend Euro überwiesen. Und ich brauchte doch das Geld, weil ...«

Mit einem Ruck stieß Max sich von der Kommode ab.

»Du hast was? Du hast dich als seine Schwester ausgegeben?«

»Ja.«

»Du bist mit fremden Menschen alleine ans andere Ende von Deutschland geflogen? Ohne mir davon zu erzählen? Du hast mir ins Gesicht gelogen? Du hast Meral benutzt, um mich hinters Licht zu führen? Und das alles nur für Geld?«

Wie er es sagte, klang es schrecklich.

»Für Charly«, flüsterte ich, aber ich wusste, dass ich nicht mehr an ihn rankam. Max hatte sein Urteil gefällt. Er war entsetzt. Über mich. Seine eigene Tochter.

An der Haustür klingelte es. Keiner von uns reagierte. Wir wussten auch so, dass es irgendein Reporter war, mit dem wir nicht reden wollten.

»Geh mir aus den Augen!«

Max' Stimme war eiskalt. Ich spürte die Kälte in jeder Faser meines Körpers. Unter Tränen rappelte ich mich auf und rannte in mein Zimmer. Dort warf ich mich auf mein Bett und drückte mir mein Kopfkissen auf den Kopf, so als könnte ich die Welt dazu bringen, mich einfach zu vergessen. Immer wieder flüsterte ich ihren Namen in den Stoff. *Charly. Charly. Charly.*

Mama.

Ich wollte einfach nur zum Flughafen, ein Ticket kaufen und ans andere Ende der Welt fliegen. Weg von hier. Zu Charly. Sofort.

Die Welt vergaß mich nicht, und ich kaufte auch kein Ticket. Stattdessen wachte ich angezogen und mit verquollenen Augen auf, als mein Wecker klingelte. In meinem ganzen Leben war es noch nicht ein Mal vorgekommen, dass Max und ich uns nicht vertragen hatten vor dem Schlafengehen. Aber gestern war er nicht mehr zu mir gekommen. Er hatte sich nicht neben mich gesetzt und mir auch nicht wortlos über die Haare gestreichelt, so wie er es sonst nach einem Streit tat, wenn es nichts zu sagen gab, ohne es schlimmer zu machen.

Es hatte gestern noch ein paarmal geklingelt. Max hatte sich einen Film angemacht und die Lautstärke so aufgedreht, dass er die Klingel nicht mehr hören konnte. Es musste irgendein Splatterfilm gewesen sein, die Geräusche waren auf jeden Fall schrecklich. Irgendwann war ich einfach eingeschlafen und hatte furchtbare Dinge geträumt. Von Alex, der ein Zombie war und Papa in eine dunkle Höhle zerrte. Von Nico, der plötzlich rote, feurige Augen bekam und mich auslachte. Der Wecker war also eher eine Erlösung, auch wenn die Realität nicht viel rosiger aussah.

Ich schleppte mich durch den Schultag und blaffte jeden, der versuchte, mich auf meinen angeblichen Bruder anzusprechen, so sehr an, dass es die wenigsten erneut wagten. Meral schirmte mich ab, so gut sie konnte, aber irgendwann wurde es auch ihr zu viel, und sie zog mich am Ärmel hinter sich her zu den Toiletten und sperrte uns in einer der Kabinen ein.

»Du musst ihnen die Wahrheit sagen!«, zischte sie mich an. »Das geht so nicht weiter.«

Ich lachte bitter auf. »Und dann? Dann steh ich da wie eine Hochstaplerin.«

Meral gab mir ein Zeichen, leiser zu sprechen.

»Das wirst du früher oder später so oder so. Nico wird es irgendwann klarstellen.«

»Einen Scheiß wird er. Und selbst wenn ich wollte, ich hab keine Ahnung, was mir blüht, wenn ich es verrate.«

»Wenn du was verrätst?«

»Dass alles eine Lüge ist. Es gibt einen Vertrag.«

»Du hast was unterschrieben?«

Ich nickte zerknirscht. Ja, ich hatte was unterschrieben. Und zwar einen seitenlangen englischen Vertrag.

»Und wo ist dieser Wisch jetzt? Oder der Durchschlag?«

»Es gibt keinen Durchschlag!«

Meral knallte sich mit der Handfläche gegen die Stirn.

»Sag mal, bist du irre?«

Dazu gab es nichts zu sagen. Offensichtlich war ich irre. Meral nahm mich an der Hand und stapfte mit mir zurück zum Klassenraum.

Ein Typ aus der Parallelklasse kam uns grinsend entgegen.

»Hey, Lea. Ich wusste ja gar nicht, dass du …«

»Fresse, Mann!«, keifte Meral ihn an und zog mich zu unseren Plätzen. »Wir haben ein verdammtes Problem, Cheesy!«

Und obwohl ich wusste, dass das hier alles kein Spaß war, war ich erleichtert, als sie »wir« sagte. Ich war wenigstens nicht allein.

Als ich nach der Schule nach Hause ging, sah ich Max schon von Weitem vor der Haustür stehen. Er wartete offensichtlich auf jemanden. Vermutlich auf mich. Ich verlangsamte meinen Schritt und trat ein paar Kieselsteine aus dem Weg.

Was wollte er von mir? Ich hatte allerhöchstens noch genug Energie, um auf direktem Wege ins Bett zu fallen.

Max begrüßte mich nicht. Er griff meinen Oberarm und lenkte meinen Schritt in die andere Richtung. Obwohl sein Griff nicht fest war, kam ich mir vor wie eine Schwerverbrecherin, die abgeführt wurde.

»Wohin gehen wir?«, fragte ich leise.

»Wohin wohl. Zu dem Arschloch, das uns diese Scheiße hier eingebrockt hat.«

Ich blieb stehen. So vulgär kannte ich Max nicht.

»Bitte was?« Meine Stimme war schriller als geplant.

»Du hast schon richtig verstanden. Wir gehen zu diesem Alex und zu meinem missratenen Möchtegern-Sohn, und dann werden wir ja sehen, wer das größere Problem hat. Entführung von Minderjährigen, unerlaubte Bild- und Tonaufnahmen, Gefährdung ...«

Ich unterbrach ihn in seiner Aufzählung. Das ging zu weit.

»Papa, niemand hat mich entführt. Ich habe gelogen. Ich. Das war meine Schuld. Ich habe ...«

»Was du gemacht hast, weiß ich, aber jetzt kümmern wir uns um diese Mistkerle.«

Meine Kehle schnürte sich zu. Das durfte unter keinen Umständen passieren. Ich wollte Nico auf gar keinen Fall wiedersehen. Und schon gar nicht auf diese Weise. Außerdem wusste Max noch nicht alles, was ich getan hatte. Da war noch die gefälschte Unterschrift auf dem Vertrag. Mein Gehirn ratterte. Letzte Möglichkeit: Gegenangriff!

»Hast du noch nie gelogen, Papa?«

Max blieb stehen. Seine Augen zuckten wütend, und ich sah, wie er mit sich rang. Er drohte zu platzen. Aber er blieb ruhig.

»Oh doch, Lea, ich habe schon gelogen. Und genau deshalb weiß ich, dass es nichts Schlimmeres auf der Welt gibt als ein Lügengerüst, aus dem man nicht mehr rauskommt. Das wird dir nicht passieren! Nicht dir!«

Dann lief er weiter, den Blick geradeaus geheftet, seine Hand noch immer an meinem Oberarm, bis wir in der U-Bahn saßen. Ich fragte mich, was er meinte. Ich hatte Max noch nie beim Lügen erwischt. Er war manchmal so gnadenlos ehrlich, dass ich mir wünschen würde, er würde mal die Unwahrheit sagen. Zum Beispiel, wenn ich Klamotten trug, die ihm nicht gefielen, was zum Glück selten passierte.

»Woher weißt du, wo Alex und Nico sind?«, fragte ich, als mir einfiel, wie schwer es war, überhaupt an Nico ranzukommen. Doch meiner Hoffnung auf ein Nicht-Eintreten der denkbar beschissensten Situation wurde ein jähes Ende gesetzt.

»Sie warten auf uns im ›Café May‹ mit ihrem Anwalt.«

Das Wort Anwalt ließ mich zusammenzucken. Max meinte es ernst. Er hatte Nico und Alex den Krieg erklärt.

Sie saßen tatsächlich in dem Café. Ich schlug die Augen nieder, als Nicos Blick meinen traf. Seine Anwesenheit in diesem Raum war so unwirklich. Er hatte sich wieder die Kapuze seines Pullis zusätzlich zu einer Mütze über den Kopf gezogen und fläzte mit verschränkten Armen auf dem Sofa. Er erinnerte mich an mich selbst, wie ich heute versucht hatte, in unserer Schule unsichtbar zu sein.

NICO

Leas Vater kam mit strammen Schritten auf uns zu. Alex und mein neuer Anwalt Dr. Clemt, der vermutlich ein genmanipulierter Klon von Alex war, standen auf. Mir fiel auf, wie jung Leas Vater aussah. Lea, die von ihm vorneweg geschoben wurde, schüttelte kaum merklich den Kopf, als könne sie diese ganze Situation mit einer Kopfbewegung abwenden. Ich wünschte, es gelänge ihr.

Mit einem völlig deplatzierten Grinsen im Gesicht streckte Alex Leas Dad seine Hand entgegen. Nach kurzem Zögern ergriff er sie.

»Guten Tag, Herr Winter, setzen wir uns doch.«

Vor Dr. Aalglatt lag der Vertrag, auf dem Lea in meinem Beisein die Unterschrift ihres Vaters gefälscht hatte. Mit großen schwarzen Buchstaben stand da unverkennbar sein Name: Max Winter. Alex würdigte Lea keines Blickes. Ich sah ihm an, dass er nervös war, aber auf Fremde wirkte er sicher eiskalt.

»Wollen wir die Kinder nicht an einen anderen Tisch bitten?«

Leas Dad lachte wütend auf. »Wie wunderbar. Plötzlich sind es Kinder.«

Der Anwalt verdrehte die Augen kaum merklich und hörte dabei nicht auf, selbstgefällig zu grinsen. Ich stand auf. Das reichte. »Das geb ich mir eh nicht. Das ist doch voll krank.«

Ich lief auf die Tür zu, ohne Lea zu beachten. Trotzdem fiel ihr nichts Besseres ein, als mir zu folgen.

»Darfst du denn einfach ...«

Ich warf ihr einen scharfen Blick zu, der sie sofort verstummen ließ.

»Ob ich das darf? Das ist alles, was dich interessiert? Kannst du dir vielleicht vorstellen, was du mir für Probleme machst?«

Verdutzt blieb sie stehen.

»Ich hab dir Probleme gemacht? Willst du mich verarschen? Wer hat denn dieses Video an RTL verkauft, hä?«

Ich winkte ab und presste meine Lippen wütend aufeinander. Das Schlimmste war, dass sie es tatsächlich nicht besser wusste. Wie sollte sie auch ahnen, dass ich ebenso hintergangen worden war wie sie. Und dass die Ausstrahlung in Deutschland mir vermutlich noch viel schlimmere Probleme eingebrockt hatte als ihr? Ich wollte nichts mehr erklären und schon gar nicht mit ihr streiten. Ich war leer gestritten. Leer gedacht. Auch sie sah nicht so aus, als habe sie vor, diese Diskussion weiterzuführen. Meine Augen brannten, und ich rieb mir mit dem Handrücken darüber. In Leas Blick lag etwas, das ich nicht recht deuten konnte.

»Geht es dir gut?«

»Ob es mir gut geht?« Verblüfft hob ich den Kopf.

»Ist das so eine schwierige Frage?« Lea sah mich verwundert an. Ich zuckte mit den Schultern.

»Keinen Plan, wie's mir geht«, sagte ich, obwohl das nicht stimmte.

»Ich auch nicht«, gab sie zurück, und es war offensichtlich, dass auch sie nicht ehrlich zu mir war. Wir standen noch immer vor dem Café und konnten durch die Fensterscheiben beobachten, was drinnen vor sich ging. Leas Dad war aufgestanden, und er schien außer sich zu sein.

»Los, lass uns abhauen«, sagte ich leise und ging los in Richtung Reeperbahn. Ich war selbst überrascht, dass ich sie aufgefordert hatte, mitzukommen. Ihr schien es nicht anders zu gehen. Unschlüssig lief sie mir ein Stückchen hinterher, blieb kurz stehen und lief wieder weiter.

»Wohin willst du?«, fragte sie schließlich.

»Keinen Plan«, sagte ich diesmal wahrheitsgemäß und setzte mir meine Sonnenbrille auf. Ich wollte einfach nur weg, und auch wenn ich selbst nicht verstand, warum, wollte ich sie nicht alleine zurücklassen mit dieser Freakshow.

LEA

Aus einem Impuls heraus folgte ich Nico, obwohl mir vollkommen klar war, dass das Max gegenüber 'ne Scheißaktion war. Trotzdem wich die Anspannung mit jedem Meter, den wir uns vom »Café May« wegbewegten. Aus dem Augenwinkel betrachtete ich Nico verstohlen. Viel von ihm war nicht zu sehen.

»Du weißt schon, dass das ziemlich auffällt, wie du rumläufst?«

»Ach ja?«, fragte Nico schmunzelnd und deutete auf einen Typen, der uns entgegenkam. Auch er hatte sich seine Mütze tief ins Gesicht gezogen und trug eine überdimensionale Sonnenbrille. Richtig, wir waren auf der Reeperbahn. Hier fiel man auf, wenn man nicht auffiel. So wie ich zum Beispiel. Es war schon etwas düster geworden, und ich näherte mich Nico beim Gehen unauffällig. Mir war nicht wohl in meiner Haut. Ich machte mir Sorgen, was im Café vor sich ging, und ich wusste natürlich auch, dass Max mich nicht mitgenommen hatte, damit ich bei der erstbesten Gelegenheit abhaute.

Es war nicht gut, so nah neben Nico zu laufen. Mit jedem Zentimeter, den ich Nico näher kam, riskierte ich, ihn zu riechen. Das wäre fatal. Denn eines hatte ich gelernt: Sein Geruch würde alle bisher geleistete Anti-Liebeskummer-Arbeit dahinschmelzen lassen wie die heiße Luft der Sahara eine Schneeflocke. Und natürlich kam es genau so. Es war nur ein Lufthauch, der nach ihm duftete, aber mit diesem Lufthauch kam sie zurück. Diese beschissene Sehnsucht danach, ihm noch näher zu sein. Viel näher.

Ich zwang mich, geradeaus zu sehen, um ihm nicht schon wieder auf die Lippen zu starren. Nico riss mich aus meinen Gedanken.

»Die Unterschrift. Sie werden deinem Vater drohen, dich wegen Urkundenfälschung und Betrug anzuzeigen, bis er alles fallen lässt.«

Ich verschränkte meine Arme vor der Brust und lief mit gesenktem Blick weiter.

»Du hast doch grade drüber nachgedacht, was die da drinnen reden, oder?«

Mit einem Hüsteln versuchte ich zu kaschieren, dass ich rot anlief. Zumindest fühlte ich, wie das Blut heiß in meinen Kopf schoss. Gott, war ich froh, dass Nico keine Gedanken lesen konnte.

»Ja, genau, darüber habe ich grade nachgedacht«, sagte ich kopfnickend und kickte ein Steinchen auf die Straße. »Wo willst du überhaupt hin?«

Nico verlangsamte seinen Schritt ein wenig.

»Keine Ahnung. Weg.«

Ich nickte. Zumindest ein Teil von mir wollte genau das Gleiche. Auch mir war klar, dass die uns in der Hand hatten, weil ich Max' Unterschrift gefälscht hatte.

»Nico?«

Nico legte den Kopf schief und sah mich an, während er unbeirrt weiter in Richtung Hafen lief. Dieser Blick traf mich schon wieder wie ein kleiner Stromschlag.

»Ich will dir was ...«

Weiter kam ich nicht. Hinter uns schrie eine Mädchenstimme schrill auf. Erschrocken drehten Nico und ich uns um. Ich wusste nicht, was ich erwartet hatte. Vielleicht einen Unfall oder einen davonrennenden Taschendieb. Aber ganz bestimmt nicht drei überschminkte Mädchen, die uns anstarrten, als wären wir Aliens. Im Grunde starrten sie nur Nico an und durch mich durch. Ich merkte, wie Nico tief einatmete, wie er seinen Kiefer anspannte und dann zu einem Lächeln ansetzte. Im selben Moment beendeten die Mädchen ihre Schockstarre und rannten los. Wenige Zentimeter vor Nico blieben sie stehen. Ich wich unwillkürlich zurück, aber das war völlig belanglos. Hier ging es nicht um mich. Es ging um Nico. Der ließ zu, dass sie ihm viel zu nah kamen. Hatten die noch nie was von Höflichkeitsabstand gehört? Und wie zum Teufel hatten sie ihn erkannt? Ja, man konnte ihn beinahe schon nicht mehr *nicht* kennen in dieser Stadt.

Nach ungefähr fünfzig Mal »Oh mein Gott« und geschätzten hundert von quietschenden Geräuschen begleiteten Hüpfern kam ein fast ganzer Satz aus dem Mund, der uns gerade mit diesem Urschrei so erschrocken hatte.

»Oh mein Gott, ich wusste das, deine Schuhe! Oh mein Gott!«

Irritiert sah ich mir Nicos Schuhe an. Grau, ein bisschen speziell, aber ganz bestimmt nicht megaauffällig.

Nico zuckte mit den Schultern. »Erwischt!«

Für einen klitzekleinen Augenblick setzte er seine Brille ab, was aber nur dazu führte, dass das Hüpfen und Quietschen wieder weiterging. Die offenbar Jüngste war so außer sich, dass sie ihr Handy, das sie mit zittrigen Händen in Nicos Richtung hielt, um ein Foto zu machen, fallen ließ. Nico hob es auf, gab es dem völlig aufgelösten Mädchen zurück und entzog sich galant den Händen, die sich ungefragt auf seinem Körper platziert hatten.

»So, Mädels, ich muss weiter, seid mir nicht böse. Ich wünsch euch einen schönen Abend. Und niemals die Unterschriften eurer Eltern fälschen, ihr Lieben!«

Noch während er sprach, setzte er sich in Bewegung, ohne mich zu beachten, die ich noch ein wenig abseits neben den Groupies stand. Ich kam mir ziemlich dämlich vor, ihm hinterherzulaufen.

»Sehr witzig!«, flüsterte ich ihm zu, als wir ein bisschen Abstand zu den Mädchen hatten.

»Oh, das war kein Witz, das war ein ziemlich wertvoller Tipp, wenn du mich fragst. Ich wünschte, du wärst mir früher begegnet, dann hättest du jetzt kein Problem.«

»Tja, vermutlich hätte ich dir kein standesgemäßes Kreischkonzert veranstaltet und dich nicht mit ›Oh mein Gott‹ angeredet.«

Nico hob bedauernd seine Schultern. »Ohne Kreischen keine Tipps. Und ohne ›Oh mein Gott‹ weiß ich gar nicht, dass ich gemeint bin.«

Er lachte gehässig und boxte mich spielerisch in die Schulter. Mein Blick fiel wieder auf die Schuhe.

»Warum erkennen dich Menschen an deinen Schuhen?«

Nico hob seinen Fuß an, als könnte ich durch nähere Betrachtung selbst drauf kommen, bevor er mir antwortete.

»Sie sind selten.«

»Selten? Warum selten?«

»Weil sie teuer sind.«

»Und warum sind sie teuer?«

»Weil sie selten sind.«

Wir mussten beide lachen.

»Und was heißt teuer?«

»Keinen Plan. So zehn?«

»Zehn?«

Nico seufzte, und seine Mundwinkel hoben sich wieder diesen einen Millimeter, der ihn so unglaublich arrogant wirken ließ. Arrogant und gleichzeitig hinreißend.

»Zehntausend.«

Ich traute meinen Ohren nicht.

»Willst du mich verarschen? Zehntausend? Euro? Dollar? Cent?«

»Euro. Aber keinen Plan. Vielleicht auch neuntausend. Oder zwölftausend, irgendwie so was. Was weiß ich, ich zahl sie ja nicht.«

Nico zog sich die Kapuze noch ein bisschen tiefer ins Gesicht, als wir eine Weile an der Ampel warten mussten.

»Alex zahlt?«

Nico lachte. »Alex? Der würde nicht mal seiner Mutter Schuhe bei Deichmann kaufen. Ich zahle sie nicht, weil ich sie trage. Sie werden mir zugeschickt. Ich trage sie ein Mal, und alle sind glücklich. Aber die hier mag ich. Die trag ich eben öfter mal.«

»Und deshalb sind sie jetzt noch teurer?«

»Wahrscheinlich.«

Kopfschüttelnd stapfte ich neben Nico die Treppe zur Elbe runter. Zehntausend Euro. Das war doch krank! Wieso sollte man so viel Geld für Schuhe ausgeben?

»Was wolltest du denn grade sagen, bevor es gequietscht hat?«

Gute Frage. Ich musste selbst darüber nachdenken, die Schuhe hatten mich völlig aus dem Konzept gebracht. Und auch so fiel es mir nicht leicht, in Nicos Gegenwart konzentriert zu bleiben. Doch dann wusste ich es wieder. Wir kamen an der Kaimauer des Elbufers an und setzten uns darauf. Ich räusperte mich umständlich, weil es mir unangenehm war, wieder ernsthaft zu werden. Das belanglose Plaudern über Nicos Luxuslatschen hatte gutgetan. Trotzdem war es mir wichtig, dass Nico es wusste.

»Ich wollte dir was erzählen.«

Nico rutschte ein Stück von mir weg, nahm seine Sonnenbrille ab und sah mich interessiert an. »Na, dann schieß mal los.«

»Es tut mir leid, dass ich dir Probleme gemacht habe. Du weißt schon. Mit deiner Schwester.«

Ich spürte, wie Nico sich neben mir anspannte.

»Und ich möchte dir sagen, warum ich das gemacht hab. Das, was ich dir jetzt erzähl, weiß nur Meral.«

Ich hatte meinen Blick auf meine Chucks geheftet und spielte mit den Schnürsenkeln rum.

»Wer ist Meral?«

Genervt sah ich auf, aber Nico grinste nur breit, warf einen Stein ins Wasser und verdrehte die Augen. »Scherz, Mann, sei doch mal locker!«

Ich war mir nicht sicher, ob er es nicht doch wieder vergessen hatte.

»Schieß los, Cheesy, was wolltest du sagen?«

Nachdem ich ihm mit einem Knurren zu verstehen gegeben hatte, was ich davon hielt, dass er mich so nannte, begann ich, zu erzählen. Von Max und Charly, die nur eine Nacht miteinander verbracht hatten und dass ich das Ergebnis dieser Nacht war. Ich erzählte ihm sogar, dass ich befürchtete, Max würde diese Nacht und somit auch mich bereuen. Es war eindeutig, dass er meine Beweggründe kennen musste, um nicht mehr sauer auf mich zu sein. Und ich wollte nicht, dass er sauer auf mich war. Ich wollte, dass er wusste, dass ich es nur getan hatte, um meine Mutter zu finden. Meine Mutter, von der ich nur ein einziges Foto besaß.

Während ich redete, sah ich ab und zu auf, Nico hörte mir aufmerksam zu.

»Jedenfalls hätte ich auf dich gehört, wenn es nicht so wichtig gewesen wäre für mich«, schloss ich meine Rede. Dann wurde es still um uns. Unter uns gurgelte das Wasser an der Kaimauer und spritzte manchmal ein paar Tropfen zu uns herauf. Es war keine unangenehme Stille.

Schließlich sagte Nico doch etwas. »Danke, Lea.«

Verwundert sah ich ihn an. »Wofür?«

»Für die Wahrheit.«

Ich lachte leise und ließ meine Füße über der Elbe baumeln. »Du bedankst dich für die Wahrheit?«

»Auf jeden Fall. Das ist nichts, was mir besonders häufig begegnet.«

Ich dachte an die quietschenden Mädchen und ahnte, was er meinte. Allerdings fand ich, dass er da nicht ganz unschuldig dran war.

»Du bist auch nicht unbedingt der ehrlichste Mensch, den ich kenne.«

»Du glaubst, du kennst mich?«

Ich wurde wieder ein bisschen rot. »Ich hab mit dir in einem Bett geschlafen. Ich weiß, wie du nachts aussiehst.«

Ich wuschelte meine Haare durcheinander, schloss die Augen halb, öffnete den Mund und versuchte, dabei möglichst scheiße auszusehen. Dabei machte ich laute Schnarchgeräusche.

»Charmant, charmant!«, antwortete Nico und deutete mit dem Kinn auf meine Hose.

»Und, wieder Pandas an?«

»Nur für dich!«, antwortete ich mit einem Grinsen.

»Soso«, sagte Nico und hüpfte von der Mauer. Er stellte sich direkt vor mich. So nah, dass sich unsere Beine berührten.

»Na, ob ich da wohl widerstehen kann?«

Die Nähe machte mich noch nervöser, als ich es eh schon war. Wir sahen uns an, und für einen kurzen Augenblick dachte ich, er würde es wieder tun. Ich stellte mir vor, wie sein Gesicht sich zu meinem beugte, seine Lippen sich auf meine legten, seine Hände wieder meinen Kopf hielten auf diese sanft-feste Nicoweise. Aber all das passierte nicht.

Mit einer Hand zupfte er stattdessen meine zerzausten Haare wieder zurecht und strich sie hinter mein Ohr. Ich versuchte, den Schauder zu verbergen, der bei der Berührung meinen Körper durchfuhr. Im gleichen Moment sah ich, wie hinter Nico ein Mädchen ihr Handy wie zufällig in unsere Richtung hielt. Dem Jungen, der offensichtlich mit ihr unterwegs war, schien die Aktion unangenehm zu sein, er sah verlegen zur Seite.

»Achtung, nicht umdrehen, da fotografiert schon wieder jemand«, flüsterte ich.

Nico stöhnte auf. Dann stieß er sich von der Mauer ab und schlenderte auf das Mädchen zu. Ich blieb verdutzt sitzen.

»Hallo, ich bin Nico«, sagte er und streckte dem nicht weniger überraschten Mädchen seine Hand entgegen.

»Wenn du ein Foto von mir haben möchtest, kannst du mich gerne fragen, aber ich mag es nicht besonders, wenn man das heimlich tut.«

Wow, das war souverän. Leider hatte es nicht die erwünschte Wirkung. Das Mädchen kicherte und schien nicht zu verstehen, dass Nico sie gerade kritisiert hatte. Sie sah sogar ein bisschen stolz aus, so als wäre es eine sagenhafte Leistung gewesen, Nicos Aufmerksamkeit auf sich gezogen zu haben. Der Junge neben ihr war mittlerweile puterrot, entschuldigte sich und zog sie mit sich. Nico blieb kopfschüttelnd stehen und sah ihnen hinterher. Ich sprang von der Mauer und stellte mich neben ihn.

»Ist das normal?«

»Leider ja.«

»Dann bist du es gewohnt, oder?«

Nico schüttelte den Kopf. »Weiß nicht. Ich verstehe es einfach nicht. Und irgendwie ist es hier in Hamburg was anderes. Hier bin ich zu Hause. Und irgendwie war es schön, als mich noch keiner hier kannte.«

»Also vor zwei Wochen!«, lachte ich.

Aber Nico blieb todernst. »Ja, zwei Wochen«, wiederholte er nachdenklich. Er klang traurig.

»Aber genau das wolltest du doch? Oder warum bist du sonst hierhergekommen?«

»Ja, du hast recht. Genau das wollte ich.«

Nico drehte sich zur Elbe um und sah alles andere als überzeugend aus.

Mir kam eine Idee.

»Los, komm mit, ich weiß den perfekten Ort«, sagte ich und gab Nico die Sonnenbrille, die er eben auf die Kaimauer gelegt hatte. »Dein Zuhause-Hamburg!«

»Soso«, brummte Nico nicht sonderlich begeistert, aber er folgte mir. Wir liefen am Fischmarkt entlang zu den Landungsbrücken und weiter in die Speicherstadt. Es war Probetag, und ich wusste, dass es genau jetzt einen Ort gab, an dem Nico auch ohne Sonnenbrille rumlaufen konnte. Nico erzählte mir, wie er mit seinem Kanal angefangen hatte. Dass er eigentlich nur zu den Coolen hatte gehören wollen. Und die Coolen machten eben Videos. Dann abonnierten sie sich gegenseitig und feierten sich, wenn sie über hundert Klicks auf ein Video hatten. Die meisten davon kamen von ihnen selbst. Das wusste jeder, aber es war egal.

»Und mittlerweile hast du dich selbst ein paar Millionen mal geklickt? Respekt!«

»Ganz ehrlich, am Anfang hab ich das behauptet.«

Ich führte ihn über die kleinen Brücken in die schmale Gasse, von der aus man über die marode Treppe in den kleinen alten Kornspeicher gelangen konnte, in dem Payam und seine Bandkumpels probten. Es war perfekt. Ich hoffte nur, dass sie nicht zu hirnlosen kichernden Idioten mutierten, wenn sie ihn erkannten.

Meine Sorge war grundlos. Payam war zwar sichtlich überrascht, dass ich mit Nico im Proberaum auftauchte, aber er ließ sich nicht anmerken, dass er wusste, wer Nico war. Und die anderen Jungs schienen erstaunlicherweise nicht mal zu wissen, wer er war. Nur Lasse sah man an, dass er darüber nachdachte, woher er diesen Typen kannte, aber er kam wohl zum Glück zu keinem Ergebnis.

»Lasst euch nicht stören«, sagte ich und ließ mich auf die alte Couch fallen, die die Jungs vom Sperrmüll geklaut und hier reingestellt hatten. »Wir wollen hier nur ein bisschen abhängen und vielleicht 'ne Runde kickern.«

Nico blieb stehen und sah sich bewundernd um.

»Geiler Scheiß!«, sagte er und lief durch den staubigen Raum mit den eingerissenen roten Backstein-Wänden. »Wem gehört das hier?«

»Na uns!«, antwortete Payam augenzwinkernd, der seine Gitarre beiseitegelegt hatte, um mich zu umarmen, so wie er es immer tat, wenn wir uns sahen. Dann gab er Nico die Hand und fuhr fort: »Oder allen oder keinem, wer weiß das schon so genau.«

Die Jungs lachten sich an, und es bestand kein Zweifel, dass sie sich sympathisch waren. Erst jetzt fiel mir auf, dass die beiden den gleichen trockenen Humor hatten.

Payam nahm Nico mit zu den anderen. Ich machte heimlich ein Foto von den beiden, wie sie über Payams Gitarre lehnten und fachsimpelten, und schämte mich ein bisschen dafür, dass ich keinen Deut besser war als das Mädchen an der Elbe. Aber es war ja nur für Meral und kein Trophäenfoto. Ich hielt das Handy hoch, um wenigstens ein bisschen Empfang zu haben. Nach einer Ewigkeit erschien ein Häkchen. Unter das Foto schrieb ich: *Zwei Klugscheißer und eine Gitarre.*

Ich hatte ein wenig gehofft, dass Meral hier wäre, aber offensichtlich hatte sie Besseres zu tun. Erst jetzt, mit dem Handy in der Hand, dachte ich wieder an Max. Dass er sich nicht meldete, war kein gutes Zeichen. Ob er noch mit Alex und dem Anzugtypen sprach? Und wenn ja, was gab es bitte so lange zu besprechen? Es lag ja wohl auf der Hand, dass Alex und Nico das Ganze zumindest in Deutschland aufklären mussten. Gefälschte Unterschrift hin oder her. Früher oder später würde es ja doch rauskommen … Spätestens, wenn Nicos echter Vater oder seine echte Schwester auftauchten.

Meral ließ nicht lange auf eine Reaktion warten.

»Verarsch mich nicht! Bitte sag, dass das 'ne Fotomontage ist!«

Ich tippte: »Nix da Montage. Ich wollte ihn mit dir teilen, aber du bist ja nicht da!«

Dann legte ich grinsend das Telefon beiseite. Herrlich. Es gab nichts Lustigeres, als Meral ein bisschen wahnsinnig zu machen. Wahrscheinlich saß sie längst auf dem Rad in Richtung Hafencity.

Ich zuckte zusammen, als Nico plötzlich wieder neben mir stand.

»Hast du was dagegen, wenn ich ein bisschen mit den Jungs spiel?«

Noch ehe ich antworten konnte, rief Payam von hinten: »Hat sie nicht. Los, schnapp dir die Gitarre. Das wird cool.«

Ich nickte lächelnd, auch wenn ich mir nicht sicher war, ob das so eine gute Idee war. Wenn Nico sang, würden die Jungs ihn vielleicht doch erkennen. Und ich war mir nicht sicher, ob sie das so entspannt nehmen würden wie Payam.

Nico hängte sich die E-Gitarre um, steckte das Kabel in den Verstärker und stand mit roten Wangen inmitten der Band. Lasse begann, Schlagzeug zu spielen, und Payam zupfte auf seiner Akustikgitarre. Dann setzte Nico mit der E-Gitarre ein. Obwohl die Klänge metallisch waren, wirkten sie weich und warm. Ich konnte Payam ansehen, dass ihn schon die ersten Anschläge beeindruckten. Er trat ans Mikro und sang. Ich mochte Payams Stimme, und in der Schule hatte die Band einen richtigen kleinen Fanclub. Nico strahlte und nickte im Takt mit dem Kopf.

Jetzt erkannte auch ich das Lied. Es war »Hero« von Family of the Year. Sie sangen das oft, aber hatten keine Ahnung, wie sehr das Lied gerade passte.

Als der Refrain kam, fiel Nico mit in den Gesang ein und sang die zweite Stimme.

»So let me go, I don't want to be your hero. I don't want to be your big man. I wanna fight like everyone else.«

Er sang so klar und laut, dass ich ihn auch ohne Mikro gut

hören konnte. Schmunzelnd beobachtete ich Payam und sah, wie ihm die Kinnlade runterfiel. Er hatte wohl nicht damit gerechnet, dass Nico auch live so klang. Payam zwang sich, weiterzusingen, aber er blickte Nico dabei ungläubig an. Dann reichte er das Mikro weiter. Die zweite Strophe gehörte Nico. Ich bekam eine Gänsehaut, und es war offensichtlich, dass es nicht nur mir so ging, sondern auch Lasse, Payam und Mike. Hinter mir hörte ich, wie die alte Holztür knarrte. Meral stand in der Tür. Sie erstarrte förmlich.

Es war anders als auf dem Konzert. Nico blickte mich an, während er sang. In seinen Augen sah ich, dass meine Idee perfekt gewesen war, er schien glücklich zu sein. Und auch wenn er Zehntausendeuroschuhe trug, wirkte er ganz normal zwischen den Jungs. Vielleicht ein bisschen zu schön. Aber trotzdem irgendwie normal. Ich konnte nur hoffen, dass Meral den Moment nicht mit irgendeiner komischen Aktion zerstörte. Bei Meral wusste man schließlich nie. Sie war aus ihrer Starre erwacht, schlich sich zu mir auf das Sofa, nahm mich in den Arm und drückte mir einen dicken Kuss auf die Wange.

»Das hast du gut gemacht!«, flüsterte sie und zwinkerte mir zu. »Wo auch immer du plötzlich Nico hergezaubert hast.«

»Wie das kam, frag lieber nicht.«

Ich warf einen schnellen Blick auf mein Display und seufzte. Immer noch keine Nachricht von Max. Aber darüber wollte ich jetzt nicht mal mit Meral reden. Der Streit und die eisige Stille der letzten beiden Tage hatten mich erschöpft.

Nachdem die Band den letzten Ton gespielt hatte, klatschten Meral und ich und versuchten, mit den Fingern zu pfeifen, was aber kläglich scheiterte. Meral sprang auf und ging auf Nico zu. Ich umklammerte meine eigenen Daumen und konnte nur hoffen, dass sie nichts sagte. Ich hätte sie einweihen müssen, aber jetzt war es zu spät. Sie stand schon fast vor ihm. Dann streckte sie ihm ihre Hand entgegen. Gott sei Dank! Sie hatte es gerafft.

»Hi, ich bin Meral.«

Nico nahm ihre Hand und grinste sie an. »Interessanter Name. Nie gehört.«

Ich stand auf und ging lachend zu ihnen.

»Ja, wirklich noch nie gehört?«, fragte ich und tat so, als würde ich ihm gegen das Schienbein treten.

»Nee, nicht, dass ich wüsste«, sagte Nico und legte nachdenklich einen Finger auf seine Lippen. Payam hatte seine Gitarre neben sich gelegt und knuffte Meral zur Begrüßung in die Seite. Danach drehte er sich Nico zu und rang um Worte.

»Alter, das war mega«, sagte er anerkennend und verbeugte sich überschwänglich vor Nico. »Respekt!«

»Danke!«, sagte Nico und schien sich ehrlich über Payams Kompliment zu freuen.

»Du solltest das vielleicht beruflich machen!«, sagte Meral augenzwinkernd.

»Nee, lass mal«, antwortete Nico. »Groupies find ich anstrengend.«

Lasse lachte sein ansteckendes Lachen, obwohl er den wahren Witz gar nicht begriffen haben konnte.

»Ja, voll anstrengend«, japste er. »Jeden Tag 'ne andere Ische. Und alle so willig. Wirklich viel zu anstrengend.«

Nico und ich sahen uns nervös an und lachten aus Höflichkeit mit.

Zum Glück wendeten sich die Jungs schnell wieder den Instrumenten zu und diskutierten über Sachen, von denen ich nichts verstand. Ich saß mit Meral auf dem alten Sofa und erzählte ihr, was passiert war. Gebannt hörte Meral mir zu.

»Und was heißt das jetzt? Ich meine, hast du dich strafbar gemacht mit der Unterschrift?«

Ich zuckte zusammen. So konkret wollte ich mir darüber lieber keine Gedanken machen.

»Ich weiß nicht. Viel mehr Sorgen mach ich mir wegen Max. So wie in den letzten zwei Tagen habe ich ihn noch nie erlebt. Er ist plötzlich so ... kalt.«

Meral runzelte die Stirn, streifte ihre Stiefel ab und zog die Beine aufs Sofa. »Ruf ihn an!«

Mein Magen verknotete sich. »Ganz ehrlich, ich glaube nicht, dass ...«

»Dass was? Dass es sinnvoll ist, miteinander zu reden? Von wem wurdest du noch mal erzogen?«

»Von Max«, schmollte ich.

»Na also. Und was kann man von Max lernen?«

»Guten Kaffee zu kochen.«

Meral sah mich strafend an. »Dass reden immer sinnvoll ist!«, sagte sie und hielt mir mein Handy hin. Ich nahm es zögernd entgegen und wählte seufzend Max' Nummer, während Nico und Payam Gitarre spielten. Ich schnappte mir meinen Mantel, schlüpfte aus der Tür und setzte mich auf die kalten Steintreppen, die zum Speicher führten. Es klickte in der Leitung, und ich konnte Max atmen hören.

»Ja, Lea?«

»Hey«, sagte ich leise und hoffte, dass er das Reden übernahm. Aber das tat er nicht. Er wartete auf mich.

»Ich wollte sagen, dass es mir leidtut, dass ich abgehauen bin.«

Max brauchte ein paar Sekunden. Wahrscheinlich wusste er genauso wenig wie ich, wie wir aus dieser Situation wieder rauskommen sollte. Es raschelte, und ich hörte ihn seufzen, bevor er antwortete.

»War besser so.«

Erleichtert atmete ich aus. Er schien nicht so sauer zu sein, wie ich es erwartet hatte.

»Lea? Hör zu, ich muss dir etwas Wichtiges sagen. Wann bist du zurück?«

Mein Herz hämmerte. Was hatte das zu bedeuten? Was wollte er mir sagen? Hinter mir drang leise Musik aus dem Proberaum.

»Ähm, ich bin grad noch mit Payam und Meral im Bandprobespeicher.« Ich holte Luft. »Und mit Nico.«

»Aha«, sagte Max überrascht.

»Aber ich bin so gegen acht zu Hause, okay?«

»Gegen acht. In Ordnung. Dann bis später.«

Noch ehe ich mich verabschieden konnte, klickte es wieder in der Leitung. Was sollte Max mir sagen wollen? Also, natürlich gab es eine Menge zu besprechen, aber so hatte er es nicht gemeint. Er wollte mir etwas ganz Bestimmtes sagen. Er hatte dabei so gar nicht nach Max geklungen, und das beunruhigte mich.

Eine halbe Stunde später verabschiedeten Nico und ich uns von den anderen.

»Digga, du musst unbedingt in unsere Band kommen!«, sagte Mike und schlug mit Nico ein.

»Das fände ich auch toll«, antwortete Nico verlegen. Wir beide wussten, dass Mike früher oder später erfahren würde, wer Nico war. Mike und die anderen Jungs.

Payam nahm mich in den Arm. »Nett ist er, dein Superstar!«, flüsterte er. Ich wich zurück und grinste ihn an.

»Danke, dass du nichts gesagt hast!«, flüsterte ich, dann löste ich mich aus seiner Umarmung.

Mit einem Augenzwinkern in meine Richtung wandte Payam sich wieder Nico zu. »Mach's gut. Und lass dich mal wieder blicken. Das war cool, sehr cool!«

Meral drückte Nico und fächerte sich hinter seinem Rücken seinen Duft zu. Dabei schloss sie genießerisch die Augen und spitzte die Lippen. Meral eben. Solange Nico es nicht sah, war es mir egal. Als ich mich von ihr verabschiedete, biss ich ihr trotzdem in die Wange.

Nico und ich stiegen zu zweit die kleine Treppe und die Leiter runter und liefen durch die Hafencity. Nico staunte, wie sehr sich hier alles verändert hatte.

»Ja, und bald wird bestimmt auch der alte Speicher abgerissen oder ausgebaut oder was auch immer«, seufzte ich. »Dann ist es vorbei mit dem schönen Proberaum.«

»Der schöne Proberaum, für den keiner Miete zahlt«, sagte Nico schmunzelnd, sprang über die Absperrung einer kleinen Kanalbrücke und gab mir ein Zeichen, mich neben ihn zu setzen. Es war längst dunkel, und die Lichter tanzten auf dem Wasser hin und her. Wäre es nicht so kalt gewesen, hätte man sich glatt einbilden können, man sei in Venedig. Eine Weile saßen wir schweigend nebeneinander. Von außen betrachtet gaben wir sicher ein sehr friedliches Bild ab, aber in mir drin war es alles andere als das. Ich dachte immer und immer wieder darüber nach, was Max mir sagen wollte. Und dass Nicos Bein meines berührte und ich aus den Augenwinkeln sehen konnte, wie er mich unverhohlen anblickte, machte mich nur noch nervöser.

Hätte ich diesen beschissenen Brief von Alex bloß nie bekommen! Dann hätte ich Nico nicht kennengelernt und Max nicht in solche Schwierigkeiten gebracht. Ich hätte mich außerdem nicht lächerlich gemacht, indem ich mich in einen Sänger verliebte, der in so kurzer Zeit die gesamte Bandbreite meiner Emotionen so virtuos aus mir herausgekitzelt hatte, dass es einfach nur unheimlich war. Ich hatte ihn gehasst, geküsst, mich um ihn gesorgt und ihn verflucht, ihn vermisst und vergessen. Zumindest hatte ich Letzteres versucht. Seit ein paar Tagen hatte ich es immerhin geschafft, mir keine YouTube-Videos mehr anzugucken. Und jetzt saßen wir hier, und ich hatte ein so großes Verlangen, mich an seine Schulter zu lehnen, dass es wehtat.

»Na, was rattert dein Hirn so?«, fragte Nico und legte einen Arm um meine Hüfte. Ich zuckte zusammen und rückte ein paar Zentimeter von ihm ab.

»Oh Mann, kannst du mal aufhören, mich ständig zu begrapschen?«

Nico hob seine Hände entschuldigend in die Luft und lachte. Er lachte mich aus.

»Sorry, kommt nicht wieder vor!« Er zeigte drei Finger und legte sie auf seine Brust. Mir war verdammt kalt, und es war schön gewesen, seine warme Hand zu spüren. Trotzdem. Das ging doch nicht! Dieses Jo-Jo-Spiel hatte schon genug Schaden angerichtet.

»Warum hast du das gemacht?«, platzte es aus mir heraus.

»Was jetzt? Mich entschuldigt?«

»Nee. Obwohl du das ja auch gerne mal machst …«

Wieder lachte Nico. Ich hätte ihn dafür ohrfeigen können. Ich meinte es ernst.

»Na, der Kuss«, sagte ich verlegen und starrte weiter auf das Wasser.

»Der Kuss? Der zwischen uns?«

Ich stöhnte auf. »Nee, der zwischen Angelina Jolie und Brad Pitt. Weißt du, dieser eine, der vor drei Jahren, an diesem Steg in der Provence, als Brad …«

»Ist ja schon gut!«, unterbrach Nico mich. Seine teuren Schuhe baumelten über dem braunen Kanalwasser. Um mich abzulenken, stellte ich mir vor, wie ein Krokodil aus dem Wasser sprang und die zehntausend Euro mit einem Happs verschlang. Das Bild in meinem Kopf fiel irgendwie blutrünstiger aus als geplant. Wann antwortete er endlich?

»Keinen Plan, ich mach so was halt manchmal.«

Bäm!

Ich spürte die Hitze in meinen Kopf steigen. Meine Brust

wurde eng, und mir fiel keine Antwort ein. Ich starrte ihn einfach nur an.

»Jetzt tu doch nicht so empört. Du hast doch mitgemacht!«

Mein Herz pochte dumpf in meinen Ohren.

»Ja und?«

»Wie meinst du das, ja und? Warum hast du denn mitgemacht?«

Was sollte ich darauf denn jetzt bitte wieder antworten?

Ich ließ ein bisschen Zeit verstreichen.

»Weiß nicht. War dumm«, gab ich zurück.

»Ja, wirklich schrecklich dumm von dir!«, sagte Nico und nickte heftig mit dem Kopf. »Wirklich, dieser schreckliche Kerl, irgendwie peinlich, oder?«

»Du sagst es!«

Hinter uns ging ein Pärchen vorbei. Nico verbarg sein Gesicht, indem er den Kopf ganz nah an meinen beugte.

»Hey.«

Zwischen unseren Lippen lagen nur noch Zentimeter.

Ich sah auf und direkt in seine Augen.

»Ja?«

»Es tut mir leid, wie es gelaufen ist. Dass du jetzt Probleme wegen mir hast. Wegen dem Beitrag, du weißt schon. Und dass ich dich verwirrt habe.«

Ich schüttelte vehement den Kopf. »Du hast mich nicht verwirrt. Das war … egal. Ich hab mich nur gefragt, warum du es gemacht hast.«

Nicos Lächeln war eindeutig. Er glaubte mir nicht.

»Und Max, also mein Vater, das ist nicht deine Schuld.

Wir hatten auch schon vorher Probleme. Er hasst es, dass ich gelogen habe. Und ich hasse es, dass er nie über meine Mutter reden will. Dass er einfach nicht versteht, was sie mir bedeutet.«

Nico nickte.

»Was ist mit deinen Eltern?«, fragte ich.

»Mit meinen?«

Nico zog lässig ein Bein an und holte sich eine Zigarette aus der Hosentasche. Es war irgendwie unwirklich, dass er hier war. Mit mir.

»Du rauchst?«, fragte ich verwundert.

»Ich darf gar nicht rauchen. Ist Vertragsbruch. Deshalb tu ich es manchmal. Ach, vergiss es.«

Er klopfte mit der Zigarette zweimal auf den Boden und steckte sie wieder zurück. Dann begann er zu erzählen.

»Meinen Dad hab ich seit vier Jahren nicht gesehen. Er ist hiergeblieben. Ich hab damals nicht verstanden, warum. Jetzt versteh ich ihn.«

»Was verstehst du?«

»Dass er recht hatte. Er hat gesagt: ›Nico, eines Tages wirst du erkennen, dass es niemals reichen wird. Deine Mutter kann man nicht zufriedenstellen.‹ Und er hatte einfach recht. Selbst wenn er alles aufgegeben hätte und mitgegangen wäre. Sie hätte wieder irgendetwas anderes gefunden, was nicht ausreicht an ihm.«

»Woher willst du das wissen?«, fragte ich und zog eine Locke lang.

Nico schnaubte und imitierte ihre Stimme. »›Jetzt musst du dranbleiben, Nico. Du darfst jetzt nicht nachlässig werden. Das zweite Album muss sich besser verkaufen als das erste, sonst machst du dich lächerlich, Nico. Das ist nicht die Zeit für Experimente.‹«

Ich rückte ein Stück zur Seite, um Nico besser sehen zu können. »So was sagt sie?«

Nico nickte.

»Was meint sie mit Experimenten?«

»Songs schreiben.«

Ich dachte an die ganzen Texte, die ich auf dem Schreibtisch hatte liegen sehen.

»Ich hab schon mal einen Text von dir gelesen. Deine Notizen lagen offen auf dem Schreibtisch«, gab ich kleinlaut zu und hoffte, dass er nicht wieder sauer auf mich wurde.

»Du hast, um genau zu sein, zwei gelesen.«

Im Hafen hupte ein Schiff, und über uns kreisten zwei Möwen. Mir war megakalt, aber ich wollte diesen Moment zwischen uns auf keinen Fall beenden.

»Hmm? Wie meinst du das?«

Nico sah mir fest in die Augen. In meinem Bauch zog sich alles zusammen.

»Der Brief.«

Gebannt wartete ich, bis er endlich weitersprach.

»Ich habe ihn geschrieben. Er war an meine Schwester gerichtet. Und irgendwann hab ich ihn weggeschickt.«

»Aber der Brief ist doch von Alex!«, widersprach ich.

Nico sah mich irritiert an. »Von Alex? Wie kommst du denn darauf?«

Jetzt war ich endgültig verwirrt. Ich versuchte, die Gedankenkette, die zu diesem Verdacht geführt hatte, nachzuvollziehen, aber die vielen Verstrickungen waren längst viel zu kompliziert.

»Gestern fand ich es noch logisch«, sagte ich und versuchte, mich an den Gedanken zu gewöhnen, dass Nico in der Lage war, einen solchen Brief zu schreiben. »Du hast nicht mal ihren Namen draufgeschrieben«, sagte ich nachdenklich.

»Und ich wusste auch, dass sie wahrscheinlich nicht mehr in dem Haus wohnt, in dem wir zusammen gewohnt haben.«

»In der Fettstraße?«, vergewisserte ich mich. »Auch wenn es mich nichts angeht.«

»Genau. In der Fettstraße.« Nico lachte leise und trat sachte mit seinem Fuß gegen meinen.

»Auf der dritten Treppenstufe müsste noch ein Kratzer drin sein. Musste mal gucken. Da hab ich immer mit meinen Matchboxautos Unfall gespielt. Einmal ein bisschen zu realistisch.«

Ich versuchte, mir einen kleinen Nico-Knirps mit seinen Matchboxautos in unserem stinkigen Flur vorzustellen. Es gelang mir nicht. Aber es schwirrten auch viel zu viele Gedanken gleichzeitig in meinem Kopf rum.

»Du wolltest nicht, dass der Brief bei Sarah ankommt.«

»Natürlich nicht!«

Ich verstand nicht, warum das so klar sein sollte, aber ich wollte auch nicht weiterbohren.

»Lea, es ist kompliziert. Ich wollte es nicht und irgendwie doch. Ach, ich hab selbst keinen Plan!«

Wieder liefen hinter uns ein paar verirrte Touristen über

die Brücke, und Nico rutschte näher an mich heran, um sein Gesicht zu verdecken. Ich schloss für einen Moment die Augen und sog seinen Duft auf.

»Dann hast du auch den Song geschrieben? Den im Radio?«

»Jup.«

»Aber ... der Song ist ein Riesenerfolg! Dann weiß doch jetzt deine Mutter, dass du ...«

»Meine Mutter weiß gar nichts. Fast niemand weiß es. Ich schreibe, und ein Kumpel von mir reicht die Songs unter seinem Namen ein. Er kann die Kohle gut gebrauchen.«

Ich verstand nur noch Bahnhof.

»Warum tust du das?«

Nico zog genervt seine Beine zu sich heran. Sein Ton wurde ungehalten.

»Ach Mann, Lea, jetzt frag doch nicht immer so was. Keinen Plan. Es ist mir einfach lieber, wenn keiner weiß, dass das meine Gedanken sind. Es macht die Sache einfacher.«

»Welche Sache? Die Sache, dass du gerne wie ein Arschloch wirkst?«

Nicos Beine baumelten unruhig hin und her. »Aber ich bin ein Arschloch!«

Tja, was sollte ich dazu sagen?

»Ich weiß nicht, was du bist und was du nicht bist«, antwortete ich nach einer Weile.

»Cool. Dann sind wir ja schon zwei!«

Ich atmete tief ein. So viel Melodramatik an einem Tag war zu viel für mich. Nico schien aufgebracht zu sein. Er rang um die richtigen Worte.

»Es ist alles so absurd. Ich fühl mich wie eine riesige Seifenblase voller Illusionen. Alle meinen zu wissen, wer ich bin, was ich fühle, was mir wichtig ist und warum. Dabei hab ich doch nicht mal selbst eine Ahnung.«

Es war aus Nico herausgebrochen, und ich sah ihm an, dass er es im gleichen Moment bereute.

»Und wenn du die Seifenblase einfach mal zerplatzen lässt? Wenn du ihnen zeigst, wer du wirklich bist?«

»Und wer bin ich, Lea?«

»Der aus deinen Liedern vielleicht?«

Nico setzte seine Mütze ab. Er hatte wirklich keine Locken mehr, seine Haare waren raspelkurz abrasiert.

»Vielleicht«, sagte er leise. Dann kramte er einen iPod aus seiner Tasche. »Darf ich dir was zeigen?«

»Einen Song von dir?«

Nico antwortete nicht, sondern gab mir In-Ear-Kopfhörer in die Hand. Ich steckte sie in die Ohren, und er drückte auf Play.

Ich schloss die Augen und lauschte der Musik. Das Lied hatte Nico wohl alleine aufgenommen. Ich hörte nur seine Gitarre und seine Stimme, die für mich sang:

AND AGAIN, YOU'RE RUNNING AWAY,
YOU'LL RUN AS LONG AS YOU LIVE.
YOU HOPE TO GET THE WHOLE WORLD FOR YOURSELF.
BUT I DON'T HAVE NOTHING TO GIVE.

I HOPE, ANYWHERE OUT THERE,

YOU'LL FEEL FINALLY FREE,
I WISH I COULD BE WITH YOU,
I WOULD REALLY LOVE TO SEE,
BUT OUT THERE,
THERE'S NO SPACE FOR TWO.

Mein Kopf hörte auf zu denken, und langsam breitete sich eine seltsame Ruhe in mir aus. Nicos Gitarre vertrieb mit ihren leisen, unaufgeregten Tönen die Sorgen, die mich seit Tagen zu erdrücken drohten. Seine Stimme klang wie ein Flüstern. Ein Flüstern, das einzig und allein mir galt. Nico sang vom Lieben und Loslassen, von unerfüllten Erwartungen und von der Erkenntnis, dass es am Ende kein »Wir« geben würde. Dieses Lied tat mir weh und sollte doch niemals enden. Es war melancholisch und ehrlich, auf eine schmerzliche Art tröstend und gleichzeitig tieftraurig. Es berührte mich, wie kein Lied auf der Welt mich je berührt hatte, und ich spürte, wie eine Träne heiß über meine Wangen rann, für die ich mich nicht schämte. Ich dachte nicht an Max, nicht an Charly, nicht mal an Nico. Aber ich fühlte sie alle. Mich ergriff eine Sehnsucht, die jede Sehnsucht übertraf, die ich je gefühlt hatte.

Als Nicos Lippen sich sanft auf meine legten und seine warmen Arme meinen Körper umschlossen, erschrak ich nicht. Es war, als ob er das Versprechen einlöste, das seine Stimme mir gerade gegeben hatte. Ein leises Zittern durchzog meinen Körper unter seinen warmen Händen. Ohne die Augen zu öffnen und ohne darüber nachzudenken, erwiderte ich seinen Kuss vorsichtig. Mit einem Finger streichelte er über die Tränen auf meinem Gesicht. Seine Berührungen waren schüchtern und behutsam, ganz anders als beim letzten Mal. Als wolle er teilhaben an diesem Moment, ohne ihn zu sehr zu verändern. Und doch änderte er alles. Er hatte die Seifenblase platzen lassen. Für diesen kurzen Augenblick zeigte er sich. Für mich. Und gleichzeitig hörte ich seine warnende Stimme, die davon sang, dass es keinen Platz für uns gemeinsam geben würde. Weder in meiner noch in seiner Welt.

Nach dem letzten Ton breitete sich eine gespenstische Stille um uns aus. Ich konnte nur meinen Herzschlag hören und fühlte, wie sich die Kälte wieder einen Weg durch meine Kleider bahnte und meinen Körper mit Gänsehaut übersäte. Nicos Lippen waren nur Zentimeter von meinen entfernt. Ich öffnete die Augen, weil sich alles drehte und wehtat.

Nein, ich fragte mich nicht, warum er das getan hatte. Diesmal nicht. Aber ich fragte mich, wie ich es dieses Mal schaffen sollte, ihn wieder zu vergessen.

Das zwischen Nico und mir war nicht mehr einfach nur ein missglückter Kuss, kein Irrtum liebestoller Hormone. Dieses Mal war er ganz einfach nur ein Junge, der mehr mit mir gemeinsam hatte, als seine grauen Schuhe neben meinen ausgelatschten Chucks vermuten ließen.

»Frierst du?«

Erst jetzt bemerkte ich, dass ich zitterte.

»Ich glaube schon!«, flüsterte ich und schmiegte schüchtern mein Gesicht an seine Schulter.

Nico zog seine Jacke und seinen Pullover aus. Er half mir

in den Pulli und streifte sich dann wieder seine Jacke über das weiße T-Shirt, das er trug.

»Weiße T-Shirts, blaue Jeans«, sagte ich und lachte leise.

Nico sah mich fragend an.

»Du stehst auf Mädchen in weißen T-Shirts und blauen Jeans. Ganz klassisch.«

»Sagt wer?« Nico streichelte lächelnd über meine lila Leggins.

»Du. Im Interview in der Bravo.«

»Und du stehst auf deinen Bruder, hab ich gehört.«

»Sagt wer?«

»Ich!«

Ich hob entschuldigend die Hände. »Was soll ich sagen? Wenn du das sagst, dann ist es wohl so.«

»Abartig, Cheesy!«

»Sagt wer? Etwa schon wieder der Mann mit dem Pandafetisch, der heimlich bei der NSA arbeitet und Telefonate abhört und der …«

Nico erstickte meinen Satz, indem er mich an sich zog und mich wieder küsste.

»… der froh ist, dass er dich heute gesehen hat«, beendete er dann meinen Satz.

Ich spürte seinen heißen Atem an meinem Hals, und erneut jagte ein Schauer über meinen Rücken.

»Nico? Wie viel Uhr ist es?«, fragte ich.

Er schaute auf sein Handy. »Kurz vor acht. Wieso?«

Ich sprang mit einem Satz auf.

»Was? Fuck, fuck, fuck! Ich muss los!«

Oh Mann. Das war jetzt wirklich nicht der Tag, an dem

ich Max warten lassen sollte. Ich kletterte eilig über das Geländer. Dann hielt ich noch einmal inne. Es gab etwas, was noch wichtiger war, als pünktlich zu Hause zu sein.

»Kannst du mir einen Gefallen tun?«

Nico stand noch auf der anderen Seite des Geländers. Er nahm meine Hände und sah mir tief in die Augen.

»Das kommt ganz drauf an …«

Ich wusste nicht einmal, ob es Sinn machte, ihn das zu bitten. Aber ich musste es versuchen.

»Kannst du irgendetwas tun, damit wir keine Reporter mehr vor dem Haus haben?«

Nico hob bedauernd seine Schultern. »Ich fürchte, dass das schwierig werden könnte.«

»Bitte«, flehte ich ihn an. »Für mich. Für Max. Koste es, was es wolle, ich brauch wirklich deine Hilfe, Nico. Bitte, mach, dass es aufhört.«

»Aber Lea, wie soll ich das denn anstellen?«

Nico ließ meine Hände los und vergrub sie tief in seinen Hosentaschen. Er sah wirklich ratlos aus. Ich glaubte ihm, dass er mir gerne helfen würde.

»Sag ihnen die Wahrheit!«, platzte es aus mir heraus.

Er senkte seinen Kopf. »Du weißt, dass das nicht geht.«

Mit einem Seufzen trat ich näher. Unsere Körper berührten sich, obwohl zwischen uns das kalte Eisen des Geländers lag. Ich gab ihm einen Kuss auf die Wange und versuchte, den Kloß in meinem Hals zu ignorieren.

»Dann denk dir irgendwas anderes aus. Irgendwas.«

Ich bekam keine Antwort, aber Nico nickte kaum merklich.

»Ich versuche es. Und Lea?«

»Ja?«

»Wenn du mich suchst, ich bin im ›Radisson.‹«

Ohne zu antworten, drehte ich mich um und ging, obwohl alles in mir danach schrie, es nicht zu tun. Und obwohl ich wusste, dass ich ihn mit einer unmöglichen Aufgabe zurückließ.

Ich rannte los, durch die kleinen Gassen, über die Brücken der Kanäle bis zur Haltestelle Überseequartier, die Treppen runter, dann schlüpfte ich gerade noch so in den letzten Wagen der U4, bevor sich die Türen schlossen. Die U-Bahn fuhr los, weg von Nico, und ich setzte mir meine Kopfhörer auf. Die Welt war mir zu laut. Ich war noch nicht bereit, die zauberhafte Ruhe aufzugeben, die ich mit Nico gefühlt hatte, und ich wollte nicht mehr daran denken, dass es das Beste für mich sein würde, wenn ich ihn nie wiedersah. Natürlich dachte ich doch darüber nach und spürte, wie mein Brustkorb sich immer enger anfühlte, je weiter ich mich von ihm entfernte. Niemals durfte ich der Versuchung nachgeben, ihn im »Radisson« zu suchen.

Ich schmiss mich in einen der Sitze, schloss die Augen und lauschte James Bay, der »Let it go« sang. Irgendwo auf der Welt war auch er gerade. Irgendwo auf der Welt saß bestimmt auch jemand, der sich nach James Bay sehnte und ihn nur auf Litfaßsäulen sah. Irgendwer, für den er mehr als nur eine Stimme war.

Plötzlich roch ich Nico. Direkt neben mir. Ich riss die Augen auf, aber nur, um sekundenschnell zu realisieren, dass ich noch immer seinen Pullover trug. Sein Geruch kam von mir selbst. Ich vergrub schaudernd meine Nase in die Kapuze und riss mich zusammen, um nicht heulen zu müssen.

Ich kam eine halbe Stunde zu spät. Max war nicht da. Erst dachte ich, dass er wütend auf mich war wegen meiner Verspätung. Aber offensichtlich hatte er sie nicht mal bemerkt. Auf dem Küchentisch fand ich einen Zettel.

Notfall mit Patient. Sorry! Max

Neben dem Zettel stand eine kalte Lasagne. Max hatte für uns gekocht. Warum hatte er gekocht?

Es kam selten vor, dass Max zu einem Notfall gerufen wurde, aber es kam vor. Ausgerechnet heute.

Erschöpft pfefferte ich meine Schuhe in die Ecke und schmiss meine Schultasche in den Flur, die ich noch immer bei mir trug. Ich machte das Licht nicht an. Ich wollte kein Licht sehen und nichts hören, schaute nicht auf mein Handy und hörte den Anrufbeantworter nicht ab. Ich wollte nur an Nico denken, die Augen schließen und mich der Erinnerung an diesen einen Kuss hingeben, den ich niemals vergessen würde. Nur noch schnell die Zähne putzen, das Fazit der Erörterung schreiben und dann schnell ins Bett. Ich wusste schon jetzt, dass ich seinen Pulli nicht ausziehen würde.

Am nächsten Morgen war Max wieder da. Ich hörte ihn im Bad hantieren und schlich mich auf Zehenspitzen in die Küche. Natürlich würden wir uns gleich begegnen, schließlich war Samstag. Aber wenn sich das noch ein paar Minuten hinauszögern ließ, umso besser. Erst mal einen Kaffee. Max hatte ihn schon durchlaufen lassen. Ich machte mir ein bisschen Milch warm, vermischte sie mit dem heißen Kaffee und genoss die Hitze, die beim ersten Schluck durch meine Kehle floss.

»Na?«

Ich wirbelte herum. Max stand in der Tür.

»Na?«, antwortete ich zerknirscht. Ich wusste gar nicht, mit welcher Entschuldigung ich anfangen sollte. Aber Max kam mir zuvor.

»Tut mir leid, dass ich gestern wegmusste. Es war ein Notfall. Eigentlich wollte ich ja noch mit dir sprechen.«

Wie absurd. Er entschuldigte sich, obwohl ich ihm so viele Probleme machte.

»Nein, es tut mir leid, Papa. Ich hab alles verbockt.«

Ich sah, dass Max lächeln musste. »Du hast nicht alles verbockt. 'ne ganze Menge, aber nicht alles.«

Ich war ernsthaft verwirrt von seinem plötzlichen Stimmungswandel. »Du bist nicht mehr sauer?«

Max runzelte die Stirn. »Doch, ich bin sauer. Du hast mich angelogen, du hast dich in Gefahr gebracht, und du hast uns einen Haufen Schwierigkeiten gemacht. Ich hab noch keine Ahnung, wie wir da wieder rauskommen.«

Er öffnete seine Arme und winkte mich zu sich heran.

»Aber du bist mein Kind, und es ist egal, was du tust, ich liebe dich und will für dich da sein. Außerdem verstehe ich dich besser, als mir lieb ist.«

Er legte seinen Kopf auf meine Schulter und schreckte im gleichen Augenblick hoch.

»Was ist denn das für ein Pulli? Riecht nach Kerl.«

Ich war mir sicher, dass ich rot anlief.

»Verstehe«, seufzte Max und runzelte die Stirn.

»Nein, Papa, so ist es nicht. Ich …«

Max ging zum Küchentisch, griff sein Handy, tippte etwas ein und reichte es mir schließlich.

»Das will ich für dich hoffen, dass es nicht so ist.«

Mit einem mulmigen Gefühl im Bauch nahm ich es entgegen. Max hatte die MOPO-Seite aufgerufen, und es war nicht schwer, zu erkennen, was er meinte. Im selben Moment, in dem ich das Foto sah, überkam mich das Gefühl, mich übergeben zu müssen. Es war nicht besonders groß und ein bisschen pixelig, aber es war unverkennbar, was darauf zu sehen war. Nico!

Nico und ein Mädchen, das er küsste.

Doch diesmal war das Mädchen nicht ich.

Meine Beine waren weich wie Wackelpudding. Mit einem aufgesetzten Lächeln überspielte ich das Gefühl, in die Tiefe zu fallen. Max beobachtete mich mit gerunzelter Stirn.

»Ja und?«, fragte ich so unbedarft wie möglich, hörte aber selbst, dass meine Stimme zitterte. Ich scrollte ein Stück runter, um zu lesen, was sie dazu geschrieben hatten.

NICO SIMON IN LOVE –
HEISSE KÜSSE AUF PARTY IN HAMBURG

Darunter nur wenige Zeilen:

Ertappt! Auf der After-Show-Party des gestrigen Finales von »Topmodel wanted«, der neuen Reality-Castingshow aus Amerika, turtelte der heiße Newcomer Nico Simon mit der im Finale ausgeschiedenen Kandidatin Stella Mollenkamp. Die 18-jährige Blondine mit den langen Beinen hatte sich in der Sendung besonders mit den Zickereien ihren Mitstreiterinnen gegenüber einen Namen gemacht. Seine Fans wird es nicht freuen: Er verließ die Party gemeinsam mit dem Nachwuchsmodel noch vor Mitternacht. Ob sie den gebürtigen Hamburger dazu bewegen kann, noch ein bisschen in Deutschland zu bleiben?

Ich unterdrückte ein Schnauben und las noch einmal von vorne. Am gestrigen Abend …

Gestern. Das war jetzt nicht deren Ernst. Gestern??? Ich ließ das Handy sinken und gab mir große Mühe, mein eingefrorenes Lächeln nicht zu verlieren. Aber Max kannte mich gut genug, um meine Show zu durchschauen.

»Lea? Hör auf damit … Verkauf mich nicht für dumm, hörst du?«

Er zog mich an sich und hielt mich fest in seinem Arm. Mit seiner großen Hand strich er immer wieder über meine Haare, während ich in sein T-Shirt schluchzte.

»Aber Papa, gestern hat er mich geküsst.«

Ich fühlte, wie Max sich anspannte. Dabei wollte ich gar nicht, dass er wütend auf Nico war. Es war doch alles schon kompliziert genug.

»Offensichtlich nicht nur dich. Wäre er wirklich mein Sohn, könnte er sich auf was gefasst machen!«, zischte Max.

Ich löste mich vorsichtig aus seiner Umarmung.

»Wäre er wirklich dein Sohn, wäre das Ganze hier ziemlich pervers«, sagte ich, und unter mein Schluchzen mischte sich ein Lachen.

»Wohl wahr, wohl wahr«, murmelte Max und musste auch schmunzeln. »Weißt du, die erste Liebe ist irgendwie immer kompliziert.«

Wir setzten uns an den Küchentisch, ich zog meine Beine an und legte seufzend meinen Kopf auf meine Knie.

»So wie bei dir und Charly?«

Das Thema Charly bereitete Max offensichtliches Unbehagen. Sofort verkrampfte er sich wieder. Bevor er antwortete, räusperte er sich umständlich.

»Ja, ungefähr. Vielleicht nicht immer ganz so kompliziert.«

Ich wartete, ob er das genauer erklären wollte.

»Ist irgendwie nicht der richtige Zeitpunkt.«

»Für was?«

»Vergiss es. Was machen wir jetzt wegen Nico?«

»Wir?«

»Na, ich könnte ihm eine reinschlagen. Mit seinem Anwalt habe ich ja so und so Ärger.« Max boxte in die Luft.

»Lass mal, Paps.«

Max sah unbeholfen aus, wie er mir gegenübersaß und

darüber nachdachte, wie er mir helfen konnte. Dabei war mir kein bisschen zu helfen. Ich hatte es doch eigentlich gewusst, dass Nico ein selbstverliebter, rücksichtsloser Idiot war. Und dann war ich wieder auf ihn reingefallen.

»Kann ich zu Meral?«

Max nickte, und ich stand auf.

»Lea?«

»Ja?«

»Es ist nicht deine Schuld. Denk nicht, dass du dich in ihm geirrt hast. Kein Mensch ist einfach nur schlecht. Für alles, was ein Mensch tut, gibt es Gründe.«

»Schon klar, Dr. Winter!«

Nachdem ich mich umgedreht hatte, verdrehte ich die Augen. Max hatte echt keine Ahnung von Liebeskummer. Er hatte es geschafft, die vier goldenen Regeln mit zwei mickrigen Sätzen zu ruinieren.

Regel Nummer eins: Scheiße finden!

Regel Nummer zwei: Niemals darüber nachdenken, dass er auch gute Seiten hat!

Regel Nummer drei: Jeglichen Menschenverstand unterdrücken, der Regel Nummer vier infrage stellt!

Regel Nummer vier: Es gibt gute Menschen und schlechte Menschen. Und wenn er dich nicht will, ist er einer von den schlechten!

Ich musste dringend zu Meral, der Erfinderin der vier goldenen Regeln.

Wenig später saßen Meral und ich im »Herr Max« in der Schanze und tranken Kaffee.

»Kuchen?«, fragte Meral. »Kuchen hilft immer!«

»Ja, Kuchen! Unbedingt!«

Meral ging zum Tresen und kam mit zwei riesigen Stücken Schokosahnetorte wieder.

»So, Cheesy, aber jetzt will ich wirklich wissen, was dich so ins Unglück gestürzt hat!«

Ich nahm einen riesigen Happen von der Torte. In letzter Zeit hatte ich mich zurückgehalten in Sachen Nico. Der Plan, mit ihr über ihn zu schimpfen, war aussichtslos. Meral fand sowieso alles süß, was Nico tat oder nicht tat. Sie hätte ihn vermutlich sogar für das Erlangen des Seepferdchen-Abzeichens gefeiert. Aber so praktisch ihr Enthusiasmus in Sachen Nico auch war, wenn man jemanden zum YouTube-Gucken und Schwärmen brauchte, so unbrauchbar machte es sie für Liebeskummer. Trotzdem – ich brauchte sie jetzt. Das war wirklich das Allerletzte gewesen. Das würde selbst Meral einsehen müssen.

»Also, mal ganz von Anfang an. Max hat mich nach der Schule geschnappt und wollte mit mir zu Nico und Alex.«

Meral riss die Augen auf. »Ohne Vorwarnung? Ach, deshalb sahst du so gammelig aus gestern.«

Ich funkelte sie böse an. Solche Kommentare trugen nicht wirklich dazu bei, dass ich mich besser damit fühlte, Nico mit einem Topmodel zu teilen.

»Klappe, Mann!«

Meral hob entschuldigend die Hände. »Ich sag ja nur.«

»Man muss ja nicht immer laut denken.«

Ich erzählte Meral alles, was ich gestern mit Nico erlebt hatte. An manchen Stellen schmückte ich es sogar noch ein bisschen aus, damit der Schocker am Ende richtig saß. Ich musste es irgendwie schaffen, dass sie ihn scheiße fand, so richtig scheiße.

Als Meral verträumt an ihrem Kaffee nippte und sich wahrscheinlich gerade vorstellte, wie ich in seinen Pulli gekuschelt einschlief, ließ ich die Bombe platzen. Ich nahm mein Handy aus der Tasche, öffnete den Browser und hielt ihr das Bild von Nico und Miss Perfect unter die Nase, so wie Max es heute Morgen bei mir gemacht hatte.

Meral nahm mir mein Handy aus der Hand und las. Mit jeder Zeile verzog sich ihr Gesicht mehr und mehr zu einem Grinsen. Ich entriss ihr mein Handy.

»Sag mal, spinnst du? Findest du das etwa lustig?«

Meral lachte. »Hä? Na klar ist das lustig. Der Junge ist gar nicht so doof!«

Ich verstand nur Bahnhof. »Willst du mich verarschen? Das geht gar nicht! Gestern war das. Dieser Mistkerl hat nichts Besseres zu tun, als direkt nach unserem Kuss so eine dumme Ziege abzuschlecken!«

Eine Strähne fiel mir ins Gesicht, und ich pustete sie wütend aus dem Gesicht, während Meral mich mitleidig anlächelte.

»Lea, ernsthaft jetzt mal, bist du so doof, oder tust du nur so?«

Beleidigt ließ ich mich mit verschränkten Armen nach hinten fallen. Die hatte sie doch nicht mehr alle. Was war das bitte für eine Freundin, dass sie nur darüber lachte? War sie wirklich so blind, nur weil Nico heiß war?

»Oh Mann, du Dummerchen, das hat er für dich getan!«

Ich blieb reglos mit düsterer Miene sitzen.

»Ja, na sicher. Wirklich nett von ihm. Bist du übergeschnappt? Hast du zu viele persische Süßigkeiten gegessen?«

»Das hab ich ganz sicher.« Meral streckte den Bauch unnatürlich raus und strich sich darüber. »Aber überleg doch mal, Cheesy! Worum hast du ihn gebeten, als du gegangen bist?«

»Dass er sich was einfallen lassen soll, damit die Presse uns in Ruhe lässt.«

»Koste es, was es wolle …«, ergänzte Meral meinen Satz. »So, und das hat er draus gemacht!«

Sie schlug mit dem Handrücken auf mein Display. Zum Glück war es längst schwarz. Ich konnte das Bild noch immer nicht ansehen, ohne dass sich mein Magen verknotete.

»Ach, komm schon, Lea. Er weiß doch genauso gut wie du, dass das zwischen euch nichts wirklich Ernstes ist. Früher oder später lebt er sowieso sein Leben so weiter, wie er es getan hat, bevor er eine neue Schwester bekommen hat, auf die er steht. Und zwischen euch werden wieder ziemlich viele Liter Salzwasser und eine Freiheitsstatue liegen. Sieh es als Abschiedsgeschenk, dass er von euch abgelenkt hat.«

Merals Worte waren wie ein Schlag ins Gesicht. Ich konnte mich gerade so zwingen, nicht vor ihr zu heulen.

»Weißt du, was?«, fauchte ich. »Wenn man Freunde wie dich hat, braucht man echt keine Feinde mehr.« Ich stand auf, um mir meinen Mantel anzuziehen, und stieß dabei beinahe den Tisch um, auf dem noch immer die zwei Kuchenstücke standen. Meral sah mich völlig entgeistert an.

Ja, ich wusste, dass ich gemein war und dass sie es nur gut gemeint hatte. Aber das hier ging zu weit. Sie machte das immer so. Sie machte es mit Charly, und jetzt war also auch noch Nico dran. Für Meral waren Nico und Charly Hirngespinste, und ich hatte in ihren Augen einfach einen Knall.

Wütend riss ich die Tür des Cafés auf, ohne sie noch einmal anzusehen, stolperte ins Freie und rannte los.

Zu Hause klingelte ich Sturm und rannte die Treppen nach oben. Noch im Flur schmiss ich mich in Max' Arme und ließ all den Schmerz raus, der sich in den letzten Wochen angesammelt hatte. Wir sprachen kein Wort. Wir standen einfach nur da im dämmrigen Licht, das aus der Küche in den Flur drang. Max hielt mich fest und strich mir über die Haare, während meine heißen Tränen seinen Pullover durchweichten.

»Keine Fragen!«, sagte ich mit gebrochener Stimme.

»Keine Fragen!«, versprach Max mir und küsste meinen Hinterkopf. So standen wir, bis ich mich beruhigt hatte. Es kam mir wie Stunden vor. Ich hörte nur das Ticken der Uhr und atmete Papas Geruch ein.

»Es tut mir leid, Papa!«, murmelte ich leise in seine Schulter.

»Was tut dir leid?«

»Alles. Ich hätte gestern nicht gehen dürfen. Es war einfach irgendwie alles zu viel. Und dann ist Nico losgelaufen. Und ich ...«

»Ist schon okay, Lea. Das war vielleicht nicht die feine

englische Art. Aber ich hab verstanden, warum ihr gegangen seid.«

»Ja?«

»Ja.«

»Manchmal hat man so viel Scheiße gebaut, dass einem einfach nur noch zum Weglaufen zumute ist.«

Ich schüttelte den Kopf. »Ich hätte dir wenigstens sagen müssen, dass ich etwas unterzeichnet habe. Du wusstest es nicht.«

»Ja, das wäre wohl besser gewesen, wenn ich das vorher gewusst hätte.«

»Können wir denn jetzt gar nichts machen?«

Max hob seine Schultern. »Ich weiß es nicht. Heute hat auf jeden Fall noch keiner hier geklingelt. Wahrscheinlich hat jetzt sein Betthäschen die Presse am Hals.« Er lachte leise, und ich löste mich aus seiner Umarmung.

Hmm.

Ob Meral vielleicht nicht ganz so unrecht hatte mit ihrer Vermutung?

Unsinn!

»Lea, wir müssen reden.«

»Aber das tun wir doch gerade.«

»Ja. Aber ich meine, über was anderes.«

Er ging in die Küche und gab mir mit dem Kopf ein Zeichen, ihm zu folgen. Wir setzten uns beide an den Tisch, und Max legte seine Stirn in tiefe Falten.

»Es gibt etwas, was du wissen solltest. Was du von Anfang an hättest wissen sollen.«

Max' Tonfall machte mir Angst. Und dass er offensichtlich nicht wusste, wie er anfangen soll, machte alles noch viel unheimlicher.

»Papa? Kannst du bitte was sagen?«

Ich sah ihm dabei zu, wie er nervös aufstand, sich kalten Kaffee von heute Morgen aus der Kanne nahm und ihn runterkippte wie ein kühles Bier.

»Hör mal, ich hab vor vielen Jahren auch Scheiße gebaut.«

Mir wurde eiskalt. War es das, was er mir sagen wollte? Dass ich recht hatte und er mich bereute? War ich es, die er mit »Scheiße« meinte? Mein Herz klopfte bis zum Hals, während Max sich noch einen zweiten Kaffee nahm.

»Oh Mann, Papa, das ist ekelhaft, der ist eiskalt. Jetzt sag endlich!«, platzte es aus mir heraus.

»Also gut!« Max lehnte sich an die Arbeitsplatte und umklammerte sie mit beiden Händen.

»Du warst noch so klein, Lea. Und ich hatte irgendwie nicht drüber nachgedacht, dass du eines Tages groß sein würdest. Dass eine kleine Lüge für ein kleines Mädchen mit diesem Mädchen wächst und plötzlich so riesig ist, dass man …«

Max rieb sich den Nacken und wand sich. Ich starrte ihn einfach nur an und wartete darauf, dass das, was er sagte, einen Sinn ergab. Einfach irgendeinen Sinn.

»Deine Mutter wohnt nicht in Australien, Lea.«

Mein Herz setzte aus. *Sie wohnt nicht in Australien?* Was sollte das heißen? War Charly tot? Wo war Charly, wenn nicht in Australien? Warum hatte er mir dann erzählt, dass …

»Sie wohnt in Hamburg.«

Hamburg???

Ich wandte mich ab und blickte aus dem Fenster. Draußen fuhr ein Krankenwagen am Haus vorbei, und ich wusste, auch ohne hinzusehen, dass Max mich noch immer ängstlich betrachtete.

Ich sollte irgendetwas sagen. Schreien. Wegrennen. Um mich schlagen. Wenigstens irgendetwas fühlen oder denken. Aber alles schwieg. Mein Kopf war einfach nur wie leer gefegt. Mein Herz klopfte ruhig und fest in meiner Brust, als hätte es nicht mitbekommen, was Max da gerade gesagt hatte. Mit dem Daumennagel drückte ich so fest auf die Handfläche, dass es brannte. Max hatte das Radio im Badezimmer angelassen. Es spielte und spielte, als sei alles beim Alten.

Ich räusperte mich, um den dicken Kloß in meinem Hals loszuwerden. Dabei wiederholte ich in Gedanken Max' Worte. Charly war nicht in Australien. Sie war in Hamburg. Und auch wenn gerade Hunderte Fragen in meinem Kopf nach einer Antwort schrien, ließ es sich am Ende doch alles in einer einzigen Frage bündeln.

»Warum ist sie nicht hier?«

Die Frage zu stellen, war nicht schwer gewesen. Aber war ich bereit, die Antwort zu ertragen?

Als ich sah, dass Max mit den Tränen kämpfte, wusste ich, dass ich nicht bereit dazu war. Bitte, Max, flehte ich ihn in Gedanken an, bitte sag, dass es nicht geht. Dass es, warum auch immer, einfach nicht geht. Oder sag gar nichts. Schweig einfach und lass mich in Australien nach ihr suchen. Aber Max schwieg nicht. Max sagte das Schlimmste, was er hätte sagen können.

»Sie will dich nicht treffen, Lea.«

Ich rannte und rannte und rannte. Meine Lunge schmerzte, und mein Mund war ausgetrocknet, aber ich konnte nicht stehen bleiben. Noch war es hell, aber man merkte schon, dass der Sonne langsam die Kraft ausging. Ich wusste, dass Meral nicht mehr zu Hause war. Sie würde erst spät zurückkommen.

Es war schwer, ohne Ziel zu rennen. Ich bremste ab und schaute an mir herunter. Gott, es war einfach nur erbärmlich. Frierend, mit einem getrockneten Tränenfilm auf der Haut und verschwitzt stand ich ohne Jacke auf dem Bürgersteig und wusste nicht, wohin ich gehen sollte. Meral und ich, wir hatten uns immer gereicht. Klar hatte ich Klassenkameradinnen, die ich mochte, aber keinen, mit dem ich das hier hätte teilen wollen, außer mit Meral und vielleicht Payam. Sonst gab es ja immer noch Max oder Oma und Opa. Aber Max war der Letzte, mit dem ich gerade sprechen wollte, und meine Großeltern waren nicht mehr hier. Es war armselig. Ich stand einfach nur mit hängenden Schultern da, wurde ein paarmal angerempelt und wusste nicht, wohin ich gehen sollte.

Wenn du mich suchst, ich bin im »Radisson«.

Nicos Worte dröhnten in Dauerschleife in meinem Kopf.

Ohne auch nur eine weitere Minute darüber nachzudenken, setzte ich mich wieder in Bewegung. Es war nicht weit bis zum Dammtor, und ich sah das riesige blau beleuchtete Hotel schon. Es überragte mit seinen über dreißig Stockwerken alle Häuser der Stadt. Ich fühlte mich wie ein einziger Eisklotz, als ich das imposante Foyer betrat.

»Sagen Sie ihm einfach, Lea ist hier.«

Der Portier sah mich weiterhin skeptisch an.

»Das würde ich ja herzlich gerne tun, aber Herr Simon hat ausdrücklich darum gebeten, nicht gestört zu werden. Und mit Verlaub – Sie sind nicht das erste Mädchen, das dringend mit ihm sprechen möchte.«

Langsam wurde ich wirklich wütend. Was war denn so schwer daran, den Telefonhörer in die Hand zu nehmen und Nico zu sagen, dass ich hier war?

»Jetzt hören Sie mal, ich glaube, dass Nico es überhaupt nicht lustig finden wird, dass Sie seine Freunde vor der Tür stehen lassen!«

Der Mann seufzte, und ich fragte mich, ob es vermessen war, mich eine Freundin zu nennen. Ich hatte nicht mal seine Handynummer. Das hatte sicher auch der geduldige Portier gemerkt, war aber anscheinend höflich genug, es nicht zu erwähnen.

»Ich hab mein Handy vergessen, sonst würde ich ihn ja selbst anrufen«, murmelte ich.

»Wissen Sie, wie oft hier Mädchen mit sehr wichtigen Anliegen stehen, die Herrn Simon am Ende vollkommen unbekannt sind?«

Ich wünschte, ich hätte mein Handy mitgenommen. Dann hätte ich ihm zumindest mit einem Foto zeigen können, dass … Plötzlich kam mir eine Idee.

»Geben Sie doch mal bei Google ›Nico Simon Schwester‹ ein.«

»Hören Sie, ich …«

Entnervt gab er nach und tippte die genannten Schlagworte ein.

»Gehen Sie auf Bildersuche!«

Dem armen Mann entgleisten im selben Moment die Gesichtszüge. »Ach du meine Güte. Das … das tut mir sehr leid. Ich hatte ja keine Ahnung, Fräulein Simon.«

Er griff sofort den Telefonhörer. »Guten Tag, Herr Simon, die Rezeption hier, Ihre Schwester wünscht, Sie zu sehen. Soll ich sie hochschicken?«

Während Nico vermutlich antwortete, musterte der Portier mich noch einmal von oben bis unten.

Oh Mann. Was sagte Nico? Vielleicht wollte er mich ja auch gar nicht sehen. Vielleicht … Vielleicht war das Model ja gerade bei ihm. Oder … Oh Mann. Was hatte ich mir nur dabei gedacht, hierherzukommen? Völlig verheult. Total neben der Spur. Ich spürte nicht mal mehr Wut, wenn ich an Nico und sein Model dachte. Mein Kopf wurde ganz heiß.

Dann legte der Portier endlich auf.

»Der Manager Ihres Bruders holt Sie hier in der Lobby ab. Nehmen Sie doch bitte Platz, Fräulein Simon.«

Sein Manager? Alex? Ernsthaft? Ach verdammt, ausgerechnet Alex. In was für einen Bullshit hatte ich mich da schon wieder reinmanövriert? Und warum schickte Nico mir ausgerechnet Alex?

Ich lief zu den hohen schwarzen Ohrensesseln und

setzte mich in einen von ihnen hinein. Nervös zupfte ich an meinen Kleidern herum, so als könnte das irgendetwas an meinem zerzausten Erscheinungsbild ändern. Zum Flüchten war es aber eh zu spät. Ich hörte Alex' Stimme, atmete noch einmal tief durch und kam dann hinter der riesigen schwarzen Lehne hervor.

»Lea?«

Erstaunt lief Alex auf mich zu. »Ich dachte, Sarah würde …«

»Sarah?«

»Seine Schwester.«

Der Portier setzte zu einer Entschuldigung an, aber Alex unterbrach ihn.

»Alles gut. Das hier ist … äh … seine andere Schwester.« Alex gab mir förmlich die Hand und schüttelte sie.

»Soso«, murmelte der Portier wenig überzeugt.

»Lea. Was kann ich für dich tun? Hat dein Vater es sich überlegt? Unterschreibt er?«

Ich schüttelte den Kopf. »Ich weiß nichts von irgendwelchen Unterschriften. Ich … Alex, es tut mir leid. Ich hab euch alle angelogen. Es tut mir leid.«

Schon wieder bahnten sich Tränen ihren Weg. Bloß nicht heulen jetzt.

Alex fuhr sich durch die Haare und sah mich aus kalten Augen an. Dann legte er ein geradezu lächerlich künstliches Lächeln auf.

»Entschuldigung angenommen. Dann mach es gut, Lea.« Er drehte sich um und ging wieder in Richtung Aufzüge.

»Stopp, Alex, das war nicht alles, ich … also es ist so …

ich muss Nico sehen. Ich, also … Ich wollte mich auch bei ihm entschuldigen.«

Alex winkte ab. »Ich werde es ihm ausrichten. Alles Gute, Lea!«

»Alex!« Meine Stimme überschlug sich fast. »Ich muss ihn sehen. Jetzt! Bitte!«

»Oh, komm schon, das ist jetzt nicht dein Ernst«, zischte Alex, kam mit eiligen Schritten zurück und sah sich dabei nervös in der Lobby um. Noch einen Skandal konnte er sich wohl nicht mehr leisten. Und eine zeternde, zerzauste Popstarschwester hatte durchaus Potenzial. Ein paar Geschäftsmänner guckten uns bereits unverhohlen an.

Kurz dachte Alex nach, dann nahm er mich unsanft am Arm und zog mich mit sich.

»Fünf Minuten. Fünf!«

Wir fuhren schweigend mit dem Aufzug in den fünfundzwanzigsten Stock, und ich musste mehrmals schlucken, um meine Ohren wieder freizukriegen, die bei der Geschwindigkeit des Aufstiegs dauernd zufielen. Unauffällig schaute ich in den seitlichen Spiegel und versuchte, ein paar Zentimeter hinter Alex stehend, zu retten, was zu retten war. Wenn Meral wüsste, wie ich Nico gleich unter die Augen treten würde, dann würde sie völlig ausflippen.

Als wir vor Nicos Tür standen, klopfte mir das Herz bis zum Hals. Plötzlich kam mir mein Plan völlig behämmert vor. Was wollte ich hier überhaupt?

Ich kam nicht dazu, mir darüber weiter Gedanken zu machen. Alex klopfte nicht, sondern zog einfach eine Schlüsselkarte durch den Schlitz.

»Nico? Besuch!«, rief er und schob mich gleichzeitig in das Zimmer, das viele Quadratmeter größer war als alle Hotelzimmer, die ich je gesehen hatte. Gut, zugegebenermaßen hatte ich noch nicht besonders viele gesehen. Dann zog Alex die Tür hinter sich zu, und ich stand alleine in dem Zimmer, in das mich niemand eingeladen hatte.

Ich hörte Schritte und meinen eigenen stolpernden Herzschlag, dann kam Nico um die Ecke. An seinem Gesicht hätte vermutlich nicht mal ein Experte für Mikroexpressionen irgendetwas ablesen können. Er verzog keine Miene, so als hätte er nichts anderes erwartet, als eine völlig zerzauste und heruntergekommene Version von Lea Winter in seinem Zimmer stehen zu sehen.

»Hi«, sagte ich leise, als er sich auch nach einigen Sekunden noch nicht geregt hatte.

»Hi!«

Verlegen trat ich näher. »Es tut mir leid, ich wollte nicht stören, ich ...«

»Du störst nicht. Komm rein.«

Nico machte mir Platz, sodass ich an ihm vorbei in den Raum treten konnte. Es war beeindruckend. Im Grunde war es kein Zimmer, sondern eine ganze Wohnung, wenn auch ohne Türen zwischen dem Schlaf- und dem Essbereich. Auf der riesigen Sitzgruppe am Fenster lag Jane, seine Gitarre, einige Plektrons, Kopfhörer und eine Menge Zettel, einige davon zerknüllt. Ich ging zum Fenster. Vor uns erstreckte sich die gesamte Skyline Hamburgs, getaucht in ein unwirkliches orangenes Licht, das immer schwächer wurde. Die Stadt sah aus wie eine kitschige Postkarte, wie eine Mininachbildung im Miniaturwunderland, nur dass sich unten Autolichter, Straßenbahnen und Menschen wie kleine Punkte in der Dämmerung bewegten.

»Das ist ja der Wahnsinn!«

»Ja, geil, ne?« Nico war hinter mich getreten, und ich spürte die Wärme seines Körpers, obwohl er mich nicht berührte.

»Du hast wohl ein Abo auf atemberaubende Aussichten!«

Ohne Vorwarnung griff Nico meine Taille, drehte mich um und kam mir noch näher.

»Absolut«, flüsterte er und ließ seinen Blick bewundernd über mich gleiten. Meine Beine wurden weich wie Gummi. Beschämt sah ich auf den Boden.

»Ich seh schrecklich aus. Schau mich nicht so an.«

Nico legte einen Finger unter mein Kinn und zwang mich, ihm in die Augen zu sehen.

»Du siehst nicht besonders glücklich aus. Aber trotzdem schön.«

Ich spürte, wie mir das Blut in den Kopf schoss.

»Nicht so schön wie ein Model …«, entfuhr es mir, ohne dass ich es wirklich wollte.

Nico ging einen Schritt zurück und grinste mich an. »Na ja, ob es so erstrebenswert ist, wie ein Model auszusehen?«

Ich sah ihn mit hochgezogenen Augenbrauen an. Er schien das irgendwie für witzig zu halten.

»Ach Mann, jetzt guck nicht so böse. Hat's denn geklappt?«

»Was?«

»Na, der Plan. Hattet ihr noch Reporter vor der Tür?«

Nicht wirklich jetzt, oder? Das war wirklich sein Plan gewesen? Er glaubte tatsächlich, dass es mir egal sein würde, wenn er mit einer anderen knutschte? Erwartete er jetzt Applaus? Sollte Meral am Ende wirklich recht behalten haben? Mir schwirrte der Kopf vor Fragen, und ich hielt mich mit einer Hand an Nico fest.

»Äh, nein, keiner.«

»Ha!« Nico formte seine Hand zu einer Faust und zog sie ruckartig zurück, als gäbe es einen großen Sieg zu feiern. Kurz wurde ich wütend, aber das Gefühl wurde sofort wieder weggespült von Nicos Frage, die mich daran erinnerte, was ich eigentlich wollte.

»Deshalb bist du gekommen?«

Für einen Moment hatte ich tatsächlich vergessen, weshalb ich hier war. Ich schüttelte den Kopf, während der Schmerz in meiner Brust mich wieder überfiel wie eine Bestie, die sich nur kurz versteckt hatte, um mich dann weiter zu zerfleischen.

»Ich wusste einfach nicht, wohin ich gehen sollte.«

Nico sah mich fragend an und zog mich mit einer Hand auf das Sofa. Dann ließ er sich neben mich plumpsen, näher, als es nötig gewesen wäre. Ich hatte seine ganze Aufmerksamkeit.

»Ich habe grade was Schreckliches erfahren«, begann ich.

Ich hielt inne und bemerkte erst jetzt, dass es absolut still war in diesem Raum. Keine tickende Uhr, kein Straßenlärm. Hier oben war man weit weg von der Welt.

»Charly, meine Mutter ...«

»Die in Australien lebt?«

Mir entfuhr ein bitteres Lachen, das mir im Halse stecken blieb. »Ja, das dachte ich auch. Das hat mein Vater mir jedenfalls immer erzählt.«

»Sie wohnt nicht in Australien? Ist sie ...?«

Ich konnte den Schrecken in Nicos Augen sehen.

»Tot? Nein! Wenn es wenigstens das wäre.« Ich wusste genau, wie beschämend diese Worte waren, und trotzdem konnte ich sie mir nicht verkneifen. Sie waren das, was ich empfand.

»Meine Mutter ist lebendig, und zwar irgendwo hier in Hamburg.«

Die Stille, die sich breitmachte, fühlte sich furchtbar an.

»Aber ... also ... wie, in Hamburg? Was soll das heißen, in Hamburg?«

»Das soll heißen, dass sie mich nicht sehen will.«

Nico zuckte merklich zusammen. »Sie will dich nicht sehen?«

In seinen Augen spiegelte sich meine eigene Abscheu vor der Frau, die ihr eigenes Kind zurückgelassen hatte und es nie wieder hatte sehen wollen. Die es im Glauben gelassen hatte, dass ihr die Hände gebunden waren, dass ein riesiger Ozean und viele Kontinente zwischen ihnen lagen, die sie daran hinderten, sich zu finden.

»Ja, es ist absurd. Sie will mich nicht sehen. Max sagt, dass er ihr regelmäßig Fotos von mir per Mail schickt und dass er sie von Anfang an gebeten hat, Kontakt mit mir aufzunehmen, aber sie will nicht. Wollte es wohl von Anfang an nicht. Erst hatten ihre Eltern den Kontakt verboten und dann … Keine Ahnung. Er sagt, dass sie sich als Versagerin fühlt und Angst vor meinen Vorwürfen hat oder irgendwie so was.«

Nico schnaubte. »Was ist das denn bitte für 'ne feige Nummer?« Gedankenverloren machte er kleine Eselsohren in seine Notenblätter. »Warum hat er das getan?«

Meine Kehle fühlte sich trocken an. Ich wollte Max nicht verraten, aber ich konnte ihn nicht in Schutz nehmen. Nicht dafür.

»Ich weiß es nicht. Er hat mich die ganzen Jahre angelogen. Er hat zugelassen, dass ich sie geliebt habe. Ich hab sie all die Jahre über diese ganzen Ozeane hinweg geliebt.«

»Aber vielleicht dachte er, dass du ein Anrecht hast auf eine Mutter, die du lieben darfst. Vielleicht hat er es deshalb getan, oder?«

Er zog mich, ohne eine Antwort zu erwarten, in seinen Arm, und ich legte meinen Kopf an seinen Hals. Mein Kopf war schwer und müde. Alles drehte sich und vermischte sich zu einem Gefühlscocktail, der mich völlig lahmlegte: die Enttäuschung, Nicos Wärme, sein Duft, mein schlechtes Gewissen und meine ganze Welt, an die ich fest geglaubt hatte und die jetzt in Scherben irgendwo im Miniaturwunderland da unten lag. Ich weinte nicht. Es waren einfach keine Tränen mehr in mir, und schon gar nicht für Charly.

»Hey, fünf Minuten sind um, ihr zwei!«, hörte ich draußen Alex rufen. Dann klickte die Tür. Nico drückte mich von sich, sprang auf und ging mit festen Schritten zur Tür. Er schien sauer zu sein.

»Alter, hör endlich auf, dich in alles einzumischen. Fuck you, Alex. Und gib mir sofort meinen Zweitschlüssel. Geht's noch?«

Dann knallte die Tür. Nico atmete tief aus, bevor er wieder zu mir zurückkam und leise vor sich hin fluchte. Das Pochen von Alex' Fäusten an der Tür ignorierte er. Schon nach wenigen Sekunden gab Alex auf und rief irgendwas auf Englisch, was ich nicht verstand.

»Das wird ein Nachspiel haben«, übersetzte Nico mir.

»Tut mir leid, dass ich dir Probleme mache«, flüsterte ich heiser.

Nico ließ sich seufzend wieder neben mich sinken. Diesmal mit einem größeren Abstand.

»Na, ich mach dir doch auch Probleme«, sagte er sanft, und auf seinen Lippen erschien wieder das scheue Lachen, das ich noch vor wenigen Wochen für arrogant gehalten hatte. »Weißt du, was jetzt nur noch hilft?«

Ich musste schmunzeln. »Kuchen? Wenn du Meral fragst, hilft immer Kuchen.«

Nicos Lachgrübchen wurden tiefer. »Soso, von Meral hast du also diesen Hang zu Kohlenhydraten und Zuckermassen.«

Dabei schüttelte er den Kopf und stand auf, ging zu der Anlage und tippte auf seinem Handy rum.

»Vergiss den Kuchen.«

Sekunden später drang aus den Boxen eine flüsternde Stimme, die zählte, bis die Gitarre und die Drums einsetzten und das Zimmer sofort verzauberten. Der Sound war satt und bettete uns ein wie eine Schutzhülle. Draußen war es nun endgültig dunkel, und nur zwei Stehlampen warfen lange Schatten in diesem Zimmer.

Nico ging langsam auf mich zu, ich sag ihn fragend an.

»Manchmal hilft nur noch Ed Sheeran. Ed Sheeran und ein Tanz.«

Er streckte seine Hand aus, und ich legte meine zögernd hinein.

»Darf ich bitten?«

Leise lachend stand ich auf und ließ mich von Nico in seinen Arm ziehen.

»Hast wohl zu lange in der Nähe von Hollywood gelebt, was?«

»Hollywood? Meinst du das ernst? Hollywood ist ungefähr viereinhalbtausend Kilometer von Miami entfernt, meine Liebe.« Nico schüttelte lachend den Kopf über mein geografisches Unwissen und ließ sich von meinem Spott nicht irritieren. Langsam begann er, sich mit mir im Takt zu wiegen. Er berührte mich so vorsichtig, als sei ich aus Porzellan, das unter seinen Händen brechen konnte. Es war wie verhext. Vor einer halben Stunde war ich mir noch sicher gewesen, dass ich nie wieder lachen würde. Und jetzt fühlte ich mich warm und geborgen in seinem Arm, und mein Kopf schwieg. Er füllte sich immer mehr mit den dumpfen Schlägen aus den Boxen, die meinen viel zu schnellen Herzschlag übertönten. Ich lehnte meine Stirn an seine Schulter und schloss die Augen. Uns umgaben nur die Musik und der schönste Geruch, den ich in meinem Leben je gerochen hatte. Ich erkannte erst jetzt das Lied. Es war »Kiss me«. Payam und die Jungs spielten das manchmal. Und Nico hatte das Lied wohl nicht zufällig ausgesucht. Scheu bewegten sich seine Lippen warm und sanft über meine Schläfe und meine Wange. Ich hob den Kopf und sah ihm in die Augen. Wie lang seine Wimpern waren. Und wie viel Verletzlichkeit in seinem Blick lag. Ich schämte mich für meine Gedanken, die ich noch gestern über ihn gehabt hatte. In diesem Moment wusste ich, dass er das Model nicht so angesehen haben konnte wie mich. Dass er sie vielleicht geküsst, aber ganz sicher nicht auf diese Weise berührt hatte, dass ihr der Atem stockte, so wie mir. Sie mochte die längeren Beine, die schönere Haut und das strahlendere Lächeln haben, aber sie hatte ganz gewiss nicht das gleiche Gefühl, wie ich es hatte, wenn ich mich in Nicos Augen sah. Zerzaust und durchgefroren, verzweifelt und gebrochen und trotzdem genau richtig.

Als hätte Nico meine Gedanken lesen können, löste er seine Lippen von meinen und flüsterte in mein Ohr: »Lea, du darfst niemals der Presse mehr Glauben schenken als meinen Worten und deinem eigenen Herzen. Versprichst du mir das?«

Wortlos nickte ich, während wir uns weiter im Takt durch den Raum bewegten und auch nicht aufhörten, als das nächste Lied begann. Ella Henderson sang »Yours«, sie sang es nur für uns, hier, hoch über der Welt, weit weg von allem.

Unsere Küsse wurden inniger und verzweifelter. Wir sprachen nicht mehr, und doch sagten wir uns so viel, und ich wusste, dass er unsere stummen Worte genauso verstand wie ich. Darüber, dass wir beide nicht wussten, wie das hier gut enden konnte, und dass wir uns in diesem Moment so viel mehr gaben als das, was uns ein Kuss und ein Tanz jemals gegeben hatten. Wir sagten uns, dass dies hier kein Versprechen war, sondern der Versuch, das Unmögliche für diesen einen Moment möglich zu machen. Wir taumelten immer näher an Nicos Bett und ließen uns darauf fallen, ohne uns loszulassen, ohne uns dabei anzusehen. Die Zeit stand still, und ich wollte dieses Lied, diesen Moment, für immer festhalten und niemals die Wärme vergessen, die all die Kälte aus meinen Adern vertrieb, die ich ohne Nico gespürt hatte. Ich ließ zu, dass Nico seine Hände unter meinen Pullover gleiten ließ und sie auf meine Taille legte, dass sein Bein sich zwischen meine schob. Verschlungen lagen wir hier, berührten uns, tröstend, verzweifelt, so sicher und gleichzeitig verwirrt von der Heftigkeit der Sehnsucht, die uns beide völlig überrumpelte. Ich legte meine Hand auf die gebräunte Haut, die zwischen Nicos Hosenbund und seinem T-Shirt zum Vorschein kam, und spürte, wie er unter meiner Berührung erschauderte. Er rollte sich über mich und hielt inne.

»Wenn du wüsstest, wie schön du bist, Lea!«, flüsterte er, und mein Herz schlug wild und fordernd gegen meine Brust. Auch die Musik wurde immer drängender. Seine Hände fuhren über meinen Körper, als wollten sie jeden Zentimeter berühren. Ich ließ es zu und spürte, wie die Grenzen zwischen uns immer verschwommener wurden. Wie die Musik ein Teil von uns wurde und wir ein Teil der Musik. Nicos Finger verschränkten sich in meine, während jede seiner Bewegungen mich tiefer berührte als die zuvor.

Mit einem lauten Atemzug ließ Nico sich neben mich fallen. Ich spürte seinen schnellen Herzschlag an meiner Hand, die er nicht losließ. Vielleicht war es auch mein eigener. Nico drehte seinen Kopf zu mir, sodass wir uns ansehen konnten. Es kam mir ganz und gar nicht mehr unwirklich vor, dass er hier war, mit mir. Es kam mir nur unwirklich vor, dass irgendwo auf der Welt gerade noch irgendjemand anders seine Stimme hörte, sein Gesicht sah oder darüber nachdachte, was er wohl gerade machte, was er dachte und was er fühlte.

»Schluss jetzt, Lea. Lass es uns nicht übertreiben.«

Ich wusste genau, was er meinte. Mein Körper machte mehr als deutlich, dass er Nico noch viel näher spüren wollte. Und doch wusste ich, dass das nicht der Moment war, in dem ich mein erstes Mal haben sollte, auch wenn ich es noch niemals so sehr gewollt hatte. Ich war Nico dankbar, dass er das auch wusste und die Notbremse zog.

»Möchtest du trotzdem bei mir bleiben?«

»Darf ich das? Was ist mit ...«

»Alex kann mich mal«, unterbrach Nico mich bestimmt und zog mich wieder näher zu sich heran. Er ließ mich nicht eine Sekunde aus den Augen und strich mir eine Locke hinters Ohr.

»Aber Max«, flüsterte ich zögernd. Ich wollte nicht, dass es Gründe gab, gehen zu müssen.

»Kannst du ihm nicht schreiben?«

»Ich hab kein Handy dabei«, murmelte ich zerknirscht. Nico lachte leise.

»Weißt du denn seine Nummer auswendig?«

»Ja, klar.«

In einer eleganten Bewegung sprang Nico aus dem Bett zur Anlage und holte sein Handy. Die Musik verstummte.

»Dann mal los!«

Ich diktierte ihm Max' Nummer und beobachtete, wie seine großen Hände über das Display flogen.

Es geht mir gut. Bin im »Radisson« bei Nico und möchte hierbleiben. Lea

Nico hielt mir das Handy hin. »Gut so?«

Ich überlegte kurz. Sollte Max wirklich wissen, dass ich bei Nico im Hotel war? Er hatte ganz sicher nicht die beste Meinung von Nico.

»Keine Lügen mehr, hörst du?« Nico sah mich warnend an. »Keine Lügen mehr!«, wiederholte er noch einmal mit Nachdruck. »Wir haben alle gelogen. Und wir sind alle so was von auf die Fresse gefallen.«

Mir blieb nichts anderes übrig, als zu nicken. Nico hatte recht. Keine Lügen mehr.

Max' Antwort kam mit einem leisen »Bing«. Nico las sie vor: »Pass gut auf sie auf. Und sag ihr bitte, dass es mir leidtut. Ich wollte sie beschützen und habe das Gegenteil getan.«

Nico legte sich wieder neben mich und streichelte vorsichtig meinen Oberkörper, so als wüsste er, dass der Schmerz genau dort saß wie ein gewichtiger Elefant, der mir die Luft zum Atmen nahm.

»Alles okay?«

Trotzig drehte ich den Kopf weg. Nico drehte ihn wieder zu sich.

»Hör zu, Lea. Ich habe vor vier Jahren den größten Fehler meines Lebens gemacht. Ich habe nur mich gesehen und wollte einfach weg, nach drüben, einfach, weil ich Bock auf Spaß hatte. Ja, vielleicht würde mich jetzt kein Schwein kennen, wenn ich hiergeblieben wäre, und vielleicht wäre meine Mutter enttäuscht gewesen. Aber ich hätte nicht auf meine Familie scheißen dürfen. Und meine Familie, das waren auch Sarah und mein Dad. Nicht nur meine Mutter, die irgendwie immer noch denkt, irgendwo warte ein besseres Leben auf sie. Auf uns.« Über Nicos Gesicht huschte ein düsterer Schatten, und seine Wangen glühten hitzig. »Weißt du, dass deine Mum eine Katastrophe ist, das ist hart. Aber du musst Max verzeihen. Ich verstehe ihn sogar. Wie hätte er einem kleinen Mädchen erklären sollen, dass seine Mum unerreichbar ist, obwohl sie in Hamburg wohnt? Australien war wahrscheinlich so was wie ein Symbol oder so.«

Ich lag auf dem Rücken neben ihm und dachte nach. Er klang wie Meral. Es fiel mir zwar schwer, das zuzugeben, aber es klang auch irgendwie logisch. Ich hatte keine Ahnung von Kindern. Beim Babysitten hielt ich mich immer einfach mit einer Menge Schokolade über Wasser und bestach die Kleinen, bis sie nach meiner Pfeife tanzten. Doch was ich ihnen sagen würde, wenn sie mir eine so schwierige Frage stellen würden ... keine Ahnung.

»Aber er hätte es später aufklären müssen, als ich größer war.«

Nico lachte sein amüsiertes Nico-Lachen. »Hat er doch. Heute.«

Mit verschränkten Armen starrte ich weiter an die Decke. Ich wusste, dass Nico recht hatte. Doch heute würde ich Max nicht vergeben können. Heute wollte ich ihn hassen und um meine Reise nach Australien trauern, die er mir genommen hatte. Niemals in meinem Leben würde ich einen Schritt in dieses Land setzen.

»Ich wollte Wale beobachten, mit einem Rucksack durch das Outback wandern und am Lagerfeuer vor riesigen Spinnen flüchten.«

»Und ich dachte, du wolltest dort zur Schule gehen.«

Ich gab Nico einen Klaps auf den Hintern. »Zur Realität hab ich nur sporadisch Kontakt«, grinste ich und ließ meine Hand einen Moment länger auf seiner Jeans, als es nötig gewesen wäre.

»Das hab ich ja noch gar nicht gemerkt.« Nico schob meine Hand sanft von seinem Hintern und schnalzte tadelnd mit der Zunge. »Darf ich dir was vorspielen?« Seine Augen blitzten freudig auf.

»Ein Lied? Eines von dir?«

Nico war schon aufgesprungen und holte Jane zu uns ins Bett. Er nickte, klemmte sich ein Plektron zwischen die Zähne und stimmte die Saiten kurz.

»Ich hab noch keinen fertigen Text. Aber ich hab an dich gedacht, als ich es geschrieben habe.«

Nicos Worte übersäten meinen Körper mit Gänsehaut, und ich legte meine Hand auf sein Bein. Er nahm das Plektron in die Hände und schlug die erste Saite an.

Mit geschlossenen Augen rückte ich meinen Kopf neben sein Knie, sodass ich seine Wärme spüren konnte. Nico zupfte ruhig und gleichmäßig eine Harmoniefolge, die sich sofort einen Weg in mein Herz bahnte. Dieses Lied war von ihm. Er hatte an mich gedacht, und ihm waren diese schönen Töne eingefallen. Dann begann er dazu zu summen, zwischendrin sang er Satzfetzen, die wenig Sinn ergaben, aber trotzdem auf irgendeine merkwürdige Weise zu der Stimmung des Songs passten. Zu der Stimmung dieses Moments und zu allem, was wir erlebt hatten. Mein Körper sank immer tiefer in die Matratze, und die Melodie legte sich wie ein tröstendes Pflaster auf alles, was dieser Tag mir angetan hatte. Nicos Stimme verschwamm in der Dunkelheit, und ich spürte, wie meine Hand von seinem Knie rutschte. Aber ich konnte nichts mehr dagegen tun. Bloß nicht einschlafen, dachte ich. Bloß nicht einschlafen. Doch ich wusste, dass es längst zu spät war, um mich noch dagegen zu wehren.

4. NOVEMBER

»Lea? Lea? Hörst du mich?«

Ich drehte mich langsam um und musste erst mal zu mir kommen, ehe ich realisierte, wo ich war und woher das Flüstern kam. Es war stockdunkel, nur aus dem Badezimmer drang ein Lichtstrahl, in dessen Kegel ich Nicos Gesicht sehen konnte. Aus der Anlage drang leise Musik.

»Guten Morgen, Schlafmütze!«

In meinem Kopf wurden Bilder von gestern abgespult. Es war kein Traum gewesen. Ich lag hier, hoch über der Stadt neben Nico, der mich behutsam wach küsste.

»Hör zu, Lea. Ich muss los.«

Plötzlich hellwach richtete ich mich auf.

»Du musst los?«

Ein Blick aus dem Fenster bestätigte mein Gefühl, dass es mitten in der Nacht sein musste.

»Wie viel Uhr ist es?«

»Zwanzig vor vier.«

»Zwanzig vor vier? Warum solltest du um zwanzig vor vier irgendwo hinmüssen?«

Ich rieb mir über die brennenden Augen.

»Weil ich heute noch ein paar andere Schlafmützen wecken muss.«

»Hä?«

»Frühstücksradio, Babe. Frühstücksradio.«

Oh Mann, das war doch jetzt hoffentlich ein Scherz, oder?

»Du kannst ganz normal ausschlafen. Zieh dann einfach die Tür hinter dir zu. Im Bad steht alles, was du brauchst.«

Er drückte mir einen dicken Kuss auf den Mund und ging in Richtung Tür. Dann drehte er sich noch einmal um.

»Hey, Lea, würdest du morgen Abend auf mein Konzert kommen?«

Ich stand noch völlig neben mir. Konzert? Morgen? Keine Ahnung. Eigentlich wollte ich nie wieder auf ein Konzert von ihm gehen. Ich wollte gerade einfach nur, dass er wieder zurück in dieses Bett kam und mich in den Arm nahm. Ich wollte nicht, dass er zur Tür ging. Trotzdem tat er es.

»Überleg's dir. Ich schreib dich auf die Gästeliste. Ich würde mich sehr freuen.«

Im gleichen Moment klickte die Tür ins Schloss, und die Anlage verstummte. Auch das Licht im Badezimmer erlosch und mit ihm das gute Gefühl, das ich in diesem Zimmer gehabt hatte.

»Nico?«

Meine Stimme hörte sich unwirklich an in dem stockdunklen Raum.

»Fuck!«

Fluchend stand ich auf, stieß mir meinen kleinen Zeh und tastete mich vorsichtig zur Wand vor, bis ich endlich den Lichtschalter fühlte und ihn erleichtert drückte. Ich drückte ihn erneut, doch nichts geschah. Das war ja wohl ein schlechter Scherz. Ich hätte mich gerne nach einer versteckten Kamera umgesehen, aber ich scheiterte ja schon daran, meine eigene Hand vor Augen zu sehen. In mir breitete sich langsam Panik aus. Was war das zum Teufel? War ein Stromausfall in so einem riesigen Gebäude gefährlich? Was, wenn es brannte und ich nicht mehr runterkam? Ein rettender Sprung aus dem Fenster war aus dem fünfundzwanzigsten Stock vermutlich auch keine sinnvolle Alternative. Hysterisch tastete ich mich weiter an der Wand entlang, bis ich eine geöffnete Tür fühlte. Das musste das Badezimmer sein. Aber auch hier ging der Lichtschalter nicht. Von den Fenstern kam wenigstens ein klitzekleiner Schimmer, doch das, was hier oben ankam, konnte man nicht wirklich Licht nennen. Ich musste weiter. Meine Hände fuhren über die raue Tapete, um die Ecke, über eine Garderobe, bis ich wieder eine Klinke in den Händen hielt. Als ich die Tür aufdrückte, atmete ich erleichtert auf. Licht!

Sogar ziemlich viel Licht strömte aus dem Flur herein. Es reichte aus, um zumindest das meiste in Nicos Zimmer zu erkennen. Auf dem Nachttisch zeigte die Uhr 03.52 Uhr. Gott, ey! 03.52 Uhr und ich war so hellwach, wie man es nur sein konnte. Mein Blick fiel auf den kleinen Kartenleser neben der Tür. Natürlich! Ich kannte diese kleinen Schlüsselkarten, die den Strom erst aktivierten, wenn man sie in den Schlitz steckte. Zwar nur aus dem Fernsehen, aber immerhin wusste ich jetzt, was das Problem war. Nico hatte die Schlüsselkarte rausgezogen und mitgenommen, und damit war alles, was nicht gerade batteriebetrieben war, aus. Entnervt ließ ich mich an der Wand auf den Boden gleiten. Ich kam mir plötzlich völlig fehl am Platz vor. Hier, in Nicos Hotelzimmer, ohne Nico. Ich hatte keine Zahnbürste dabei und kein Handy, eine Jacke hatte ich auch nicht. Draußen war es bestimmt arschkalt. Trotzdem war die Vorstellung, mitten in der Nacht in die Kälte zu flüchten, besser, als hierbleiben zu müssen. Ächzend stand ich auf, suchte auf allen vieren nach meinen Schuhen und nahm sie in die Hand. Auf Socken verließ ich das Zimmer, ließ die Tür ins Schloss fallen und ging über den teppichbedeckten Boden zum Aufzug. Im gleißenden Licht der Neonröhren konnte man fast denken, dass es Tag war. Hier oben war alles anders als dort unten. Alles kam mir so unwirklich vor. Ich drückte auf den Knopf neben der Aufzugtür und wartete. Dabei las ich im Kopf die Zahlen mit, die auf einem kleinen Feld neben dem Lift anzeigt wurden, wie er sich zu mir nach oben bewegte. Elf. Zwölf. Gestern war mir das blöde Ding noch schnell vorgekommen. Dreizehn. Vierzehn. Ich durfte bloß nicht anfangen, nachzudenken. Das wusste ich. Siebzehn, achtzehn, neunzehn, zwanzig. Wenn ich anfangen würde zu denken, dann würde ich auch fühlen. Das durfte auf keinen Fall passieren. Alles, nur nicht das. Dreiundzwanzig, vierundzwanzig, fünfundzwanzig. Ich musste hier einfach weg. So schnell wie möglich. Denn das Gefühl der Leere, das Nico hinterließ, dieses Gefühl war nur ein bitterer Vorgeschmack auf das, was noch kommen würde. Übermorgen war sie vorbei, Nicos Zeit in Deutschland. Endlich öffnete sich die Tür mit einem leisen »Bing«.

Nachdem ich zehn Steinchen gegen Merals Fenster geschmissen hatte und eines aus Versehen gegen das Fenster der Nachbarn, ging endlich das Licht in ihrem Zimmer an. Meral lehnte sich aus dem Fenster und zog mich über die Feuerleiter in ihr Zimmer. Ich stand da, und sie sah mich an, als sei ich ein Alien.

»Cheesy! Was ist dir denn passiert?« Sie fasste mir ins Gesicht und schüttelte sich. »Alter, hast du keine Jacke, du Verrückte?«

Mit klappernden Zähnen schüttelte ich den Kopf. Meral schob mich zu ihrem Bett, streifte mir die Schuhe ab wie bei einem kleinen Kind und zog mir die dicke Daunendecke bis unters Kinn.

»Was machst du bloß für Sachen?«, murmelte sie und ging dann los, um mir eine Wärmflasche und einen Tee zu machen.

Ich wollte ihr erzählen, was passiert war, aber ich konnte meine bibbernden Lippen kaum bewegen. Ich dachte an

Nico, wie er im Schnee seine Jacke ausgezogen hatte. So hatte sich das also angefühlt. Meral steckte die mit heißem Wasser gefüllte Plüschwärmflasche zu mir unter die Decke, stellte eine dampfende Tasse auf den Nachttisch, hielt meine Hand und saß neben mir, bis ich wieder aufgetaut war.

»Du bist die größte Dramaqueen auf diesem Planeten, Lea Winter!«, attestierte sie mir kopfschüttelnd.

»Ich weiß«, grinste ich und nahm einen Schluck von dem Tee.

»Und du bist die beste Freundin, die eine Dramaqueen haben kann, Meral Haaleh!«

»Ich weiß«, sagte sie, und obwohl sie lachte, klang ihr Tonfall fast zärtlich.

In dieser Nacht schliefen wir nicht mehr. Als meine Lippen wieder zum Reden taugten, erzählte ich ihr alles. Von Charly und von Nico, von Max, der mich mein ganzes Leben lang belogen hatte. Meral hörte einfach nur zu, und ich war ihr dankbar dafür.

»Du siehst nicht überrascht aus«, wunderte ich mich, als ich ihr von Max' Lüge berichtete.

Meral wippte nervös hin und her. »Ich war mir echt nicht sicher, Lea. Aber so was in der Art habe ich mir schon länger gedacht.«

Ich hob fragend eine Augenbraue.

»Guck mal, wie Max ausgeflippt ist, als du ihn gefragt hast, ob du ein Auslandsjahr in Australien machen darfst. Kam dir das nicht merkwürdig vor?«

Ich ließ die Szene noch einmal vor meinem inneren

Auge Revue passieren. Ja, jetzt im Nachhinein fühlte sich seine Reaktion nicht ganz nachvollziehbar an. Er war fast panisch geworden und hatte überhaupt nicht mit sich reden lassen.

»Stimmt schon«, gab ich zu. »Und du?«, fragte ich.

»Lasse will immer noch Nico in die Band holen.«

Wir lachten beide.

»Also hat Payam es ihm noch nicht gesagt?«

»Nein, er sagt, er will Lasse den Moment nicht versauen, in dem er selbst merkt, wie peinlich er war.«

»Der Sadist!«

»Aber wie!«

Meral kuschelte sich kichernd neben mich, und wir lagen lange schweigend da. Draußen wurde es langsam hell. Ich sah den kahlen Zweigen eines Baums dabei zu, wie sie sich gegen den Wind draußen behaupteten. Die Erinnerung an den eisigen Wind ließ mich erschaudern.

»Lass uns nie wieder streiten«, murmelte ich.

»Okay. Frühestens morgen wieder«, gab Meral zurück und streckte mir die Zunge raus. Dann setzte sie sich auf und klopfte bestimmt auf die Bettdecke.

»Was wirst du jetzt tun, Cheesy?«

Ich drehte mich auf den Bauch, überkreuzte meine in die Luft gestreckten Unterschenkel und dachte nach.

»Ich werde Max sagen, dass ich ihn verstehen kann.«

Erleichtert atmete Meral aus.

»Aber ich werde ihm auch sagen, dass ich trotzdem gehe.«

Ich wartete, bis Meral eine Meinung dazu hatte. Ich tat

zwar so, als wüsste ich, was ich da rede, aber in Wahrheit war das noch lange nicht so beschlossen, wie es klang.

»Nach Australien?«

Ich nickte.

»Warum?«

Gute Frage.

»Keine Ahnung. Weil ich einfach mal wegmuss. Ich glaube, dass ich ein bisschen Abstand brauche. Von diesem ganzen Wahnsinn hier.«

Jetzt dachte Meral nach.

»Und wenn du nicht nach Australien, sondern nach Amerika gehst? Ich meine, nach Florida?«

Ich richtete mich blitzschnell auf. Durch meine Adern schoss pures Adrenalin. »Du meinst …?«

Meral lächelte. »Ach, guck dich doch mal an. Du bist so was von verknallt, Lea. Und ich scheine mich ja geirrt zu haben. Ihm scheint es nicht anders zu gehen als dir, oder?«

Vor meinem inneren Auge sah ich Nico und mich an der Küste Floridas sitzen und in Zeitlupe Hand in Hand in die Wellen am Miami Beach rennen. Meine Wangen glühten vor Aufregung. Auf diese Idee war ich selbst noch gar nicht gekommen.

»Weißt du, ich glaube, alles passiert aus irgendeinem Grund«, sagte Meral. Sie hatte das schon so oft gesagt. Doch erst jetzt verstand ich, was sie damit meinte. Vielleicht war ja wirklich alles kein Zufall gewesen. Vielleicht hatte es diese Lüge gebraucht, damit ich überhaupt das Geld für ein Auslandsjahr sparen konnte. Um die Sehnsucht nach der Ferne kennenzulernen und um jetzt die Möglichkeit zu haben, an den Ort zu gehen, wo jemand lebte, den ich liebte. Das zumindest würde sich nicht ändern. Auch wenn sich diese Art von Liebe ganz anders anfühlte als die, die ich für Charly empfand. Oder zumindest die Art von Liebe, die ich empfunden hatte, als ich noch nicht gewusst hatte, was Charly für ein Feigling war.

Um kurz vor neun schloss ich Merals Fahrrad bei uns im Hausflur ab. Warm eingehüllt in Merals Wintermantel rannte ich zu den Treppen. Als ich an der Wohnung im Erdgeschoss vorbeikam, spürte ich ein Kribbeln im Bauch, das mir sofort ein Lächeln ins Gesicht zauberte. Hier hatte Nico als Kind gespielt. Von diesen Treppenstufen hatte er seine Matchboxautos geworfen, weshalb auf der dritten Stufe ein dicker Kratzer war. Zärtlich fuhr ich mit dem Finger über die kleine Macke, die mir niemals aufgefallen war. Dort hinter der Treppe war sein Versteck gewesen, wenn seine Eltern sauer auf ihn gewesen waren. Das hier war nicht nur mein Zuhause. Es war auch seines.

Mit diesen Gedanken im Kopf sprintete ich die Treppenstufen herauf und steckte den Schlüssel ins Schloss.

Max hörte mir aufmerksam zu. Er saß mit hinter dem Kopf verschränkten Armen auf dem Sofa und hörte sich meine Pläne genau an. Zwischendurch stellte er Fragen, und in seinen Augen blitzte Stolz auf, wenn ich sie ihm beantworten konnte. Und eigentlich konnte ich sie alle beantworten. Meine Reise nach Australien hatte ich bis ins Detail geplant. Ich hatte alles so oft in Gedanken durchgespielt, dass es kaum noch Unsicherheiten gab. Ich kannte die Vor- und Nachteile der verschiedenen Organisationen und ihre Anmeldefristen. Meine Englischnote hatte sich deutlich verbessert, ich konnte die Rücktrittskonditionen auswendig und wusste, was alles im Preis mit inbegriffen war. Ich hatte nachgesehen. Für Amerika galten im Grunde dieselben Bestimmungen.

Ich sah deutlich, dass Max nicht viel mehr geschlafen haben konnte als ich in dieser Nacht. Sein Gesicht sah alt aus, und unter seinen geschwollenen Augen lagen dunkle Schatten. Als ich ihm schließlich meinen Kontoauszug auf den Couchtisch legte, beugte er sich mit hochgezogenen Augenbrauen vor und sah mich lange nachdenklich an.

»Sechs Monate?«

Ich nickte und versuchte, meine Nervosität zu verbergen, um ihn nicht unter Druck zu setzen. Wenn Max eines nicht leiden konnte, dann war es, wenn man ihn in die Ecke drängte. Max seufzte und fuhr sich mit den Händen durch seine Haare.

»Sechs Monate«, wiederholte er noch einmal leise. Er presste seine Hände aufeinander und begann fast unmerklich zu nicken. »Lea?«

Mein ganzer Körper vibrierte. »Ja?«

»Sechs Monate. Nicht einen Tag länger, hörst du? Ich kann keinen Tag länger als sechs Monate ohne mein kleines Mädchen leben!«

Ich hüpfte um den Tisch und sprang quietschend auf seinen Schoß.

»Oh mein Gott! Danke, Papa, danke, danke, danke!«

Ich übersäte ihn mit Küssen, und er wischte sich lachend übers Gesicht.

»Boah, Lea!«

Er schnappte sich mich und kitzelte mich durch. Als er endlich von mir abließ, lag ich regungslos auf dem Boden und starrte glücklich an die Decke. Er hatte Ja gesagt. Nach allem, was zwischen uns passiert war. Nach all den Lügen, dem Streit, nach all diesem Scheiß, der in den letzten Wochen passiert war, hatte er Ja gesagt. Im Februar würde ich nach Amerika fliegen. Den Flug würde ich zwar schätzungsweise nur unter Vollnarkose überleben, aber ich würde ein halbes Jahr in Florida verbringen. In dem Land, in dem Nico wohnte. Tränen der Freude mischten sich unter Tränen der Trauer um Charly und Tränen des Abschieds, weil ich mir gerade gar nicht vorstellen konnte, irgendwohin zu gehen ohne Max. Max, der immer für mich da gewesen war, der immer versucht hatte, mir etwas zu geben, was mir Charly hätte geben müssen. Was sie mir auch hätte geben können, weil sie da gewesen war. Wieder legte sich ein schmerzendes enges Band um meine Brust. Max hatte dieses Band immer wieder gelockert. Und auch wenn es ihm nicht gelungen war und auch niemals gelingen würde, meine Sehnsucht nach meiner Mutter zu stillen, er war der beste Vater, den ein Mädchen sich wünschen konnte.

»Papa?«

Ich stand auf, setzte mich wieder auf seinen Schoß und rollte mich in seinem Arm ein.

»Ja?«

»Ich hätte dich niemals anlügen dürfen.«

Verstohlen wischte Max sich über seine Augenwinkel, aber ich sah die Träne dennoch. Noch nie in meinem ganzen Leben hatte ich ihn weinen sehen.

»Und ich auch nicht!«, sagte er leise, und seine Stimme brach. »Ich auch nicht. Ich hoffe, du kannst mir das irgendwann verzeihen.«

Ich drückte seine Hand und strich ihm sanft über seinen Handrücken. »Vielleicht ist es ja auch für dich eine Chance, wenn ich eine Weile weg bin.«

Wir sahen uns an, und er nickte zögernd. Wir wussten beide, dass ich recht hatte.

8. NOVEMBER

»Die oder die?«

Hibbelig hüpfte ich von einem Bein aufs andere, während in meiner Hand zwei Paar Ohrringe in meinen Fingern klimperten. Diesmal wollte ich gut aussehen. Nachdem ich gestern an Jämmerlichkeit nicht zu überbieten gewesen war, musste es heute perfekt sein. Ich hatte zur Feier des Tages sogar eine blaue Jeans an und mir von Meral ein weißes T-Shirt ausgeliehen. Selbst wenn er nicht wirklich darauf stand und die Bravo nur Scheiß geschrieben hatte, fand er es wahrscheinlich lustig, mich in solchen Klamotten zu sehen. Um uns herum tummelten sich andere Mädchen, die ähnlich aufgeregt waren wie ich. Ich versuchte, auszublenden, dass auch sie sich gerade alle für Nico aufbitchten. Neben mir schmierte sich eine prallbusige Blondine knallpinken Lipgloss auf die Lippen.

»Schade, dass Nico Lipgloss kacke findet«, seufzte Meral und zwinkerte mir zu.

Aus den Augenwinkeln beobachteten wir den verunsicherten Gesichtsausdruck der Blonden. Mit zusammengekniffenen Augen wischte sie unauffällig den Gloss ab und zupfte an ihren Haaren. Meral hakte sich bei mir unter, und wir verließen die Toilettenräume. Draußen prusteten wir los.

»Wie geil, sie hat ihn ernsthaft abgewischt!«

Meral kriegte sich gar nicht mehr ein. Mir war plötzlich nicht mehr zum Lachen zumute. Zum ersten Mal heute kamen mir Zweifel, ob mein Plan so sinnvoll gewesen war. Ich hielt mich an meiner kleinen Clutch fest, die unter meinem Arm klemmte. Der Brief von Nico war nicht mehr darin. Ich dachte an Sarahs Gesicht, als sie die Zeilen gelesen hatte. Die Zeilen, die ich so gerne von Charly bekommen hätte, die aber einzig und allein Sarah gehörten. Nicos Worte an sie.

»Meinst du, sie wird ihm verzeihen?«

»Wer? Sarah?«, fragte Meral.

»Ja, Sarah.«

Meral wiegte ihren Kopf unsicher hin und her. »Ich glaube, sein Dad hat ihm längst verziehen. Hast du gesehen, wie er geguckt hat, als du Nicos Namen gesagt hast?«

Ich hatte es gesehen. Sein Gesichtsausdruck hatte mich an Max erinnert. Er war warm und gütig, voller ehrlicher Zuneigung.

»Du hast genau das Richtige gemacht, Cheesy! Es war mutig, einfach ins Landeskriminalamt zu gehen und nach

Kommissar Simon zu fragen.« Meral gab mir lachend einen Knutscher. »Und dass du einfach gebucht hast, war auch richtig. Er wird sich schon freuen!«

»Und wenn nicht?«

Meral ließ genervt ihre lange Mähne über den Kopf fallen. »Dann …«

»Dann such ich doch Justin!«

Merals Haare flogen in hohem Bogen zurück, und sie richtete sich schwungvoll auf. »Untersteh dich!«

Ich sah sie dankbar an. »Danke, dass du mitgekommen bist zur Polizei! Und hierher.«

»Ehrensache«, sagte Meral und hielt sich die Augen zu. »Oh mein Gott. Augenfolter auf drei Uhr.«

Ich drehte mich unauffällig um und bekam gleichzeitig mit Meral einen Lachanfall.

Links neben uns standen zwei Mädchen, die in knallengen Hotpants und bauchfreien Tops für ein Selfie posierten. Auf ihren Tops stand in pinken Buchstaben: *Let me be your baby, Nico!*

Ein paar Minuten später war es so weit. Der Mann, der uns die Gästeliste-Karten gegeben hatte, hatte mir auch einen Umschlag überreicht. Ich erkannte seine Schrift sofort. Mit klopfendem Herzen hatte ich die Zeilen gelesen:

Eine halbe Stunde vor der Show am Bühneneingang hinter dem Kiosk. Bitte komm. Ich muss dich sehen. Nico

Ich konnte es kaum erwarten, Nico wiederzusehen. Ihm endlich zu sagen, dass wir das in Zukunft sogar noch viel öfter konnten.

Ich stand an dem Eingang und hatte das Gefühl, jeden Moment zu zerspringen. Wie hielten es andere Menschen aus, verliebt zu sein? Das konnte doch auf Dauer nicht gesund sein ... Gebannt beobachtete ich die Tür und verfluchte sie jede Sekunde dafür, dass sie verschlossen blieb. Ich war nicht die Einzige, die den Eingang mit Argusaugen beobachtete. Neben mir standen ein paar Mädchen, die abwechselnd mich und die Tür begafften. Plötzlich fing eine von ihnen an zu lachen. Sie tuschelte mit den anderen und kam dann wie zufällig in meine Richtung geschlendert.

»Hi!«, sagte sie freundlich, was mal gar nicht zu dem Blick passte, den sie mir noch vor zwei Minuten zugeworfen hatte. »Du bist Nicos Schwester, oder?«

Ich starrte sie unschlüssig an. Was sollte ich dazu jetzt sagen?

Sie winkte ab und begann zu plappern. »Also erst dachte ich, du bist eine von diesen Mädchen, die sich an ihn ranschmeißen.« Ihr Lachen klang hysterisch. »Aber dann sag ich so: Süße, das ist nicht so eine, das ist seine Schwester, Mann. Die ist auch voll süß und so.«

Sie legte mir eine Hand auf die Schulter und kam mir so nah, als wären wir dicke Freundinnen. Die Nähe war mir einfach nur unangenehm.

»Weißt du, ich hatte letztens einen Flirt mit deinem Bruder, und wir haben uns für heute Abend verabredet.«

Kurz zog sich mein Herz zusammen. Das Mädchen war vielleicht nicht unbedingt mit besonders viel Hirn gesegnet, aber sie war wirklich hübsch. Und irgendwie war sie auch nett.

»Um genau zu sein, ist das eine kreative Interpretation von dem Satz ›Wir sehen uns beim Konzert‹«, lachte ihre Freundin und streckte mir ihre Hand entgegen. »Hi, ich bin Magdalena. Maggie.«

Ich wünschte, ich hätte Meral nicht gehen lassen. Zögernd gab ich ihr die Hand. Als hätte das Universum meine stummen Hilferufe gehört, öffnete sich in diesem Moment die Tür, und Nico stand da. Er stand einfach da, und mein Herz pochte so heftig, als würde es auf der Stelle aus mir herausspringen wollen. Noch ehe ich realisierte, was geschah, waren Magdalena und ihre liebestolle Freundin vorgeprescht und nahmen ihn in Beschlag. Er machte nicht den Eindruck, als würde es ihn nerven. Er nahm beide geduldig in den Arm für Fotos, lachte mit ihnen und wirkte wie ein alter Kumpel. Es fühlte sich wie eine Ewigkeit an, bis er sich loslöste und mich zu sich herwinkte. Er nahm mich fest in den Arm und drehte mich, so wie er es zur Show auf dem Flughafen gemacht hatte. Es fühlte sich nicht echt an, und ich versteifte mich unter seinen Händen.

»Können wir reingehen?«, flüsterte ich, als ich in Nicos Rücken eine ganze Gruppe auf uns zukommen sah.

»Klar! Komm mit!«

Er verabschiedete sich höflich von den Mädchen.

»Sorry. Family-Area«, sagte er zwinkernd und schloss die Tür hinter uns. Wir standen uns im Halbdunkel gegenüber. Die Geräusche von draußen drangen wie aus einer anderen Welt durch die dicke Eisentür. Wir fielen uns in die Arme, und diesmal fühlte es sich »echt« an. Nico taumelte mit mir zur Wand und drückte meine Hände sanft dagegen. Ich hatte das Gefühl, in viele kleine Stücke zu zerbersten. Es war nur einen Tag her, dass wir uns gesehen hatten. Und trotzdem hatte ich es kaum aushalten können. Wie sollte ich die vielen Tage, die noch vergehen würden bis Februar, ohne ihn überleben?

Nico sagte nichts. Sein schneller Atem verriet mir, dass er dasselbe fühlte. Wir sahen uns in die Augen, ohne uns zu rühren, während draußen die ersten Töne der Vorband erklangen und Stimmen sich zu einem tobenden Chor verbanden. Das hier war keine kleine Halle mehr. Heute Morgen hatte die BILD einen großen Artikel veröffentlicht über Nico Simon, der es geschafft hatte, die deutschen Herzen im Sturm zu erobern. Nico Simon, der seit gestern die deutschen Charts anführte, obwohl hier vor ein paar Wochen kein Mensch seinen Namen gekannt hatte.

»Ich hab dich vermisst!«

Nico flüsterte, und ich spürte seinen Atem auf meinen Lippen.

»Ich dich auch!«, sagte ich leise und konnte nicht länger warten. Stürmisch küsste ich ihn, und er erwiderte meinen Kuss, als hätte auch er an nichts anderes mehr gedacht, seit er mich alleine in seinem Zimmer zurückgelassen hatte.

»Ich kann nicht glauben, dass ich dich wirklich mag«, sagte ich, als wir uns voneinander losgerissen hatten.

»Das kann ich auch nicht glauben!«, sagte Nico und beugte sich wieder zu mir herab.

Ein einziges Räuspern ließ uns auseinanderstolpern. Eine Frau stand mit einem Make-up-Schwämmchen vor uns und grinste. Als ich mein Gesicht hob, erstarrte ihr

Blick, und sie schaute verwirrt zwischen uns beiden hin und her. Sie schüttelte den Kopf und murmelte leise irgendwas Englisches vor sich hin.

»Hey, Jill!« Nico hob die Hand und strahlte die Frau an. »Ich übe mit ihr. Sie ist Schauspielerin!«, lachte er, und man konnte förmlich dabei zusehen, wie ihre Gesichtsmuskeln sich entspannten.

»Oh mein Gott. Ich dachte schon. I mean, she's your sister!«

Nico fiel in ihr Lachen ein. »Du bist widerlich, Jill! Schlimm genug, dass sie mich zu solchen Übungen zwingt, ehrlich!«

»Ach, sei ein Gentleman! Sie ist vielleicht deine Schwester, aber süß ist sie ja trotzdem.«

Nico machte ein Geräusch, als müsste er kotzen, und ich spürte, wie ich rot anlief.

Jill schnalzte tadelnd mit ihrer Zunge. »Kommst du in die Maske, Nico? Ehe du deine Schwester noch flachlegst.«

Ich verschluckte mich furchtbar bei dem Versuch, mitzulachen.

»Ich komm gleich«, sagte Nico und nickte Jill zu. »Komm mit!«, raunte er mir zu und nahm meine Hand wieder. Er führte mich an tausend Leuten vorbei in seine Garderobe. Es war kahl und kalt hier. Die Magie, die ich eben in der dunklen Ecke hinter der Tür gespürt hatte, war wie weggeblasen.

Ich war hierhergekommen, um Nico zu sagen, dass ich in wenigen Monaten bei ihm sein würde. Dass wir Zeit haben würden, uns besser kennenzulernen, uns über traurige

Momente hinwegzutrösten und unsere schönen Momente zu teilen. Hier in diesem Licht wirkten diese Gedanken wie ein schlechter Witz. Ich war mir nicht einmal mehr sicher, ob ich ihm überhaupt erzählen sollte, dass ich nach Amerika kommen würde. Auch Nico schien nicht recht zu wissen, was er mir sagen sollte.

»Na?«, fragte er und vergrub seine Hände in den Hosentaschen. »Alles gut?«

Ich nickte, brachte aber kein Wort raus. Nichts war gut.

»Hör zu, Lea, ich …«

»Ich werde ihnen niemals die Wahrheit sagen?« Trotzig hielt ich seinem verwirrten Blick stand.

»Die Wahrheit sagen?«

»Dass ich nicht deine Schwester bin!«

Nico räusperte sich und rieb sich den Nacken. »Lea«, versuchte er mich zu beschwichtigen und griff nach meiner Hand. Ich zog sie weg.

»Was erwartest du da von mir?«

Nico schien selbst überrascht zu sein von seiner heftigen Reaktion. Nach einer kurzen Pause fuhr er sanfter fort.

»Es ist nicht so einfach, wie du dir das vorstellst. Ich hab mich für diesen Weg entschieden. Das hier ist das, was ich immer wollte. Ich meine, guck es dir an. Ich darf meine Musik machen und verdiene damit mein Geld. Das ist großartig!«

Ich gab mir große Mühe, ruhig zu atmen.

»Es gibt Verträge, Lea. Verträge, ungeschriebene Gesetze der Branche und Regeln, an die ich mich zu halten habe.«

Der Boden unter meinen Füßen schwankte. Wie hatte ich so falschliegen können. Gestern noch hatte sich alles so richtig angefühlt. Heute war dieses Gefühl wie weggeblasen. Niemals, niemals würde er erfahren, dass ich nach Amerika gehen würde. Wie ein Schlag ins Gesicht traf mich die Erkenntnis, dass er recht hatte. Dass es einfach nicht funktionieren konnte. Es lag nicht nur an dem winzigen Detail, dass man mich für seine Schwester hielt. Sein ganzes Leben war das Problem. Konzerte, Termine, sein Image als unnahbarer Mädchenschwarm, all die Titelseiten mit Models und angedichteten Affären, die ihn im Gespräch hielten. Es gab darin keinen Platz für mich. Und ich wollte kein Mädchen sein, das eine halbe Stunde vor der Show als Warm-up für den großartigen Künstler herhielt.

»Du hast es dir anders vorgestellt …«, stellte Nico fest, und ich übersah nicht den traurigen Ausdruck in seinen Augen. Er versuchte noch einmal, meine Hand zu nehmen, und diesmal ließ ich es zu.

»Hör zu, Lea, es tut mir leid. Ich habe das schon so oft gesagt und auch so gemeint. Nur zum ersten Mal tut es mir auch für mich selbst leid.«

Ich musste schlucken und bekam weiche Knie. »Versprichst du mir, dass du mich nicht belügst? Versprichst du mir, dass es dir wirklich auch für dich leidtut?«

Nico schüttelte den Kopf und zog mich wieder zu sich heran. Mein Herz fühlte sich an, als würde es zerspringen.

»Kein Lügen mehr!«, flüsterte er, ehe er mich küsste. Die Welt hörte auf, sich zu drehen, und um uns herum erloschen alle Farben und Geräusche.

Atemlos löste ich meine Lippen von seinen. Ich spürte, wie sein Herz fest und schnell gegen seine Brust hämmerte. In seinen dunkelbraunen Augen spiegelte sich sein innerer Kampf: Hingabe und Vernunft, die abwechselnd und im Sekundentakt die Oberhand gewannen und wieder verloren. Sanft schob er mich ein paar Zentimeter weg von seinem Körper, dessen Stärke und Größe in diesem Moment genauso unpassend wirkten wie der Raum, in dem wir uns befanden. Weiße Wände, weiße Möbel, grauer Teppichboden und eine einsame billige Stehlampe, die nicht mal an war. Die Neonröhren an der Decke ließen selbst ihn blass aussehen, und ich wollte wirklich nicht wissen, was sie aus meiner viel helleren Haut machten. Ich versuchte, mir einzureden, dass die Stille zwischen uns nicht die Art von Stille war, auf die ein Abschied folgte. Er hielt meine Hand fest in seiner und stand einfach vor mir, ebenso ratlos wie ich.

»Ich muss los.«

Auch wenn ich das selbst wusste, schossen mir Tränen in die Augen, als er es aussprach. Ich nickte, löste mich aus seinem festen Griff und steckte die Hände in die Hosentaschen meiner Jeans. Mein Gesicht auf den Boden geheftet, versuchte ich, die Tränen wegzublinzeln. Aufhalten konnte ich sie nicht mehr.

An der Tür klopfte es leise, dann öffnete sie sich.

»Nico! Raus mit dir, du musst noch in die Maske.« Als Alex uns sah, seufzte er leise. Ich wusste nicht, ob es ein Seufzen der Erleichterung oder des Mitgefühls war. Vielleicht auch irgendetwas dazwischen.

»Ich brauche noch eine Minute, Alex.«

Kurz sah Alex so aus, als wolle er widersprechen, aber dann nickte er nur und schloss die Tür hinter sich.

Nico nahm seine Hand und hob mein Kinn an.

»Hör mir zu! Das hier ist nicht deine Schuld. Es ist meine.« Seine Hände umschlossen warm meine Wangen, und seine Lippen küssten jeden Zentimeter meines Gesichts. Stirn an Stirn standen wir mit geschlossenen Augen voreinander und wollten nicht wahrhaben, dass der Moment gekommen war. Bevor er mich mit den Neonröhren alleine ließ, drückte er mir ein Päckchen in die Hand. Ich sah ihn fragend an.

»Für dich, Lea. Mach es auf, wenn du so weit bist.« Er stockte und drehte sich ein wenig von mir ab. »Falls du es überhaupt willst«, fügte er dann leise hinzu. Wieder brachte ich nur ein stummes Nicken zustande, obwohl ich keinen blassen Schimmer hatte, was er damit meinte. Inwiefern sollte ich so weit sein? So weit, mich endgültig von ihm zu verabschieden? Mich an ihn zu erinnern? Ich wusste, dass er mir sowieso jeden Tag begegnen würde. Ob ich wollte oder nicht, schien somit wenig Bedeutung zu haben. Auf dem Weg hierher hatte ich mindestens zehn Plakate gesehen, von denen er mich angestrahlt hatte. Mich und jeden anderen. Und wie oft schon hatte mich seine Stimme geweckt? Nicht er selbst, sondern nur seine Stimme aus dem Radio. Ich wusste also nur zu gut, dass ich ihn würde sehen, hören und fühlen müssen, ob ich es wollte oder nicht. Und der Welt würde es egal sein, ob ich so weit war.

»Hau sie um!«, sagte ich leise und küsste ihn noch ein letztes Mal.

Er lächelte und öffnete die Tür. Ohne sich noch einmal umzuwenden, verschwand er mit Jill in Richtung Bühne und ließ mich mit all den Fragen, die in meinem Kopf übereinanderstolperten, alleine. Alles in mir zog sich zusammen, als die Tür sich hinter ihm schloss. Dabei war es klar gewesen, dass es so enden würde. Es war von Anfang an klar gewesen. Auch wenn es Momente gegeben hatte, in denen wir beide daran geglaubt hatten.

Ich dachte darüber nach, wie es überhaupt angefangen hatte. Wie es hatte passieren können, dass ich jetzt hier in der Umkleidekabine des Jungen stand, der gestern David Guetta von Platz eins der Deutschen Charts gestoßen hatte. Ausgerechnet ich stand hier, die sich nie etwas aus Musik gemacht hatte. Vielleicht wäre alles anders gekommen, wenn ich meine Mathehausaufgaben selbst gemacht hätte. Dann wäre ich später zur Schule gegangen und hätte den Briefträger verpasst. Ich hätte den Brief nicht angenommen, und Nico wäre nie in mein Leben getreten. All das wäre nicht passiert, wenn ich nur meine verdammten Mathehausaufgaben gemacht hätte. Ich würde jetzt nicht hier stehen, alleine, mit tausend Erinnerungen, die mir den Verstand raubten. Und trotzdem. Bereuen konnte ich es nicht.

Fluchtartig verließ ich die Garderobe, eilte durch die dunklen Gänge zurück zur Tür, durch die ich Nicos Welt verlassen konnte. Musste. In meinen Händen hielt ich das Päckchen, das sich wie eine Handgranate anfühlte. Alles in mir schrie danach, es einfach von mir zu schmeißen, weil ich wusste, dass es meinen Schmerz nicht lindern würde, was auch immer sich darin verbarg. Im Gegenteil. Und trotzdem hielt ich es umklammert wie einen Schatz. Meine Hände fühlten sich eiskalt an.

Mit dem Rücken drückte ich die Tür auf und sah Meral, die wie vereinbart genau dort auf mich wartete. Das Lachen auf ihrem Gesicht gefror im gleichen Moment, in dem sie mich sah. Sie stellte keine Fragen. Sie zog mich einfach nur an der Hand und stapfte in Richtung Ausgang.

»Lass uns bloß hier verschwinden.«

Ich folgte ihr stolpernd, das Päckchen mit einer Hand an mich gepresst.

Meral hatte recht. Ich musste ganz dringend weg hier. Und er würde niemals erfahren, dass ich bald ganz in seiner Nähe sein würde. Niemals. Wir rannten zusammen ins Freie. Die kalte Luft schmerzte in meinen Lungen, aber Meral ließ nicht locker. Sie lief und lief und lief, bis Nicos Stimme uns nicht mehr verfolgte, die hinter uns aus der Halle drang. Er sang das Lied, das mich zu ihm geführt hatte. Und ich wollte es nie wieder hören.

NICO

10. NOVEMBER

»Nico?«

»Hmm?«

Ich hob den Kopf und registrierte, dass das Taxi zum Stehen gekommen war. Mit einem Klicken schloss ich mein Macbook und blinzelte in die Wintersonne. Die warme Luft, die mich in Miami erwarten würde, war das Einzige, auf was ich mich freute. Schon morgen ging es ins Studio, um das Album zu recorden, dann zum Sampling nach New York. Die Songs standen fest, und auch wenn alle wieder so tun würden, als dürfte ich mitentscheiden, war mir längst klar, wie es laufen würde. Am Ende würden sie wieder meine Mum darauf ansetzen, mich auf Spur zu kriegen, was so viel bedeutete wie Fresse halten. Und wieder würde ihnen der Erfolg recht geben.

Ich stieg aus dem Taxi und warf mir mein Handgepäck mit dem Mac drin über die Schulter. Alex tippte selbst im Gehen Mails und ignorierte mich zum Glück. Es fiel mir schwerer als gedacht, meinen Fuß auf den Linoliumboden hinter der Glastür zu setzen. Flughafengebäude gehörten für mich nicht zu einer Stadt. Flughäfen waren so austauschbar und belanglos, dass man sofort jegliches Orts- und Zeitgefühl verlor, wenn man erst einmal drin war. Ich verließ Hamburg mit einem einzigen Schritt und versuchte, den Stich in meinem Brustkorb zu ignorieren.

Wir stellten uns am Lufthansa-Schalter an, und ich zog

meine Kopfhörer auf, damit Alex gar nicht erst auf die Idee kam, mich anzusprechen. Ich kam mir wie ein Vollpfosten dabei vor, aber ich konnte nicht anders, als mich doch noch einmal umzusehen. Sie wusste, dass ich gleich fliegen würde, ich hatte ihr gesagt, dass die Maschine um 11.40 Uhr ging. Dabei wäre es einfach nur dämlich, sich noch mal zu verabschieden. Sie würde auch heute wieder weinen, und ich stünde auch heute wieder hilflos daneben, weil ich sie nicht zum Weinen bringen wollte. Wie sollte ich ihr auch erklären, dass ich es nur für sie getan hatte? Ich wusste, dass sie es nicht hätte wahrhaben wollen, dass mein Terminkalender und ein Ozean uns gekillt hätten. Und dann war da noch das kleine Detail, dass die Welt dachte, wir seien Geschwister. Es war besser so. Oder besser gesagt, war es die einzige logische Antwort, die es auf das gab, was zwischen uns passiert war. Auch wenn es schmerzte. Ich wusste nicht mal, ob es richtig gewesen war, ihr das Päckchen zu geben. Das Päckchen, in dem sie etwas finden würde, was vielleicht alles nur noch schlimmer machte.

Ich klopfte mit meinen Fingern nervös den Beat in meine Hand und studierte die Abflugtafel, um meinen Kopf ruhigzustellen. Erschrocken wirbelte ich herum, als sich ohne Vorwarnung eine Hand auf meine Schulter legte, und starrte ihm ins Gesicht. Ich riss mir die Kopfhörer vom Kopf und brachte keinen Ton raus. Das konnte nicht wahr sein!

»Hallo, Nico!«

Die tiefe Stimme meines Vaters traf mich so unvorbereitet, dass mein Körper darauf mit einem leisen Beben reagierte.

»Herr Simon?«

Die Frau am Schalter hielt ungeduldig die Hand auf.

»Passport!«, raunte mir Alex genervt zu und schien ebenso verwirrt wie ich, als er meinen Vater sah. Hektisch übergab ich der Frau den Pass und nahm mein Ticket entgegen. Ohne ihre Erklärungen anzuhören, ging ich auf meinen Vater zu. Mein Herz setzte aus, als ich sah, dass sie hinter ihm stand. Sie hatte ihre Augen auf den Boden geheftet und malte mit ihren Füßen unsichtbare Kreise auf den grauen Boden, so wie sie es schon früher immer gemacht hatte, wenn sie nervös war.

»Sarah!«

Sie hob ihren Kopf, und ein scheues Lächeln huschte über ihr Gesicht. Obwohl ich seit Jahren von diesem Moment geträumt hatte, wollten meine Beine mich nicht zu ihr tragen. Ich spürte, wie sich meine Augen mit Tränen füllten, als sie auf mich zukam und mich in den Arm nahm. Sie war viel größer geworden und kein kleines Mädchen mehr. Und auch wenn ich Fotos auf Facebook gesehen hatte, war der Anblick meiner kleinen Schwester wie eine Offenbarung. Sie roch nach Zuhause, nach Kindheit und nach »The Scent« von Hugo Boss. Ich hatte es schon oft gerochen, und ich mochte es an Frauen, aber zu keiner hatte es so gut gepasst wie zu Sarah.

Ich hielt meine große kleine Schwester so fest, wie ich nur konnte, und spürte die warme Hand meines Vaters in meinem Nacken.

»Es tut mir so leid. Es tut mir so unendlich leid!«, flüsterte ich und kämpfte weiter gegen die Tränen an, die mich fast erdrückten.

Ich spürte, wie Sarah an meiner Schulter nickte.

Ich ließ sie wieder los und gab mir Mühe, mich zusammenzureißen. Es bedeutete mir so viel, dass sie gekommen waren. »Woher wisst ihr …«

Sarah hielt einen Briefumschlag in die Höhe. Es war der Umschlag, den ich aus Australien geschickt hatte. Der, den Lea in die Hände bekommen hatte, obwohl er eigentlich niemals ankommen sollte. Ich wusste selbst nicht mal, warum ich ihn tatsächlich abgeschickt hatte. Vielleicht war es der unbewusste Wunsch gewesen, dass es doch so etwas wie Schicksal gab und dass am Ende alles dort ankam, wo es hingehörte.

»Lea war bei uns.«

Ich konnte nicht sagen, was mir die Gänsehaut bescherte: Der Klang von Sarahs Stimme, den ich so vermisst hatte all die Jahre, oder ihr Name. Lea.

»Wie, sie war bei euch?«

Um uns herum wuselten die Menschen mit Rollkoffern und Taschen, und ich spürte Alex' wachsende Ungeduld in meinem Rücken, aber es war mir egal.

»Sie ist aufs Präsidium gegangen und hat Papa den Brief gegeben. Und dann ist sie zu mir gekommen, um sich zu entschuldigen.«

»Wegen des Beitrags?«

»Ja. Sie sagte, du konntest nichts dafür, dass es so gelaufen ist.«

Ich zuckte die Schultern. Ganz so konnte man es auch wieder nicht sagen.

»Alex, ich bin in zehn Minuten am Sicherheitscheck!«

Alex wollte widersprechen, entschied sich nach einem Blick auf meinen Vater aber wohl dagegen. Stöhnend schulterte er sein Handgepäck und setzte sich in Bewegung.

»Zehn Minuten, Nico! Ich verlass mich auf dich!«

»Tust du leider nicht!«, murmelte ich, sodass er es nicht hören konnte.

Sarah, mein Dad und ich setzten uns neben den Eingang auf eine Sitzreihe. Keiner von uns wusste, wie und wo er anfangen sollte. Ich sah ein, dass ich es war, der reden musste. Ich war es schließlich auch gewesen, der vor vier Jahren einfach abgehauen war, obwohl ich genau gewusst hatte, dass mein Vater nicht hätte mitkommen können, selbst wenn er gewollt hätte. Ein Polizist konnte nicht einfach seine Taschen packen und irgendwo anders auf der Welt sein Glück suchen. Nicht, wenn er eine Familie ernähren musste.

Ich versuchte erst gar nicht, mich damit rauszureden, dass ich erst vierzehn gewesen war. Das war keine Erklärung, denn ich hatte es genau gewusst. Sarah und Papa zu verlassen, war der Preis, den ich gezahlt hatte, um mit meiner Mutter einem Traum hinterherzujagen, den ich ihr und mir mit meiner Karriere auch erfüllt hatte. Wir wohnten in einer Villa mit Pool und vier Badezimmern. Wir hatten einen Gärtner, und Mom musste nicht viel machen, um Engagements als Tänzerin zu bekommen. Wenn sie meinen Namen nannte, öffneten sich die Türen automatisch, obwohl sie eigentlich längst zu alt für den Job war, was sie aber entweder nicht verstand oder einfach ignorierte. Ich hatte Mum geben können, wonach sie immer gestrebt, was sie immer von meinem Vater erwartet hatte. Aber er als Polizist hatte keine Chance gehabt, meine anspruchsvolle Mutter glücklich zu machen.

»Ich hab's verbockt!«, gab ich zu und stupste Sarah mit meinem Fuß an.

»Jup!«, bestätigte sie und zeigte grinsend auf meine Füße. »Sind das die Zehntausenddollarschuhe?«

Ich rollte lachend mit den Augen. »Was hat sie euch denn noch alles erzählt?«

»Genug, um uns zu überzeugen, herzukommen. Sie war bei uns, ich habe sie eingeladen«, sagte mein Vater. »Schließlich gab es einiges zu klären.«

Bei der Vorstellung, dass Lea bei meinem Vater und Sarah zu Hause an unserem alten Tisch gesessen hatte, wurde mir ganz übel.

»Was hat sie gesagt?«, wiederholte ich meine Frage mit heiserer Stimme.

»Sie hat gesagt, dass du ein Arschloch bist«, sagte Sarah. »Allerdings das liebenswerteste Arschloch der Welt.«

Mein Vater nahm mir meine Kapuze ab und strich kopfschüttelnd über meine kurzen Haare. »Und dann haben wir deinen Brief gelesen.«

Ich räusperte mich beschämt.

»Der sollte niemals ankommen …«, gab ich kleinlaut zu.

»Ich weiß«, sagte mein Dad und stand seufzend auf. »Und trotzdem war es genau richtig, dass er angekommen ist.«

»Wann wirst du wieder nach Deutschland kommen?«

Ich konnte Sarah kaum in die Augen sehen. Ich hatte keine Ahnung. Irgendwann würde es eine Tour geben. Aber bis dahin würde sicherlich ein Jahr ins Land ziehen.

»Könnt ihr mich nicht mal besuchen kommen?«

Eine Antwort auf die eigentliche Frage blieb ich ihnen schuldig.

»Das machen wir!«, versprach mein Vater.

Sarah war nicht dumm. Sie hatte verstanden, dass ich so schnell nicht zurückkehren würde.

»Aber was ist mit Lea?«, fragte sie, und in ihrer Stimme schwang Sorge mit.

Oh, come on, nicht immer dieses Thema. Meine Stimmung verdüsterte sich sofort. »Was soll mit Lea sein?«

Sarah senkte den Kopf.

Ich schaute hinter mich zu den Sicherheitskontrollen. Alex winkte mir hektisch zu.

»Ich muss los«, sagte ich und fühlte mich genauso furchtbar wie vorgestern, als ich die gleichen Worte zu Lea gesagt hatte. Meine Kehle schnürte sich zu, und ein schweres Gewicht legte sich wie eine Ritterrüstung auf meinen Körper.

Sarah schmiss sich in meine Arme. Ihr Schluchzen hatte sich nicht verändert. Es klang genauso herzzerreißend wie früher, als sie noch fast ein Kind gewesen war. Ich drückte sie, so fest ich konnte. Dann nahm ich meinen Vater in den Arm.

»Danke, dass ihr gekommen seid, Papa! Ihr könnt nicht erahnen, wie viel mir das bedeutet.«

»Du bedeutest mir auch sehr viel, Sohn.« Er fuhr mir mit seiner großen Hand noch einmal über den Kopf und gab mir eine Visitenkarte, auf der die neue Adresse und eine Telefonnummer standen.

»Neu Wulmstorf?«, fragte ich verwundert. »Wieso wohnt ihr nicht mehr in Hamburg?«

Mein Vater zuckte mit den Schultern.

»In Hamburg sind die Mieten unbezahlbar geworden.«

»Außerdem ist es draußen viel schöner als in der Stadt!«, ergänzte Sarah trotzig. Aber auch wenn es vielleicht wirklich schöner war, es brach mir das Herz, dass ich Dad nie gefragt hatte, ob er Geld brauchte, obwohl er es sowieso niemals angenommen hätte. Ich hätte wenigstens fragen sollen. Beschämt wandte ich mich ab. Mein Vater zog mich an sich.

»Es geht uns gut, Nico. Und ich bin wahnsinnig stolz auf dich, Kleiner.«

Ich wusste, dass er nicht die Platinplatte und auch nicht die Villa in Miami Beach meinte. Auch nicht meine Musik und meinen Erfolg. Er meinte einzig und allein den Brief, meine Entschuldigung an Sarah.

Ich löste mich aus seinen starken Armen, drehte mich um und winkte noch einmal zurück. Es fühlte sich so falsch an, von ihnen wegzugehen. Zehn Minuten waren vollkommen sinnlos nach einer so langen Zeit. In Gedanken ging ich die Termine der nächsten Wochen durch. Ob es irgendwo ein paar freie Tage dazwischen gab? Keinen Plan.

»Nico?«

Sarah war mir ein Stück hinterhergerannt und hielt mich an meinem Pulli fest.

»Hmm?«

Ihre Augen waren glasig und ihre Augen verquollen.

»Ich hab dich so vermisst!«

Es brach mir das Herz, sie so zurückzulassen. Sie sah mich an, wie Lea mich angesehen hatte.

»Mach nicht noch mal den gleichen Fehler!«

Ich schluckte und nickte. »Ich rufe an, wenn ich drüben bin.«

Erst als ich durch die Sicherheitsschleuse war, verstand ich, was sie damit meinte. Sie meinte nicht sich und Papa. Sie meinte Lea.

LEA

1. FEBRUAR

Die letzten Wochen hatten sich hingezogen. Ich war mit Nicos Pulli im Arm eingeschlafen und mit geschwollenen Augen aufgewacht, hatte die Sprüche in der Schule ignoriert und vor Meral so getan, als würden ihre Ablenkungsmanöver funktionieren, obwohl sie es meist nicht taten. Abends hatte ich Englisch gepaukt, und manchmal hatte ich mir seine neuesten Videos angeguckt. Er sah glücklich aus, und seine Haare waren wieder gewachsen. Die Witze, die er riss, waren keinen Deut besser als der Elefantenwitz, aber ich lachte trotzdem. In den deutschen Charts hatte Nico auch mit seiner zweiten Single Platz eins erreicht. Nie zuvor hatte ich mich für so was interessiert. Jetzt sog ich alles, was ich finden konnte, auf wie ein Schwamm und schämte mich gleichzeitig dafür. Ich dachte immer noch viel an Charly. Endlich redete Max mit mir über sie. Ich wusste nicht, ob ich sie überhaupt jemals treffen wollte. Die Enttäuschung saß tief. Vielleicht war ich irgendwann so weit, sie anzurufen, obwohl sie es nicht wollte. Aber jetzt noch nicht.

Einmal hatte ich mich mit Lasse getroffen, der mich schüchtern um ein Date gebeten hatte. Es war tatsächlich lustig gewesen. Wir hatten uns in die Fähre gesetzt und waren drei Mal zwischen den Landungsbrücken und Finkenwerder hin- und hergefahren. Am Ende hatte Lasse versucht, mich zu küssen, aber es ging nicht. Es tat mir total leid, weil ich mir bestens vorstellen konnte, wie viel Mut ihn das gekostet haben mochte. Und er konnte ja gar nichts dafür. Lasse hatte ein hübsches Lachen, er war smart und nett, ich mochte seinen Humor. Aber er war einfach nicht Nico.

»Oh mein Gott, Februar hatte sich so weit weg angehört«, riss Meral mich aus meinen Gedanken und hakte sich bei mir unter. Sie trug die Leggins, die Hazel mir für die Dreharbeiten gekauft hatte. Sie stand Meral super! Wir waren in der Abflughalle und suchten den Schalter von Lufthansa.

»Da!«, sagte Max und zeigte auf ein rot-weißes Plakat. Meral, Payam, meine Großeltern und ich folgten ihm. Ich fand es total süß, dass alle extra wegen mir mit zum Flughafen gekommen waren. Sogar Merals Mutter war dabei und hatte mir eine riesige Box voller Sandwiches und persischer pappsüßer Köstlichkeiten mitgebracht, die den Umfang meines Handgepäcks mindestens verdoppelte. Alle waren nervös und angespannt. Aber keiner so sehr wie ich.

Max hatte mich drei Mal zu einem Freund von ihm geschickt, der Hypnosetherapeut war und Phobien unter Hypnose beseitigen konnte. Mittlerweile konnte ich mir im Kopf vorstellen, abzuheben, ohne panisch zu werden. Außerdem hatte ich es ja schon einmal geschafft, alleine einen Flug zu überstehen. Allerdings nicht über einem riesigen Ozean, in dem es nur so von Haien wimmelte.

»Man kann nur hoffen, dass du in Grönland schwimmen gehst, da ist es den Haien zu kalt«, sagte Payam und boxte mich in die Seite. »Sag dem Captain, dass er die Maschine bis Grönland auf Kurs halten muss.«

Ich schaute ihn finster an. Er war genauso ein Idiot wie Nico auf dem Flug nach Memmingen.

»Wir fliegen nicht mal über Grönland«, antwortete ich barsch.

»Ach herrje, nicht mal das?« Payam machte ein erschrockenes Gesicht.

Bahar wies Payam barsch zurecht. »Benimm dich wie ein Gentleman! Ba dokhtarha aghel wa moadab bash, pesaram!«

Payam verdrehte die Augen und grinste. »Klar, Maman, bebakhshyd. Sorry, Lea!«

Er legte seinen Arm um mich. »Wirst du ihn anrufen?«

Ich seufzte. Die Frage war nicht wirklich besser als der Scheiß mit den Grönlandhaien.

»Wie sollte ich ihn anrufen, wenn ich seine amerikanische Nummer gar nicht habe?«

»Guter Einwand!«, sagte Payam. »Scheiße. Dann kann ich ihn ja auch gar nicht fragen, ob wir seine Vorband werden können.«

»Ich denke, ihr hättet die besten Chancen gehabt.« Meral streckte ihm die Zunge raus. »Schließlich füllt ihr riesige Stadien!«

Wir waren mittlerweile längst am Schalter angekommen. Meine Oma strich mir ständig meine Kleidung glatt, und mein Opa erzählte mir alles über die Wetterverhältnisse vor Ort. Obwohl ich jeden von ihnen dafür liebte, dass er mitgekommen war, war das alles in Kombination ein bisschen viel. Vor mir lag ein halbes Jahr in der Ferne. Ein halbes Jahr in einer fremden Familie, von der ich bisher nur ein Foto und eine nette Mail bekommen hatte. Ich würde sechs Monate lang in einem Bett schlafen, das nicht meines war, und würde mich an Regeln halten müssen, dich ich nicht kannte. Dort drüben gab es keine Meral und keinen Proberaum. Hinzu kam, dass ich es aushalten musste, ganz in Nicos Nähe zu sein. Ich hoffte einfach nur, dass der Beitrag über Nico und mich schon so lange her war, dass sich keiner mehr an mein Gesicht erinnerte. Zur Not würde ich mir die Haare blondieren und meine Locken mit Keratin glätten. Aber vor allem dachte ich an das kleine Päckchen, das in meinem Handgepäck lag. Ein Päckchen von Nico.

»Ab hier gehe ich alleine«, sagte ich bestimmt. Ich sog Luft ein und atmete sie in einem Stoß aus. Das hier war mein Flug in ein neues Leben. Ein Leben, in dem bestimmt eine Menge Abenteuer auf mich warteten.

Ich umarmte einen nach dem anderen. Von Max konnte ich mich nur schwer lösen. Ich war noch nie lange von ihm getrennt gewesen, und ich sah ihm an, dass er mich eigentlich am liebsten wieder eingepackt und nach Hause gebracht hätte.

»Ich muss das tun, Papa«, flüsterte ich ihm ins Ohr.

»Ich weiß!«, flüsterte er zurück, hielt mich an den Armen fest und schob mich von sich, um mich zu betrachten. »Du bist so verdammt groß geworden!«

Ich lachte, und es mischten sich ein paar Tränen darunter. »Und trotzdem dein Baby, ich weiß!«

»Für immer. Aber jetzt haust du ab und bekommst raus, was dieses verdammte Puzzleteil ist, das dir fehlt.«

Ich nickte und sah Max nur noch durch einen Schleier. Dann verabschiedete ich mich von Meral.

»Weißt du, was ich verstanden habe, Meral?«

»Was?«, fragte sie. Sie stand vor mir und hielt meine beiden Hände fest in ihren. Gott, sah sie traurig aus.

»Ich wollte immer so glücklich sein wie du. So zufrieden. Ich dachte, du bist so, weil bei dir alles perfekt ist! Aber ich habe verstanden, dass ich so niemals sein werde. Ich bin einfach nicht wie du. Ich werde immer nach irgendwas suchen, schätze ich.«

»Ob es eine Charly oder ein Nico ist. Hauptsache Drama!«, kicherte Meral.

Ich nickte. »Ich bin einfach anders als du.«

»Das ist echt anstrengend!« Meral lachte laut.

»Weiß ich.«

»Anstrengend, aber genau richtig. Zufrieden sein kann auch furchtbar langweilig werden, wenn man keine Freundin wie dich hat!«

»Das stimmt! Ich schreib dir nächtliche Dramamails, versprochen!«

»Du musst! Sonst fang ich noch an, dumme Serien mit Payam zu gucken.«

»Du würdest dir in die Hose scheißen, wenn du meine Serien mitschauen müsstest!«, sagte Payam.

»Payam!«, rief Bahar.

»Ist ja schon gut!«

Oh Mann, wie ich sie alle schon vermisste. Payams und Merals Fopperei, Bahars verzweifelte Erziehungsversuche an ihrem Sohn, der besser nicht hätte geraten können. Max' liebevoller Blick, die Wärme meiner Oma, Opas unkomplizierte Sachlichkeit.

Ich riss mich los und stellte mich in der Schlange vor der Sicherheitsschleuse an. Mit klopfendem Herzen fühlte ich in meinem Handgepäck nach dem Päckchen, das Nico mir gegeben hatte. Es war dort, und ich wusste, dass ich heute bereit sein würde, es endlich zu öffnen. Nicht, weil es nicht mehr wehtat, sondern einfach nur, weil ich mittlerweile einsehen musste, dass ein ungeöffnetes Päckchen von ihm die Sache mit dem Vergessen nicht einfacher machte. Ich brauchte Klarheit. Jetzt! Ich war bereit, enttäuscht zu sein. Auch wenn ich nicht mal wusste, was ich erwartete. Einen besten Fall gab es nicht mal. Was auch immer er mir geben wollte – mir fiel nichts ein, was die Leere würde ausfüllen können, die ich fühlte, seit er weg war.

Erst auf meinem Sitz erlaubte ich mir, das braune Papier zu zerreißen. Ich tat es langsam und bedächtig. Doch die Angst vor dem Gefühl, das sich gleich in mir ausbreiten würde, war schlimmer als alles, was folgen konnte. Vorsichtig hob ich eine kleine Schachtel aus dem Papier. Sie war schwarz. Nichts darauf deutete auf den Inhalt hin. Mit klopfendem Herzen hob ich den Deckel ab und starrte auf ein schwarz glänzendes Handy. Ein Handy??? Ich hatte mit allem gerechnet. Ein Erinnerungsfoto, eine Kette, ein Armband. Was auch immer. Aber ein Handy? Mit zittrigen Händen schaltete ich es an. Er hatte es aufgeladen und die Wochen des Wartens hatten dem Akku anscheinend nichts anhaben können. Unter dem Handy fand ich eine Nummer, offensichtlich die Pin. 2354. Ich tippte die Zahlen ein und wartete. Auf dem Bildschirm erschien nur ein Symbol. Nico hatte mir WhatsApp installiert. Langsam verstand ich, was er getan hatte. Er hatte mir die Möglichkeit gegeben, ihn zu kontaktieren. Durch meine Adern schoss pures Adrenalin, als ich mich in der Kontaktliste vergewisserte. Es war nur eine einzige Nummer gespeichert. Nicos. Ich spürte ein Kribbeln in meinem ganzen Körper, das ich kaum aushalten konnte. Gebannt blickte ich auf das Display und drückte auf das WhatsApp-Symbol. Es gab genau einen Chat. Und ich hatte drei ungelesene Nachrichten.

Meine liebe Lea, ich hoffe, du hast das Päckchen nicht sofort geöffnet. Vielleicht verstehst du jetzt, warum ich gehen musste. Du weißt mittlerweile wahrscheinlich genauso gut wie ich, dass es das Beste war. Für dich und für mich. Und ich hoffe, dass du irgendwann dieses Päckchen öffnest und wir Freunde sein können. Auch wenn es schwer wird. Wenn du das nicht willst, verstehe ich das. Ich werde trotzdem immer mit einem schönen Gefühl an dich denken. Nico

Mir wurde übel. Obwohl ich das Handy am liebsten auf den Boden gepfeffert hätte, überwand ich mich, das erste von zwei Videos anzusehen, die er mir gestern geschickt hatte. Gestern. Warum gestern?

Die Sekunden, in denen das Video lud, zogen sich wie eine Ewigkeit. Wollte ich wirklich auch noch sehen und hören, was sich schon geschrieben wie ein Stich mitten ins Herz anfühlte?

Zögernd zog ich meine Kopfhörer aus dem Handgepäck, verband sie mit dem Handy und setzte sie auf, während das riesige Flugzeug sich in Richtung der dicken Wolkendecke erhob, die wie fast immer über der Stadt hing, als wäre nichts geschehen. Es war absurd, aber ich spürte keine Angst davor, zurückzufallen und abzustürzen. Ich fühlte gar nichts. Lange ließ ich die Finger auf dem Startknopf liegen und fragte mich, ob ich das wirklich tun sollte. War ich bereit, Nico wieder in mein Leben zu lassen? Als Freund? Wollte ich wirklich hören, was er mir gestern hatte sagen wollen? Gestern. Nicht vor Wochen, was irgendwie einfacher zu ertragen gewesen wäre, warum auch immer.

Als die Anschnallzeichen erloschen und wir aus der Wolkendecke brachen, drückte ich auf den Play-Button. Ich tat es einfach. Und Nicos Stimme brachte alles in mir zum Schweigen.

»Hör zu, Lea. Es ist jetzt drei Monate her. Du hast das Handy noch immer nicht ausgepackt, und ich weiß nicht, ob du es jemals tun wirst. Wenn ja, hast du gerade eine Nachricht gelesen, für die ich mich ohrfeigen könnte. Die Wahrheit ist, ich kann dich nicht vergessen. Und ich hoffe, dass es dir genauso geht.«

Erst jetzt sah ich, dass Nico an einem Klavier saß. Er legte die Hände auf die Tasten. Überfordert von all den Gedanken und Gefühlen, die auf mich einprasselten, blickte ich für einen Moment hinaus in den blauen Himmel, auch wenn die Sonne mich blendete. Ich hatte die Lautstärke voll aufgedreht und lauschte konzentriert, um wirklich alles zu verstehen. Ich wollte ihn nicht ansehen. Auch so war das alles gerade irgendwie zu viel. Obwohl die Harmonien von einem Klavier gespielt wurden, erkannte ich das Lied, das Nico mir vorgespielt hatte an dem Abend, an dem ich zu ihm geflohen war. Das grelle Licht ließ meine Augen tränen, und ich schloss sie. Ich fühlte wieder Nicos Atem auf meiner Haut, das Vibrieren seiner Stimme. Mit beiden Händen hielt ich die Kopfhörer fest umklammert, kein einziges Wort wollte ich verpassen. Denn diesmal summte Nico nicht. Er sang. Auf Deutsch.

ICH STEH AUF, GEH RAUS UND LAUF
DURCH DIE STRASSEN,
KOPF IN DEN WOLKEN, GEDANKEN BEI DIR.
DEIN BLICK, ALS ICH GING, VERFOLGT
MICH SEIT TAGEN.
DOCH DU BIST IN HAMBURG UND ICH
WIEDER HIER.

UND DIE TAGE ZIEHEN AN MIR VORBEI,
UND BEI JEDEM SCHRITT BIST DU DABEI,
SO LANG HAB ICH NICHTS VON DIR
GEHÖRT.

DOCH ICH WILL AN UNS GLAUBEN,
ICH GEB UNS NICHT AUF,
AUCH WENN'S WEHTUT, DAS NEHM ICH IN
KAUF.
ICH WEISS, DASS WIR RICHTIG SIND,
UND DU WEISST ES AUCH.
ICH WERD AN UNS GLAUBEN,
ICH SCHMEISS UNS NICHT HIN.

BIN FÜR DICH DA, GANZ EGAL, WO ICH BIN.
IST DOCH ALLES NICHT SO SCHWER,
BIN NUR 'NEN KONTINENT ENTFERNT.

ICH BIN NIE GANZ FÜR MICH, FÜHL MICH
TROTZDEM ALLEINE,
JEDER SCHEINT MICH ZU KENNEN, DOCH
KEINER WEISS, WER ICH BIN.
DANN KAMST DU UND HAST GEMERKT, WAS
ICH MEINE,
WAS MIR FEHLT, WENN ICH NACHTS GANZ
ALLEIN IM HOTELZIMMER BIN.

UND DIE TAGE ZIEHEN AN MIR VORBEI,
UND BEI JEDEM SCHRITT BIST DU DABEI,
DOCH SO LANG HAB ICH NICHTS VON DIR
GEHÖRT.

DOCH ICH WERD AN UNS GLAUBEN,
ICH GEB UNS NICHT AUF,
AUCH WENN'S WEHTUT, DAS NEHM ICH IN
KAUF.
ICH WEISS, DASS WIR RICHTIG SIND,
UND DU WEISST ES AUCH.
ICH WERD AN UNS GLAUBEN,
ICH SCHMEISS UNS NICHT HIN.
BIN FÜR DICH DA, GANZ EGAL, WO ICH BIN.
IST DOCH ALLES NICHT SO SCHWER,
BIN NUR 'NEN KONTINENT ENTFERNT.

ICH WILL JEDE MINUTE BEI DIR SEIN,
JEDES EINZELNE WORT WILL ICH ERNST MEINEN.
ICH WILL MIT DIR DURCH DIE STRASSEN GEHEN,
SOLL UNS DIE GANZE WELT DOCH SEHEN.
ICH WILL KEINEN MOMENT MEHR VERPASSEN,
WILL DICH FESTHALTEN, NIE WIEDER LOSLASSEN.
ICH HAB SO LANG NACH DIR GESUCHT.

DOCH ICH WERD AN UNS GLAUBEN,
ICH GEB UNS NICHT AUF,
AUCH WENN'S WEHTUT, DAS NEHM ICH IN KAUF.
ICH WEISS, DASS WIR RICHTIG SIND,
UND DU WEISST ES AUCH.

Als der letzte Ton verklungen war, öffnete ich langsam meine Augen.

Der alte Mann neben mir beobachtete mich unverhohlen. Ich setzte die Kopfhörer ab und drehte mich zu ihm um.

»Alles gut, junges Fräulein?«, fragte er besorgt und hielt mir eine kleine Packung Erdnussflips hin.

Ich nickte und wischte mir die Tränen aus dem Gesicht, die ich nicht einmal bemerkt hatte.

»Alles gut!«, sagte ich lachend und weinend zugleich

und griff in die raschelnde Tüte. »Ich habe nur grade was Wichtiges verstanden.«

Der Mann lächelte. »Na, da bin ich aber gespannt!«

Ich reichte ihm meine Kopfhörer und das Handy. »Ich habe verstanden, dass das hier noch lange nicht das Ende ist.«

Er lachte herzlich. »Na, das will ich aber auch nicht hoffen, junge Dame! Das will ich doch wirklich nicht hoffen.« Der Mann klappte den kleinen Tisch vor sich auf und nahm den Gin Tonic entgegen, den die Stewardess ihm reichte. »Das Ende«, sagte er dann und schob sich meine Kopfhörer auf die Ohren, »das Ende meiner Geschichte kenne ich auch noch nicht. Aber ich weiß, dass es ein gutes ist!«

»Woher wissen Sie das?«, fragte ich und wartete gespannt auf seine Antwort. Er nahm einen Schluck von seinem Getränk und betrachtete mich nachdenklich.

»Weil alles seine Zeit hat, und das Beste immer zum Schluss kommt!«

Dann sah er sich lächelnd das Video an und lauschte Nicos Stimme. Ich sah ihm dabei zu und spürte, wie das Blut kribbelnd durch meine Adern floss. Als das Lied zu Ende war, reichte mir der Mann lächelnd das Handy.

»Nein, das ist ganz gewiss nicht das Ende!«, sagte er. »Ein sehr schönes Lied.« In diesem Moment machte das Handy leise »Bing«. Hastig riss ich es dem erschrockenen armen Mann aus der Hand und verfluchte die Tastensperre, die ich erst mit dem Zahlencode entsperren musste, um zu sehen, ob es wirklich das hieß, was es eigentlich nur heißen konnte. Wie konnte das sein? Bei Nico war es mitten in der Nacht! Ich kramte die Zahlen aus dem Kästchen hervor und vertippte mich zweimal, bevor es endlich funktionierte. Es stimmte. Nico war online. Und er hatte mir eine Nachricht geschickt:

Ich war so ein Vollidiot.

Ich musste lachen, tippte auf das Mikrofon und nahm eine Sprachnachricht auf.

»Ich befürchte, das bist du immer noch.«

Die Sekunden, bis seine Antwort kam, dauerten eine gefühlte Ewigkeit. Nico schickte auch eine Sprachnachricht, in der er lachte. Direkt danach kam eine weitere.

»Du fühlst dich so nah an«, sagte er leise. »Wo auch immer du gerade bist.«

»Wenn du wüsstest«, flüsterte ich. Dann legte ich das Handy neben mich, drückte meine Nase an das kleine ovale Fenster und konnte nicht aufhören, zu grinsen. Nur zwölf Stunden, dachte ich. Nur zwölf Stunden, einen Zwischenstopp und einen Kontinent entfernt.

THE END

DANKSAGUNG

Man sagt immer, das Schreiben sei ein einsames Geschäft, ich habe aber genau das Gegenteil erlebt. Vielen Dank an alle, die mir beim lauten Denken zugehört und mir manchmal eine andere Richtung vorgeschlagen haben. Danke an Christina, Helene, Lena und Susanne vom Verlag für die genau richtigen Fragen an der richtigen Stelle, für euer Vertrauen in meine Fähigkeiten und euren Sinn für Logik, wenn er mir mal wieder gefehlt hat.

Danke dir, Janina, weltbeste Motivatorin, Unterstützerin und Kritikerin, deine Korrekturen sind immer Gold wert! Und auch dir, Silas, dafür dass du mir geholfen hast, Nicos Stimme zu finden. Die schnodderige. Du weißt schon. Herrlich! Danke, Till, dass du diese Geschichte zu so wunderbarer Musik gemacht hast und von Anfang an verstanden hast, wer Nico und Lea sind. Merkt euch diesen Kerl, der wird irgendwann die Charts stürmen wie Nico!

Danke an Bekki, Sophie, Resi, Lotta, Emil, Linda-Meral und Beatrix für ihre Geduld. Und natürlich DANKE an den Kommi, meinen strapazierfähigen Ehemann, Zuhörer, Mitdenker, Präteritum-Beherrscher und Lieblingsmenschen. Ohne dich hätte diese Geschichte meinen Kopf nie verlassen.

TILL SEIFERT

Till Seifert ist gebürtiger Braunschweiger – lange an einem Ort hält es ihn aber selten. Auftritte und Studioaufnahmen bringen ihn ständig an andere Orte und gerade dieses Unbeständige und Rastlose inspiriert Till zu seinen Songs und Texten.

Vor sieben Jahren schrieb der junge Musiker seinen ersten Song und von da an verging kaum eine Woche, in der keine neuen Lieder oder Songideen entstanden. Zunächst nur am Klavier, brachte er sich selbst das Gitarrespielen und Produzieren seiner Songs bei und knüpfte schnell neue Kontakte. So entstand auch die Zusammenarbeit mit der Autorin Tine Körner, für deren neues Buch »Love Song – Wo auch immer du bist« Till den Titelsong schrieb.

Und hier findet ihr ihn:

YouTube: https://www.youtube.com / user / tillseifertmusik
Facebook: https://de-de.facebook.com / tillseifertmusik/